btb

Aus Freude am Lesen

btb

Buch

Matti und sein schweigsamer Freund Niila wachsen auf in einem kleinen Dorf im äußersten Norden Schwedens, fernab der wirklichen Welt. Es sind die wilden sechziger Jahre, doch das Leben im Tornedal wird weniger durch Rebellion als durch die unwirtliche Landschaft, den kauzigen Eigensinn seiner Bewohner und die religiöse Bewegung des Laestadianismus geprägt, die durch extreme Strenge und Lustfeindlichkeit besticht. Kein Wunder, dass die beiden Kinder schon früh nichts Anderes im Kopf haben, als sich wegzuträumen von diesem Ort, der zwar viele Geschichten zu erzählen hat, aber auch unvermutete Gefahren in sich birgt. Als der Rock'n'Roll Einzug hält im kleinen Tal, ist ihre Zeit gekommen …

Ein großartiges, eindringliches Buch mit einer unverwechselbaren Handschrift: Niemis Sprache ist so wild und zärtlich wie die Menschen aus dem hohen Norden, die er beschreibt – seine Geschichte so rasant, ausgelassen und dramaturgisch geschickt, dass einem Hören und Sehen vergeht …

Autor

Mikael Niemi, Jahrgang 1959, wuchs im hohen Norden Schwedens in Pajala auf, wo er heute noch lebt. Im Jahr 2000 erschien seiner erster Roman »Populärmusik aus Vittula«, für den er den angesehenen Augustpreis bekam. Es war das spektakulärste Debüt, das Schweden je erlebt hatte. Das Buch stand monatelang auf Platz eins der Bestsellerliste, verkaufte sich über 800 000 mal und wurde in 27 Sprachen übersetzt. Jubelnde Kritiker, begeisterte Leser – offensichtlich traf Niemi den Nerv des Publikums mit seinem ungewöhnlich berührenden, aber auch überaus komischen Buch. Auch die schwedische Verfilmung wurde zum großen Publikumserfolg.

Mikael Niemi bei btb

Das Loch in der Schwarte (75154)

Mikael Niemi

Populärmusik aus Vittula

Roman

Aus dem Schwedischen von
Christel Hildebrandt

btb

Die schwedische Originalausgabe erschien 2000
unter dem Titel »Populärmusik från Vittula«
bei Norstedts Förlag, Stockholm.

FSC
Mixed Sources
Product group from well-managed
forests and other controlled sources

Cert no. GFA-COC-1223
www.fsc.org

Verlagsgruppe Random House FSC-DEU-0100
Das FSC-zertifizierte Papier *Munken Print* für Taschenbücher aus
dem btb Verlag liefert Arctic Paper Munkedals AB, Schweden.

Einmalige Sonderausgabe September 2006
btb Verlag in der Verlagsgruppe Random House GmbH, München

Umschlaggestaltung: Design Team München
Umschlagfoto: Wolf Huber
Satz: Uhl + Massopust, Aalen
Druck und Einband: Clausen & Bosse, Leck
SR · Herstellung: LW
Printed in Germany
ISBN-10: 3-442-73548-3
ISBN-13: 978-3-442-73548-8

www.btb-verlag.de

PROLOG

Der Erzähler wacht auf, beginnt den Berg zu besteigen und macht sich auf dem Thorong La-Pass lächerlich, woraufhin die Erzählung ihren Lauf nehmen kann.

Die Nacht in dem engen Bretterverschlag war saukalt. Als mein Reisewecker anfing zu piepsen, setzte ich mich mit einem Ruck auf, knüpfte das kleine Gesichtsfenster im Schlafsack auf und schob einen Arm in die kohlrabenschwarze Finsternis hinaus. Meine Finger tasteten in dem kalten Luftzug, der durch die Bretterritzen drang, zwischen Splittern und Sandkörnern immer weiter über die ungehobelten Bodenbretter, bis sie das kalte Plastik des Weckers und den Knopf zum Ausstellen fanden.

Eine Weile blieb ich still liegen, halb betäubt, mich an einem Baumstamm festklammernd, einen Arm ins Meer getaucht. Stille. Kälte. Kurze Atemzüge in der dünnen Luft. Im Körper spürte ich einen physischen Schmerz, als hätte ich die ganze Nacht mit angespannten Muskeln dagelegen.

Genau in diesem Moment sah ich ein, dass ich tot war.

Das Erlebnis ist schwer zu beschreiben. Es war, als würde der Körper entleert. Ich wurde zu Stein, zu einem unendlich großen, nasskalten Meteoriten. Und eingebettet tief in diesem Hohlraum lag etwas Fremdes, etwas Längliches, Weiches, Organisches. Eine Männerleiche. Sie gehörte nicht zu mir. Ich war aus Stein, ich umschloss nur diese erkaltete Gestalt wie ein riesiger, fest geschlossener Granitsarkophag.

Es dauerte zwei, höchstens drei Sekunden.

Dann knipste ich meine Taschenlampe an. Das Zifferblatt des Weckers zeigte Null und Null. Einen unheimlichen Moment lang befürchtete ich, dass die Zeit still stehe, dass sie nicht länger gemessen werden könnte. Dann aber wurde mir klar, dass es mir gelungen war, die Uhr auf Null zu stellen, als ich nach dem Aus-Knopf suchte. Meine Armbanduhr zeigte zwanzig Minuten nach vier in der Früh. Um das Atemloch des Schlafsacks hatte sich eine dünne Schicht Raureif gebildet. Es herrschten Minusgrade, obwohl ich mich drinnen befand. Ich wappnete mich gegen die Kälte und schlängelte mich vollkommen angezogen aus dem Schlafsack, und schob dann meine Füße in die eiskalten Wanderstiefel. Mit leichtem Unbehagen verstaute ich mein leeres Schreibheft im Rucksack. Auch heute nichts. Kein Entwurf, nicht die kleinste Notiz.

Den Metallhaken der Tür geöffnet und hinaus in die Nacht. Der Sternenhimmel breitete seine Unendlichkeit aus. Eine Mondsichel schaukelte wie ein Ruderboot am Horizont, die Riesen des Himalaya ließen sich in alle Richtungen als spitze Silhouetten erahnen. Das Sternenlicht war so stark, dass es förmlich den Boden begoss, scharfe weiße Strahlen durch ein riesenhaftes Sieb rinnen ließ. Ich warf mir den Rucksack über, und schon diese kleine Anstrengung brachte mich zum Keuchen.

Der Sauerstoffmangel ließ kleine Sternchen vor meinen Augen tanzen. Der Höhenhusten presste sich durch meine Kehle, trockenes Bellen, 4400 Meter über dem Meeresspiegel. Vor mir konnte ich den Pfad erkennen, der steil die steinige Bergwand hinauflief, bis er in der Dunkelheit verschwand. Langsam, ganz langsam begann ich zu klettern.

Der Thorong La-Pass, im Annapurnamassiv in Nepal. Höhe: 5415 Meter. Ich habe es geschafft. Endlich bin ich oben! Die Erleichterung ist so groß, dass ich mich auf den Rücken fallen lasse und nur noch keuche. Die Beine brennen vor Muskelkater, der Kopf pocht und schmerzt im ersten Stadium der Höhenkrankheit. Das Tageslicht ist beunruhigend gescheckt. Ein plötzlicher Windstoß kündigt schlechteres Wetter an. Die Kälte beißt in die Wangen, und ich sehe, wie eine Hand voll Bergsteiger eilig ihre Rucksäcke schultert und den Abstieg nach Muktinath beginnt.

Ich bleibe allein zurück. Kann es nicht über mich bringen, einfach so zu gehen, noch nicht. Immer noch außer Atem setze ich mich auf. Stütze mich an der Gipfelmarkierung mit ihren flatternden tibetanischen Gebetswimpeln ab. Der Pass besteht nur aus Felsen, ein steriler Kiesgrat ohne jede Vegetation. Auf beiden Seiten steigen die Gipfel empor, schwarze, raue Fassaden mit himmelweißen Gletschern.

Die ersten Schneeflocken peitschen in Windböen gegen die Jacke. Weniger schön. Wenn der Weg wieder einschneit, wird es gefährlich. Ich spähe nach hinten, aber es sind keine weiteren Wanderer mehr zu sehen. Ich sollte schauen, dass ich nach unten komme.

Aber jetzt noch nicht. Ich stehe auf dem höchsten Punkt, auf dem ich mich jemals befunden habe. Zunächst einmal muss ich Abschied nehmen. Zunächst einmal muss ich jemandem danken. Ein Impuls überkommt mich, ich lasse mich bei dem Gipfelstein auf die Knie fallen. Fühle mich zwar etwas lächerlich, aber ein weiterer Rundblick bestätigt, dass ich allein bin. Schnell beuge ich mich vor wie ein Moslem, den Hintern in der Luft, falle nach vorn und murmle ein Dankgebet. Und da gibt es eine Metallplatte mit eingravierten tibetanischen Buchstaben, eine Schrift, die ich nicht lesen kann, die aber Ernst und Frömmigkeit ausstrahlt, und ich beuge mich noch weiter hinunter und küsse den Text.

Das ist der Augenblick, in dem die Erinnerung sich mir öffnet. Ein Schwindel erregender Schacht hinab in meine Kindheit. Ein Rohr durch die Zeit, durch das jemand eine Warnung ruft, doch es ist zu spät.

Ich sitze fest.

Meine feuchten Lippen sind an einer tibetanischen Gebetsplatte festgefroren. Und als ich versuche, mich mit der Zunge zu befreien, friert auch sie an.

Jedes Kind in Norrland hat das wohl schon einmal erlebt. Ein eisiger Wintertag, ein Brückengeländer, ein Laternenpfahl, ein überfrorenes Stück Eisen. Meine Erinnerung ist plötzlich glasklar. Ich bin fünf Jahre alt und lecke mich am Türschloss am Eingang in Pajala fest. Zunächst grenzenlose Verblüffung. Ein Türschloss, das problemlos mit Handschuhen oder einem nackten Finger berührt werden kann. Jetzt zu einer teuflischen Falle geworden. Ich versuche zu schreien, aber das ist nicht so einfach, wenn die Zunge festgefroren ist. Ich rudere mit den Armen, versuche mich mit Gewalt zu befreien, muss aber wegen der Schmerzen aufgeben. Die Kälte führt dazu, dass die Zunge taub wird, ein Geschmack nach Blut füllt den Mund. Verzweifelt trete ich gegen die Tür und stoße desperat aus:

»Äääähhh, äääähhh…«

Da kommt Mutter. Sie kippt eine Schale warmes Wasser über meinen Mund, das Wasser läuft übers Schloss, meine Lippen kommen frei. Hautfetzen bleiben auf dem Metall zurück, und ich schwöre, dass mir so was nie wieder passiert.

»Äääähhh, äääähhh«, murmle ich, während der Schnee jetzt dichter fällt. Niemand hört mich. Sollten noch ein paar Wanderer auf dem Weg nach oben sein, kehren sie jetzt mit Sicherheit um. Mein Hintern ragt in die Höh, der Wind bläst kräftig und kühlt ihn. Mein Mund verliert langsam das Gefühl. Ich ziehe mir die Handschuhe aus und versuche mich mit der Wärme der Hände loszueisen, stoße keuchend warmen Atem heraus. Aber es ist zwecklos. Das Metall saugt die Wärme auf, bleibt selbst aber gleich bleibend kalt. Ich versuche aufzustehen, die Metallplatte loszuruckeln. Aber sie ist festgegossen, bewegt sich keinen Millimeter. Der kalte Schweiß macht mir den Rücken nass. Der Wind zwängt sich unter das Jackenbündchen und lässt mich erschauern. Tief liegende Wolken ziehen herauf und hüllen den Pass in Nebel ein. Gefährlich. Verdammt gefährlich. Die Panik wird immer größer. Ich werde hier sterben. Festgefroren an eine tibetanische Gebetsplatte werde ich niemals die Nacht überstehen können.

Es gibt nur noch eine Möglichkeit. Ich muss mich losreißen.

Bei dem Gedanken wird mir schlecht. Aber ich habe

keine andere Wahl. Zerre zunächst ein bisschen zur Probe. Spüre den Schmerz bis in die Zungenwurzel hinein. Eins… zwei… und die letzte Zahl heißt…

Rot. Blut. Und ein Schmerz, der mich mit der Stirn gegen die Metallplatte schlagen lässt. Es geht nicht. Der Mund sitzt immer noch so bombenfest wie vorher. Ich verliere noch mein Gesicht, wenn ich härter aufschlage.

Ein Messer. Wenn ich wenigstens ein Messer hätte. Ich taste mit dem Fuß nach dem Rucksack, aber der liegt mehrere Meter weit entfernt. Vor Angst krampft sich mein Magen zusammen, fast entleert sich schon die Blase in der Hose. Ich öffne den Reißverschluss und bereite mich darauf vor, auf allen vieren zu pissen, wie eine Kuh.

Doch da halte ich inne. Nehme meinen Trinkbecher, der am Gürtel hängt. Pisse den Becher voll und gieße mir anschließend den Inhalt über den Mund. Es läuft mir über die Lippen, schmilzt, und nach wenigen Sekunden bin ich frei.

Ich habe mich freigepisst.

Ich stehe auf. Meine Gebetsstunde ist vorbei. Zunge und Lippen sind starr und schmerzen. Aber ich kann sie wieder bewegen. Endlich kann ich anfangen zu erzählen.

KAPITEL 1

– in dem Pajala den Schritt in die Gegenwart tut, Musik entsteht und zwei kleine Jungs sich mit leichtem Gepäck auf den Weg machen.

Es war Anfang der Sechzigerjahre, da wurde unser Viertel in Pajala asphaltiert. Ich war fünf Jahre alt und hörte das Dröhnen, als sie sich näherten. An unserem Haus vorbei kroch eine Kolonne panzerähnlicher Fahrzeuge, die den holprigen und löchrigen Kiesweg zu durchwühlen begannen. Es war im Frühsommer. Männer in Overalls liefen breitbeinig umher, spuckten Kautabak aus, schlugen mit den Stecheisen zu und murmelten etwas auf Finnisch, während die Hausfrauen neugierig hinter den Gardinen standen. Für einen kleinen Knirps war das höchst spannend. Ich hing am Bretterzaun, guckte durch die Latten hindurch und sog den Dieselqualm dieser gepanzerten Wunderdinger in mich hinein. Sie verbissen sich in den gewundenen Dorfweg, als wäre es ein alter Kadaver. Ein Lehmweg mit unzähligen kleinen Kuhlen, die sich bei Regen sofort anfüllten, ein pockennarbiger Rücken, der bei Tauwetter wie Butter dahinschmolz und der im Sommer wie ein Hackfleischteig gesalzen wurde, damit der Staub gebunden wurde. Ein Kiesweg war altmodisch. Der gehörte in die vergangene Zeit, in der unsere Eltern geboren worden waren, die sie aber letztendlich dann doch hinter sich lassen wollten.

Unser Viertel wurde im Volksmund *Vittulajänkkä* genannt, was in der Übersetzung Fotzenmoor bedeutet. Der Ursprung des Namens war unklar, kam aber sicher daher, dass hier so viele Kinder geboren wurden. In vielen der Hütten gab es fünf Kinder, manchmal auch mehr, und der Name wurde zu einer Art Lobgesang der weiblichen Fruchtbarkeit. Vittulajänkkä, oder Vittula, wie es abgekürzt wurde, war von den Mitgliedern ärmerer Familien bevölkert, die in den Hungerjahren in den Dreißigern aufgewachsen waren. Dank harter Arbeit und der Hochkonjunktur war man aufgestiegen und hatte Geld für ein richtiges Haus aufnehmen können. Schweden blühte, die Wirtschaft wuchs, und sogar Tornedalen wurde vom Fortschrittsrausch mitgerissen. Die Entwicklung war so überraschend schnell gekommen, dass man sich immer noch arm fühlte, obwohl man doch reich geworden war. Ab und zu kam die Befürchtung auf, alles könne einem wieder genommen werden. Die Hausfrauen dachten hin und wieder voller Schaudern hinter ihren selbst genähten Gardinen, wie gut man es doch getroffen hatte. Man hatte ein ganzes Haus für sich selbst und seine Nachkommenschaft. Man konnte es sich leisten, Kleidung zu kaufen, die Kinder mussten nicht mehr in Lumpen und Gestopftem herumlaufen. Man hatte sogar ein Auto. Und jetzt würde auch noch der Kiesweg verschwinden, jetzt würde das alles mit ölschwarzem Asphalt gekrönt werden. Die Armut würde in eine schwarze Lederjacke gekleidet. Es war die Zukunft, die hier geschaffen wurde, glatt wie eine

Wange. Hier würden die Kinder auf ihren neuen Fahrrädern dem Wohlstand und der Ingenieursausbildung entgegenradeln können.

Die Hinterlader brüllten und brummten. Die Lastwagen streuten Kies. Die Dampfwalzen drückten das Straßenbett unter ihren gewaltigen Stahlzylindern mit einem Gewicht zusammen, das so unfassbar war, dass ich meinen fünfjährigen Fuß drunterschieben wollte. Stattdessen warf ich große Steine vor die Walze, lief hin und suchte sie, nachdem das Fahrzeug vorbeigefahren war, aber die Steine waren verschwunden. Sie waren auf geradezu magische Weise fort. Das war gleichzeitig gruselig und faszinierend. Ich legte meine Hand auf die plattgewalzte Oberfläche. Sie fühlte sich sonderbar kalt an. Wie konnte so rauer Kies glatt wie ein Laken gebügelt werden? Ich warf eine Gabel aus der Küchenlade hin und dann meine Plastikschaufel, und auch die verschwanden spurlos. Und noch heute bin ich mir nicht sicher, ob diese Dinge wirklich dort in dem Straßenbett liegen oder ob sie sich nicht tatsächlich auf irgendeine magische Art aufgelöst haben.

Zu dieser Zeit kaufte meine große Schwester ihren ersten Plattenspieler. Wenn sie noch in der Schule war, schlich ich mich in ihr Zimmer. Er stand auf ihrem Schreibtisch, ein technisches Wunderwerk aus schwarzem Plastik, ein glänzender kleiner Kasten mit einem durchsichtigen Deckel, der merkwürdige Knöpfe und Regler verbarg. Rund herum lagen Lockenwickler, Lippenstift und Spraydosen. Alles war modern, ein unnötiger Luxus, alles ein Zeichen unseres Reichtums und ein Versprechen auf eine Zukunft in Überfluss und Wohlstand. In einem Lackkästchen lagen Stapel mit Kinokarten und Fotos von Filmsternchen. Meine Schwester sammelte die Eintrittskarten und hatte einen großen Stapel von Wilhelmssons Kino. Auf die Rückseite schrieb sie den Filmtitel, die Hauptdarsteller und eine Note.

Auf ein Plastikgestell, das aussah wie ein Abtropfgestell für Geschirr, hatte sie ihre einzige Single gestellt. Ich hatte ihr hoch und heilig versprochen, nicht einmal drauf zu hauchen. Jetzt ergriff ich sie mit zitternden Fingern, strich über die glänzende Hülle, auf der ein fescher Jüngling Gitarre spielte. Eine schwarze Haarlocke hing ihm in die Stirn, er lächelte und erwiderte meinen Blick. Vorsichtig, ganz vorsichtig holte ich das schwarze Vinyl heraus. Sorgsam hob ich den Deckel des Plattenspielers. Ich versuchte mich daran zu erinnern, wie meine Schwester es getan hatte, und legte die Scheibe auf den Plattenteller. Schob das große Singleloch auf den Mittelstutzen. Und mit einer Erwartung, die mir den Schweiß ausbrechen ließ, schaltete ich den Strom ein.

Der Plattenteller zuckte und begann sich zu drehen. Es war unerträglich spannend, ich musste den Impuls unterdrücken, einfach davonzulaufen. Mit plumpen Jungsfingern packte ich den Wurm, den schwarzen, steifen Tonabnehmer mit seinem Giftzahn, grob wie ein Zahnstocher. Dann senkte ich ihn auf das surrende Plastik hinab.

Es knisterte wie Speck in der heißen Pfanne. Und ich wusste, dass etwas kaputtgehen würde. Ich hatte die Scheibe kaputtgemacht, man würde sie nie wieder spielen können.

»BAM-BAM… BAM-BAM…«

Nein, da kam es! Kräftige Akkorde. Und dann Elvis' fiebrige Stimme.

Ich blieb wie versteinert stehen. Vergaß zu schlucken, merkte nicht, dass es von der Unterlippe tropfte. Ich fühlte mich butterweich, alles drehte sich mir im Kopf, ich vergaß sogar zu atmen.

Das war die Zukunft. So klang sie. Musik, die dem Stampfen der Straßenbaufahrzeuge ähnelte, ein Gerassel, das kein Ende nahm, ein Lärm, der auf den purpurroten Sonnenuntergang am Horizont verwies.

Ich beugte mich vor und schaute aus dem Fenster. Draußen auf der Straße rückte ein Lastwagen vor, und ich sah, dass sie mit dem endgültigen Belag anfingen. Aber das war kein schwarzer, lederglänzender Asphalt, den sie da auskippten. Sondern Ölschotter. Staubgrauer, holpriger, hässlicher, verdammter Ölschotter.

Auf dem sollten wir Dummköpfe in die Zukunft radeln.

Als die Maschinen sich endlich zurückgezogen hatten, machte ich kleine, vorsichtige Ausflüge in die Nachbarschaft. Mit jedem Schritt wuchs meine Welt. Die neubelegten Straßen führten weiter zu anderen neugeteerten Straßen, Grundstücke breiteten sich wie belaubte Parks aus, riesenhafte Hunde zerrten an ihren rasselnden Laufleinen und kläfften mich an. Und je weiter ich ging, umso mehr gab es zu sehen. Die Welt nahm kein Ende, sie weitete sich die ganze Zeit aus, und ich spürte einen Schwindel, der fast an Übelkeit grenzte, als ich verstand, dass man immer, immer weiter gehen konnte. Schließlich nahm ich all meinen Mut zusammen und fragte Papa, der gerade unseren neuen Volvo PV wusch:

»Wie groß ist die Welt?«

»Ziemlich groß«, sagte er.

»Aber irgendwo muss sie doch zu Ende sein?«

»In China.«

Das war eine klare Antwort, die es mir leichter ums Herz machte. Wenn man nur lange genug lief, so fand man das Ende. Und das lag im Reich dieser schlitzäugigen Tschingtschangtschongmenschen auf der anderen Seite der Welt.

Es war Sommer und brütend heiß. Mein Hemd wurde nass von dem tropfenden Eis, das ich leckte. Ich verließ unseren Hofplatz, verließ die Sicherheit. Ab und zu warf ich einen Blick zurück, aus Angst, mich zu verlaufen.

Ich begab mich zu dem Spielplatz, der eigentlich nur eine alte Graswiese war, die mitten im Ort zurückgeblieben war. Die Gemeinde hatte ein Schaukelgerüst auf dem Gras zusammengeschustert, und ich ließ mich auf dem schmalen Sitzbrett nieder. Eifrig begann ich die Ketten zu bearbeiten, um an Fahrt zu gewinnen.

Im nächsten Moment bemerkte ich, dass mich jemand beobachtete. Da saß ein Typ auf der Rutschbahn. Ganz oben, als ob er im nächsten Moment herunterrutschen wollte. Aber er zögerte, unbeweglich wie ein Raubvogel, und betrachtete mich mit weit aufgerissenen Augen.

Ich war auf der Hut. Der Junge hatte etwas Unangenehmes an sich. Er konnte nicht dort gesessen haben, als ich kam, und es schien, als wäre er aus heiterem Himmel aufgetaucht. Ich versuchte, ihn nicht weiter zu beachten, schaukelte stattdessen so hoch, das die Ketten in meinen Händen schlaff wurden. Schweigend schloss ich die Augen und spürte das Kribbeln im Bauch, während es immer schneller nach unten ging, und dann flog ich wieder hinauf ins Licht auf der anderen Seite.

Als ich die Augen öffnete, saß er in der Sandkiste. Als

wäre er mit ausgebreiteten Flügeln dorthin geflogen, ich hatte keinen einzigen Laut gehört. Immer noch betrachtete er mich mit intensivem Blick, den Oberkörper halb abgewandt.

Ich gab keinen Schwung mehr und ließ die Schaukel langsam auspendeln. Schließlich sprang ich ins Gras hinunter, machte einen Purzelbaum und blieb liegen. Starrte in den Himmel. Die Wolken zogen weiß über den Fluss. Sie sahen aus wie große, wollige Schafe, die sich im Wind zum Schlafen gelegt hatten. Als ich erneut die Augen schloss, sah ich kleine Wesen, die sich auf der Innenseite meiner Augenlider bewegten. Kleine schwarze Punkte, die über eine rote Haut krabbelten. Als ich die Augen fester zukniff, entdeckte ich violett gefärbte Kerle in meinem Bauch. Sie kletterten übereinander und bildeten ein Muster. Auch hier gab es Tiere, auch das war eine Welt, die es zu entdecken galt. Ein Schwindel erregendes Gefühl packte mich, die Einsicht, dass die Welt aus Unmengen von Tüten bestand, die alle übereinander gestülpt waren. Durch wie viele Schichten man sich auch hindurchzwängte, es gab immer noch eine neue.

Ich öffnete die Augen und hielt die Luft vor Überraschung an. Der Junge lag neben mir. Er hatte sich dicht neben mir ausgestreckt, so dicht, dass ich seine Wärme spüren konnte. Sein Gesicht war sonderbar klein. Der Kopf an sich war normal, aber seine Gesichtszüge drängten sich auf einem viel zu kleinen Platz zusammen. Wie das Gesicht einer Puppe, festgeleimt auf einem großen, lederbraunen Fußball. Die Haare waren unregelmäßig geschnitten, offensichtlich nicht vom Friseur, der Schorf einer Schramme auf der Stirn würde bald abfallen. Er kniff ein Auge zusammen, das obere, um die Sonne einzufangen. Das andere lag unten im Gras, weit aufgerissen, mit einer riesigen Pupille, in der ich mein eigenes Spiegelbild sehen konnte.

»Wie heißt du?«, wollte ich wissen.

Er gab keine Antwort. Bewegte sich nicht.

»*Mikäs sinun nimi on?*«, wiederholte ich auf Finnisch.

Jetzt öffnete er den Mund. Es wurde kein Lächeln, aber man sah die Zähne. Sie waren gelb, mit einem alten Speiserestefilm bedeckt. Er steckte den kleinen Finger in ein Nasenloch, die übrigen Finger wären zu dick gewesen, hätten nicht reingepasst. Ich tat es ihm gleich. Wir gruben beide unsere Popel aus. Er steckte sie in den Mund und schluckte. Ich selbst zögerte. Da schnappte er sich meinen Happen und schluckte auch ihn hinunter.

Mir war klar, dass er mein Freund werden wollte.

Wir setzten uns im Gras auf, und ich wollte ihn auch so richtig beeindrucken.

»Man kann überall hingehen!«

Er hörte konzentriert zu, aber ich war mir nicht sicher, ob er verstanden hatte.

»Sogar nach China«, fuhr ich fort.

Um zu zeigen, dass ich es ernst meinte, begann ich die Straße entlangzugehen. Frischen Mutes, mit einem aufgesetzt pompösen Selbstvertrauen, das meine Nervosität verbergen sollte. Er folgte mir. Wir gingen bis zu dem gelben Pfarrhaus. Auf der Straße davor stand ein Bus, der gehörte sicher irgendwelchen Touristen, die die Laestadiusrauchstube besuchten. Die Bustür stand offen wegen der Hitze, ein Fahrer war nirgends zu sehen. Ich zog den Jungen mit mir zur Einstiegstreppe, wir kletterten hinein. Auf den Sitzen, die etwas feucht rochen, lagen Taschen und Jacken. Wir setzten uns ganz nach hinten und krochen hinter die Rückenlehne. Bald stiegen einige ältere

Damen ein, setzten sich auf ihre Plätze, keuchend und verschwitzt. Sie redeten in einer Sprache mit vielen Brauselauten und tranken in langen Zügen aus Flaschen mit Erfrischungsgetränken. Weitere Rentner trafen ein, und schließlich tauchte auch der Fahrer auf, schob sich Kautabak unter die Lippe, und dann ging es los.

Schweigend und mit großen Augen betrachteten wir die Landschaft, die vorbeisauste. Wir verließen Pajala, schnell verschwand dessen letztes Haus, und brummten hinaus in die Wildnis. So viel Wald, das schien nirgends ein Ende zu nehmen. Alte Telefonmasten mit Porzellanknöpfen, an denen die Kabel in schweren Bögen in der Hitze hingen.

Es dauerte mehrere Kilometer, bis uns jemand bemerkte. Ich stieß aus Versehen gegen den Vordersitz, und eine Dame mit grobporigen Wangen drehte sich um. Ich lächelte sie abwartend an. Sie erwiderte mein Lächeln, wühlte eine Weile in ihrer Handtasche und bot uns dann etwas aus einer ungewöhnlichen, stoffartigen Bonbontüte an. Sie sagte etwas, das ich nicht verstand. Dann deutete sie auf den Fahrer und fragte:

»Papa?«

Ich nickte mit einem steifen Lächeln.

»Habt ihr Hunger?«, fuhr sie in ihrer merkwürdigen Sprache fort.

Und ehe wir uns versahen, hatte sie jedem von uns ein Schwarzbrot mit Käse in die Hand geschoben.

Nach einer langen, holprigen Busreise hielten wir auf einem großen Parkplatz an. Alle strömten hinaus, auch ich und mein Kumpel. Vor uns lag ein breites Betongebäude mit flachem Dach und hohen, gespreizten Metallantennen. Weiter entfernt, hinter einem Maschendrahtzaun, standen ein paar Propellerflugzeuge. Der Fahrer öffnete eine Luke und holte die Reisetaschen heraus. Die nette Dame hatte viel zu viel Gepäck und kam vollkommen in Hektik. Der Schweiß lief ihr unter dem Hutrand heraus, und sie lutschte mit einem hässlichen Schmatzen an ihren Zähnen. Ich und mein Kumpel halfen ihr als Dank für die Butterbrote und schnappten uns eine schwere Tasche. Wir trugen sie in das Gebäude, wo die Rentnergruppe sich in einem laut schwatzenden Haufen vor einem Tresen sammelte und alle möglichen Papiere heraussuchte. Eine uniformierte Frau versuchte geduldig für Ordnung zu sorgen. Dann konnten wir in geordnetem Trupp durch die Sperre zum Flugzeug gehen.

Es war das erste Mal, dass ich fliegen sollte. Wir fühlten uns ein wenig verloren, aber eine liebe braunäugige Frau mit goldenen Herzen in den Ohren half uns, die Sicherheitsgurte anzuschnallen. Mein Kumpel landete auf dem Fensterplatz, und mit wachsender Spannung konnten wir sehen, wie die glänzenden Propeller anfingen, sich zu drehen, immer schneller und schneller, bis sie ganz und gar in einem runden, unsichtbaren Wirbel verschwanden.

Dann begannen wir uns zu bewegen. Ich wurde in den Sitz gedrückt, spürte, wie die Räder holperten und dann den leichten Ruck, als wir den Boden verließen. Mein Kumpel zeigte hingerissen aus dem Fenster. Wir flogen! Dort unten lag die Welt. Menschen, Häuser und Autos schrumpften zu Spielsachen, so klein, dass sie in den Taschen Platz gefunden hätten. Und dann kamen von allen Seiten Wolken, weiß von außen, aber innen grau wie Haferschleim. Wir wurden durch die Wolken hinaufgehoben und stiegen immer weiter, bis das Flugzeug das höchste

Himmelsdach erreichte und dann so langsam vorwärts schwebte, dass es kaum zu spüren war.

Die nette Stewardess gab uns Saft, was ein Glück war, da wir ziemlich durstig waren. Und als wir pinkeln mussten, zeigte sie uns einen winzig kleinen Raum, in dem wir einer nach dem anderen unseren Pimmel herausholten. Ich pinkelte in ein Loch und stellte mir vor, wie die Pisse als dünner gelber Regen zur Erde fiel.

Dann bekamen wir beide einen Block und Stifte. Ich malte zwei Flugzeuge, die zusammenstießen. Mein Kumpel legte seinen kurzgeschorenen Kopf immer weiter nach hinten, und bald schlief er mit offenem Mund. Wenn er ausatmete, beschlug die Flugzeugscheibe.

Nach einer ganzen Weile landeten wir. Alle Passagiere versuchten als Erste hinauszukommen, und in dem Gewühl verloren wir die alte Dame. Ich fragte einen Mann mit Schirmmütze, ob das hier China war. Er schüttelte den Kopf und zeigte auf einen unendlich langen Flur, den Leute mit ihren Taschen hin und her liefen. Wir gingen dorthin, und ich musste mehrere Male höflich fragen, bis wir endlich Menschen mit Schlitzaugen entdeckten. Ich dachte mir, dass die doch bestimmt nach China wollten, also setzten wir uns zu ihnen und warteten geduldig.

Nach einer Weile kam ein Mann in einer dunkelblauen Uniform und fing an, uns Fragen zu stellen. Sicher würden wir Probleme kriegen, das konnten wir seinen Augen ansehen. Ich lächelte deshalb schüchtern und tat so, als würde ich ihn nicht verstehen.

»Papa«, murmelte ich und zeigte irgendwo weit in die Ferne.

»Wartet hier«, sagte er und verschwand mit raschem Schritt.

Sobald er weg war, zogen wir um auf eine andere Bank. Dort trafen wir ein schwarzhaariges Chinesenmädchen in Kniestrümpfen, die ein witziges Plastikpuzzle hatte. Sie legte die Teile auf den Boden und zeigte uns, wie man daraus einen Baum oder einen Hubschrauber oder was sonst noch bauen konnte. Sie redete viel und ruderte mit ihren dünnen Armen, ich glaube, sie sagte, sie heiße Li. Ab und zu deutete sie auf eine Bank, auf der ein Onkel mit strengen Augen neben einem älteren Mädchen mit rabenschwarzem Haar eine Zeitung las. Ich begriff, dass das die Schwester des Mädchens war. Sie aß eine rote, weiche Frucht und wischte sich mit einer spitzenumsäumten Serviette den Mund ab. Als ich zu ihr ging, bot sie mir mit verhaltener Miene Stücke an, die sorgsam mit einem Obstmesser abgeschnitten waren. Sie schmeckten so süß, dass ich spürte, wie es in mir vibrierte, so etwas Gutes hatte ich nie zuvor gegessen, und ich stieß meinem Kumpel in die Seite, dass auch er probieren sollte. Er genoss den Happen mit versonnenem Blick. Und als eine Art Dank zog er überraschend eine Streichholzschachtel heraus, öffnete sie einen Spalt und ließ das Chinesenmädchen hineingucken.

Dort drinnen lag ein großer, grün glänzender Käfer. Die große Schwester versuchte ihn mit einem kleinen Obststückchen zu füttern, aber da flog er davon. Er erhob sich dumpf brummend über all die schlitzäugigen Menschen in ihren Sesseln, umkreiste zwei Frauen mit Stäben im Haar, die überrascht aufschauten, umrundete einen Berg von Reisetaschen mit einem hastig eingeschlagenen Rentiergeweih oben drauf und flog dann dicht unter der Leuchtstoffröhre den Flur entlang, den gleichen Weg zurück, den wir gekommen waren. Mein Kumpel sah traurig aus, aber ich versuchte ihn damit zu trösten, dass er sicher schon auf seinem Weg zurück nach Pajala war.

Im gleichen Moment ertönte eine Lautsprecherstimme, und alle hatten es plötzlich ganz eilig. Wir packten die Puzzleteile in die Spielzeugtasche des Mädchens und drängten uns in dem Passagiergewimmel durch die Sperre. Dieses Flugzeug war viel größer als das vorherige. Statt der Propeller hatte es große Trommeln an den Flügeln, die pfiffen, als es startete. Das Geräusch wurde zu einem ohrenbetäubenden Heulen und dann zu einem dumpfen Grollen, als wir abgehoben hatten.

Wir kamen nach Frankfurt. Und wenn mein schweigsamer Reisebegleiter keine Probleme mit dem Bauch gehabt und nicht unter einen Tisch geschissen hätte, dann wären wir sicher, dann wären wir auf jeden Fall, daran gibt es gar keinen Zweifel, bis nach China gekommen.

KAPITEL 2

– über lebendigen und toten Glauben,
wie Schrauben Gewalt auslösen können und über
ein merkwürdiges Intermezzo in der Kirche von Pajala.

Ich freundete mich mit meinem schweigenden Kumpel an, und bald ging ich das erste Mal mit zu ihm nach Hause. Es stellte sich heraus, dass seine Eltern Laestadianer waren, Anhänger der Erweckungsbewegung, die Lars Levi Laestadius vor langer, langer Zeit in Karesuando ins Leben gerufen hatte. In feurigen Predigten hatte dieser kurz gewachsene Priester fast genauso viel geflucht wie die Sünder und Lotterleben und Unzucht angeprangert, und das mit einer derartigen Kraft, dass die Nachwirkungen noch heute zu spüren sind.

Für einen Laestadianer genügt es nicht, nur zu glauben. Es geht nicht nur darum, getauft zu werden, oder um ein Lippenbekenntnis, oder darum, Kirchensteuer zu zahlen. Der Glaube muss lebendig sein. Ein alter Laestadianerprediger wurde einmal gefragt, wie er diesen lebendigen Glauben beschreiben würde. Er dachte lange darüber nach und antwortete schließlich, dass es so wäre, als würde man sein Leben lang bergauf wandern.

Sein Leben lang bergauf wandern. Nicht so einfach, sich das vorzustellen. Du spazierst in wunderschönster Ruhe eine lange, sich dahinschlängelnde Tornedalsche Landstraße entlang, so wie die zwischen Pajala und Muodoslompolo. Es ist grünender, sprießender Frühsommer. Der Weg führt durch einen dicht gewachsenen Nadelwald, es duftet von den Morasttümpeln her nach Moor und Sonne. Auerhähne picken Kieselsteine in den Gräben, schrecken mit laut flatternden Flügeln auf und verschwinden im Gestrüpp.

Bald gelangst du zum ersten Anstieg. Du merkst, wie die Erde ansteigt, und spürst, wie es in den Wadenmuskeln zieht. Aber du denkst nicht weiter darüber nach, es ist ja nur eine ganz kleine Steigung. Dort oben wird der Weg sich schon bald wieder zu einer trockenen Waldebene mit dichter weißer Rentierflechte zwischen himmelhohen Bäumen ausstrecken.

Aber die Steigung hält an. Sie ist länger, als du gedacht hast. Die Beine werden müde, die wirst langsamer und hältst immer ungeduldiger nach der Kuppe Ausschau, die doch gleich kommen muss.

Aber sie kommt nicht. Der Weg geht immer weiter hinauf. Der Wald hat sich nicht verändert, Moorflecken und Laubbaumgruppen und ab und zu hässliche Einschläge. Aber die Steigung hält an. Als hätte jemand die ganze Landschaft herausgebrochen und sie an dem einen Rand hochgehoben. Hätte das äußerste Ende hochgehoben und etwas daruntergelegt, einfach nur so, um Ärger zu machen. Und du ahnst allmählich, dass es weiter nach oben gehen wird, den ganzen Tag lang. Und am nächsten Tag auch noch.

Unverdrossen stapfst du nach vorne gebeugt weiter.

Aus Tagen werden Wochen. Die Beine werden bedenklich müde, und die Gedanken befassen sich immer wieder damit, wer wohl so geschickt gewesen sein und das hier aufgebockt haben kann. Und es ist nicht schlecht gemacht, das musst du widerstrebend zugeben. Aber nach Parkajoki wird es ja wohl endlich wieder eben werden, irgendwann muss ja mal Schluss sein. Und du kommst nach Parkajoki, doch die Steigung ist immer noch da, und dann denkst du halt an Kitkiöjoki.

Aus Wochen werden Monate. Du arbeitest sie Schritt für Schritt ab. Der Schnee beginnt zu fallen. Und der Schnee schmilzt und fällt von neuem. Und zwischen Kitkiöjoki und Kitkiöjärvi bist du kurz davor aufzugeben. Die Beine zittern, die Hüftgelenke schmerzen, die letzten Energiereserven des Körpers sind fast aufgebraucht.

Aber du ruhst dich eine Weile aus und kämpfst dich dann weiter voran. Bald musst du dich doch Muodoslompolo nähern. Ab und zu triffst du jemanden, der aus einer anderen Richtung kommt, das ist unausweichlich. Jemanden, der auf leichten Füßen hinuntertrippelt und auf dem Weg nach Pajala an dir vorbeigeht. Einige von denen haben sogar ein Fahrrad dabei. Sitzen auf dem Sattel, ohne zu treten, können bequem den ganzen Weg hinunterrollen. Da kommen Zweifel auf, das musst du zugeben. Da werden innere Kämpfe ausgefochten.

Und deine Schritte werden kürzer. Und die Jahre vergehen. Und jetzt musst du doch nah sein, ganz, ganz nah. Und noch einmal fällt der Schnee, es ist, wie es sein soll. Du blinzelst in den Schneeböen und meinst, etwas erkennen zu können. Meinst, dort hinten würde es heller werden. Der Wald wird lichter, öffnet sich. Häuser sind zwischen den Bäumen zu erkennen. Das ist die Stadt! Das ist

Muodoslompolo! Und mitten in einem Schritt, einem letzten, kurzen und zitternden Schritt…

Bei der Beerdigung betont der Prediger, dass du im lebendigen Glauben gestorben bist. Die Sache ist klar. Du bist in dem lebendigen Glauben gestorben, *sie kuolit elävässä uskossa*. Du bist bis Muodoslompolo gekommen, wir alle können das bezeugen, und jetzt sitzt du endlich auf dem goldenen Gepäckträger Gottvaters, des Herren, in einer ewigen, engeltrompetenden Abwärtsfahrt.

Es stellte sich heraus, dass mein Kumpel einen Namen hatte, seine Mutter rief ihn Niila. Beide Eltern waren also streng christlich. Obwohl ihr Haus voller Kinder war, herrschte darin eine traurige, kirchenähnliche Stille. Niila hatte zwei ältere Brüder und zwei kleine Schwestern, und ein weiteres strampelte in Mamas Bauch. Und da jedes Kind ein Geschenk Gottes war, würden es mit der Zeit sicher noch mehr werden.

Es war unglaublich, dass so viele Kinder so leise sein konnten. Sie besaßen kaum Spielsachen, die meisten waren aus unbemaltem Holz, das die großen Brüder zurechtgeschnitzt hatten. Damit spielten die Kinder, stumm wie Fische. Und das kam nicht nur daher, weil sie religiös erzogen worden waren, das traf ja auch auf einige andere Familien in Tornedalen zu. Man hatte ganz einfach aufgehört zu reden. Vielleicht aus Scheu, vielleicht aus Wut. Vielleicht, weil man es als unnötig erachtete. Die Eltern öffneten ihren Mund nur zum essen, sonst genügte ein Nicken, und dabei zeigten sie auf das, was sie wollten, und die Kinder gehorchten.

Auch ich schwieg, als ich Niila besuchte. Als Kind bekommt man das schnell mit. Ich zog meine Schuhe auf der Fußmatte aus und schlich auf weichen Zehenballen, mit gesenktem Kopf, den Rücken leicht gekrümmt, hinein. Ich wurde von einem Schwarm stummer Augen empfangen, im Schaukelstuhl, unter dem Tisch, am Topfschrank. Die Kinderblicke glühten und wichen sogleich wieder aus, stolperten über Küchenwände und den Holzfußboden, um immer wieder zu mir zurückzukommen. Ich starrte nach bestem Vermögen zurück. Das Gesicht des kleinsten Mädchens verzog sich vor Angst, in dem aufgerissenen Kindermund waren die Milchzähne zu sehen, und Tränen begannen sich hervorzudrängen. Sie weinte, aber auch das Weinen war lautlos. Nur die Wangenmuskeln bekamen Falten, während kleine, runde Hände sich an Mamas Rockzipfel klammerten. Die Mutter trug ein Kopftuch, obwohl sie doch im Haus war, sie stand mit den Armen bis zu den Ellbogen in einen Backtrog gesenkt. Das Mehl wirbelte auf und wurde unter ihren kräftigen Knetbewegungen von einem Sonnenstrahl vergoldet. Sie tat so, als würde sie gar nicht merken, dass ich hier war, und Niila nahm das als Zustimmung auf. Er zog mich mit sich zu seinen großen Brüdern, die auf der Küchenbank miteinander Schrauben tauschten. Vielleicht war das auch eine Art Spiel, ein kompliziertes Hin und Her zwischen verschiedenen Schachteln und Fächern. Mit der Zeit wurden sie immer wütender aufeinander und begannen schweigend einander die Schrauben aus den Händen zu reißen. Eine Mutter fiel zu Boden, Niila schnappte sie sich. Der älteste Bruder packte blitzschnell seine Hand, bis Niila vor Schmerzen den Atem anhielt und gezwungen war, die Mutter in eine durchsichtige Plastikschachtel fallen zu lassen. Woraufhin der jüngere Bruder die Schachtel auskippte. Ein Klirren von

Metall, als der Inhalt sich über den Holzfußboden ergoss.

Einen Augenblick lang erstarrten alle. Alle Augen in der Küche konzentrierten sich auf die Brüder, ein Brennpunkt wie bei einem Film, der sich verklemmt hat, dann schwarz wird, schrumpelt, und schließlich wird alles weiß. Ich spürte den Hass, ohne etwas zu verstehen. Mit einer scharfen Bewegung packten die Brüder einander beim Hemd. Die Oberarmmuskeln spannten sich an, wie schwere Magneten wurden sie voneinander angezogen. Und die ganze Zeit starrten sie sich in die Augen, kohlschwarze Pupillen, zwei Spiegel, direkt aufeinander gerichtet, während der Abstand sich bis zur Unendlichkeit dehnte.

Da warf die Mutter den Wischlappen. Er schoss mit einer dünnen Mehlwolke hinter sich durch die Küche, ein Komet mit Schweif, der die Stirn des älteren Sohnes traf. Drohend blieb sie abwartend stehen und strich sich langsam den Teig von den Händen. Sie hatte keine Lust, den ganzen Abend Hemdenknöpfe anzunähen. Widerstrebend lockerten die Brüder ihren Griff. Dann standen sie auf und gingen durch die Küchentür hinaus.

Die Mutter holte den Wischlappen, wusch sich die Hände und widmete sich wieder dem Teigkneten. Niila packte alle Schrauben in die Plastikschachtel und schob diese mit einer freudigen Miene in seine Tasche. Dann spähte er durchs Küchenfenster hinaus.

Mitten auf dem Gartenweg standen die Brüder. Ihre Arme schickten einen Fausthieb nach dem anderen aus. Schwere Treffer, sodass die kurzgeschorenen Köpfe wie Kohlrabiköpfe verdreht wurden. Aber kein Schrei, kein Schimpfwort. Schlag für Schlag auf die niedrigen Stirne, über die Kartoffelnasen, harte Treffer auf die purpurroten Ohren. Der Ältere hatte eine größere Reichweite, der Jüngere musste reichlich Schläge einstecken. Beide bluteten aus der Nase. Es tropfte und spritzte, ihre Knöchel waren rot. Und dennoch machten sie weiter. Peng. Klatsch. Peng. Zack.

Wir bekamen Saft und Zimtbrötchen direkt aus dem Ofen, so heiß, dass man sie eine Weile zwischen den Zähnen behalten musste, bevor man sie kauen konnte. Dann fing Niila an, mit den Schrauben zu spielen. Er kippte sie auf der Küchenbank aus, seine Finger zitterten, mir war klar, dass er sich schon lange danach gesehnt hatte, sie anfassen zu dürfen. Er sortierte sie in die verschiedenen Fächer der Plastikschachtel, kippte sie wieder aus, vermischte sie und fing von vorne an. Ich versuchte ihm zu helfen, merkte aber, dass er wütend wurde, und nach einer Weile ging ich heim. Er schaute nicht einmal auf.

Draußen standen die Brüder noch immer zusammen. Der Kies war inzwischen zu einem kreisförmigen Wall getreten worden. Die gleichen wütenden Schläge, der gleiche stumme Hass, aber jetzt mit langsameren, müderen Bewegungen. Ihre Hemden waren durchgeschwitzt. Ihre Gesichter waren grau hinter dem Blut, leicht mit Staub gepudert.

Da bemerkte ich, dass sie sich verwandelt hatten. Das waren keine richtigen Jungen mehr. Ihre Kiefer waren angeschwollen, die Eckzähne ragten zwischen den geschwollenen Lippen hervor. Ihre Beine waren kürzer und kräftiger, wie die Schenkel eines Bären, sie schwollen an, dass die Hosen in den Säumen knackten. Die Nägel waren schwarz geworden und hatten sich zu Klauen entwickelt. Und jetzt erkannte ich, dass das keine Erde im Gesicht war. Das waren Haare. Ein dichter Pelz, der sich dunkel über ihre hellen Jungswangen ausgebreitet hatte, den Hals hinunter und weiter bis in den Hemdkragen.

Ich wollte laut rufen, um sie zu warnen. Ging einen unvorsichtigen Schritt näher heran.

Beide hielten inne. Wandten sich mir zu. Rotteten sich zusammen, sogen meine Witterung ein. Und jetzt sah ich den Hunger. Den lebensbedrohlichen Hunger. Sie wollten essen, wollten Fleisch.

Ich trat mit einem eiskalten Gefühl im Bauch ein paar Schritte zurück. Sie knurrten. Näherten sich Schulter an Schulter, zwei wachsame Raubtiere. Dann wurden sie schneller. Traten aus ihrem Kiesring heraus. Gruben ihre Klauen in den Boden, bereit zu einem schrecklichen Sprung.

Die Dunkelheit wölbte sich über mir.

Mein Schrei, der erstickt wurde. Die Angst, das Jammern, ein quiekendes kleines Ferkel.

Ding. Dang. Dong.

Kirchenglocken.

Die heiligen Kirchenglocken. Ding dang. Ding dang dong. Auf den Hof radelte eine weiß gekleidete Gestalt, eine leuchtende Gestalt, die in einer mehligen Wolke von Licht seine Klingel betätigte. Er hielt wortlos an. Mit Riesenfäusten packte er die Tiere, hob sie beide beim Nackenfell und schlug die Steckrüben zusammen, dass es knackte.

»Papa«, jammerten sie, »Papa, Papa…«

Und das Licht wurde matter, und der Vater warf die Söhne auf die Erde und packte sie beim Fußgelenk, einen Sohn in jeder Faust, und so zog er sie über den Gartenweg, hin und her, er ebnete den Kiesring mit ihren

Vorderzähnen, bis der Hof wieder schön und ordentlich war. Und als er damit fertig war, weinten beide Brüder, sie weinten und waren wieder zu Jungen geworden. Und ich lief nach Hause, rannte, so schnell ich konnte. Und in meiner Tasche lag eine Schraube.

Niilas Papa hieß Isak, und er stammte aus einem alten Laestadianergeschlecht. Schon als kleiner Junge war er zu Gebetsstunden in den verrauchten Rauchstuben mitgeschleppt worden, in denen dunkel gekleidete Kleinbauern und ihre Ehefrauen mit geknoteten Kopftüchern Hintern an Hintern auf aufgestellten Sitzbrettern hockten. Es war so eng, dass die Stirn jeweils gegen den vorderen Rücken stieß, wenn man vom Heiligen Geist ergriffen wurde und anfing, sich beim Gebetsmurmeln zu wiegen. Dazwischen eingeklemmt hatte Isak gesessen, ein schmächtiger Junge zwischen den Onkeln beider Familien, die sich vor seinen Augen verwandelten. Sie begannen tiefer zu atmen, die Luft wurde schwer und feucht, sie bekamen purpurrote Gesichter, ihre Brillen beschlugen, ihre Nasen begannen zu tropfen, während die Stimmen der beiden Prediger immer lauter im Gesang erklangen. Diese Worte, diese lebendigen Worte, die die echte Wahrheit Faden für Faden weiterspannen, Bilder des Bösen, des Verrats, von Sünden, die gern in der Erde verborgen bleiben wollten, die aber mit ihren faulen Wurzeln herausgezogen und vor der Gemeinde wie wurmstichige Rüben geschüttelt wurden. In der Reihe vor ihm saß ein Mädchen mit Zöpfen, mit blondem, goldenem Haar, in der Dunkelheit, von beiden Seiten von erwachsenen Körpern in dem Qualm zusammengepresst. Sie war still, sie hielt eine Puppe ans Herz gedrückt, während der Sturm von oben noch zunahm. Es war erschreckend, seine Eltern weinen zu sehen. Zusehen zu müssen, wie die erwachsenen klugen Verwandten verwandelt, zerschmettert wurden. Klein dazwischen zu sitzen und zu spüren, wie es auf einen tropfte, und zu denken: Das ist meine Schuld. Das ist meine Schuld, wenn ich doch nur ein bisschen artiger gewesen wäre. Isak hatte seine Jungshände zu festen Fäusten geballt, und darinnen hatte es von Insekten gewimmelt. Und er dachte: Wenn ich sie öffne, dann sterben alle. Wenn ich sie loslasse, gehen wir unter.

Und dann eines Tages, an einem Sonntag, nachdem die Jahre verstrichen waren und er groß und kräftig geworden war, wagte er sich auf das frische Nachteis hinaus. Alles ging entzwei, die Schale zerbarst. Er war dreizehn Jahre alt geworden und spürte, wie Satan in seinem Bauch wuchs, und mit einem Schrecken, der größer war als die Angst vor Prügeln, größer als der Selbsterhaltungstrieb, war er bei einem Treffen aufgestanden, hatte Halt bei den Rücken gesucht, war vor und zurück geschwankt und dann mit der Nase voran in Christi Schoß gefallen. Über seinen Kopf und seinen Brustkorb hatten sich vernarbte Handflächen gelegt, das war die zweite Taufe, so ging das damals vor sich. Er hatte seine Büchse böser Taten aufgeknöpft und war von seinen Sünden überspült worden.

Kein Auge blieb bei der Versammlung trocken. Das war etwas Großes. Das war ein Ruf, dem man beiwohnte. Der Herr hatte mit eigener Hand den Jungen zu sich geholt und ihn dann wieder zurückgeführt.

Und anschließend, als er zum zweiten Mal gehen gelernt hatte, als er auf wackligen Beinen dort stand, hatten sie ihn gestützt. Seine dicke Mama hatte ihn in Jesu Namen und Blut umarmt, und ihre Tränen waren ihm übers Gesicht gelaufen.

Die Predigerlaufbahn war damit vorgegeben.

Wie die meisten Laestadianer wurde Isak ein fleißiger Arbeiter. Im Winter fällte er Bäume im Wald, flößte sie im Frühsommer und schuftete auf dem kleinen Bauernhof seiner Eltern, die ein paar Kühe und Kartoffeläcker hatten.

Er arbeitete viel und forderte nur wenig, verabscheute den Alkohol, das Kartenspiel und den Kommunismus. Was ihm hin und wieder Probleme bei den Waldarbeitern brachte, doch er sah den Spott seiner Kollegen als eine Prüfung an und las während seines Schweigens die Woche über in den Postillen des Predigerbruders.

Aber am Wochenende säuberte er sich mittels Gebet und Sauna und zog sich ein weißes Hemd und seinen dunklen Anzug an. Bei den Versammlungen konnte er endlich den Schmutz und den Teufel angreifen, das zweischneidige Schwert des Herrn schwingen, Gesetz und Evangelium, wider alle Sünder, wider die Lügner, die Hurenböcke, die Scheinheiligen, die Fluchenden, die Trinker, die prügelnden Ehemänner und die Kommunisten, die sich wie Läuse in das Jammertal des Tornedalschen Flusstals drängten.

Sein junges, energisches, sorgsam rasiertes Gesicht. Die tief liegenden Augen. Geschickt fing er die Aufmerksamkeit der Versammlung auf, und bald heiratete er eine Glaubensfreundin, eine scheue, zurechtgehobelte, nach Seife duftende Finnin aus der Gegend um Pello.

Aber als die Kinder kamen, wurde er von Gott im Stich

gelassen. Eines Tages war es nur noch still. Niemand antwortete ihm länger.

Zurück blieb allein eine große, abgrundtiefe Verwirrung. Trauer. Und eine langsam wachsende Boshaftigkeit. Er begann zu sündigen, einfach um es auszutesten. Kleine, böse Taten gegenüber seinen Nächsten. Und als er merkte, dass ihm das gefiel, machte er weiter. Während einiger ernsthafter Gespräche mit besorgten Glaubensbrüdern nahm er den Namen des Teufels in den Mund. Sie gingen ihrer Wege und kamen nicht zurück.

Aber trotz seiner Verlassenheit, seiner Leere, bezeichnete er sich selbst immer noch als gläubig. Er hielt an den Ritualen fest und erzog seine Kinder nach den Worten der Schrift. Nur dass er die Gestalt des Herren durch sich selbst ersetzte. Und das war die schlimmste Form des Laestadianismus, die kälteste, die schonungsloseste: Ein Laestadianismus ohne Gott.

Auf diesem bis ins Mark gefrorenen Boden wuchs Niila auf. Wie viele Kinder in einer bedrohlichen Umgebung lernte er zu überleben, indem er sich unsichtbar machte. Das hatte ich ja bereits bei unserer ersten Begegnung auf dem Spielplatz erlebt, seine Fähigkeit, sich lautlos von einem Ort zum anderen zu bewegen. Wie er die Farbe der Umgebung anzunehmen schien, bis er kaum noch zu unterscheiden war. Er war ein typisches Tornedalsches Kleinbürgerwesen. Man krümmt sich zusammen, um Wärme zu sparen. Man wird härter im Fleisch, bekommt steife Schultermuskeln, die dann im mittleren Alter anfangen zu schmerzen. Man macht kleinere Schritte, atmet flacher, und die Haut wird aufgrund des Sauerstoffmangels leicht grau. Ein Tornedalscher Kleinbürger flieht nie bei einem Angriff, weil das sowieso keinen Sinn hat. Man kauert sich zusammen und hofft, dass es bald vorbei ist. In öffentlichen Räumen setzt man sich ganz nach hinten, ein Phänomen, das man oft bei Tornedalschen Kulturveranstaltungen bemerken kann; zwischen dem Scheinwerferlicht der Bühne und dem Publikum klaffen gut zehn leere Stuhlreihen, während die hinteren Reihen alle voll besetzt sind.

Niila hatte kleine Wunden am Unterarm, die nie heilten. Mit der Zeit bemerkte ich, dass er sich immer kratzte. Er tat das ganz unbewusst, die schmutzigen Fingernägel krochen ganz von selbst dorthin und richteten den Schaden an. Sobald sich Schorf bildete, kratzte er daran, brach ihn auf, riss ihn los und streute ihn in die Gegend. Sodass er manchmal auf mir landete, manchmal aß er ihn auch mit einer geistesabwesenden Miene auf. Ich weiß nicht, was ich am ekligsten fand. Wenn wir bei mir zu Hause waren, versuchte ich es ihm zu sagen, aber er schien es irgendwie nie wahrzunehmen. Und nach einer Weile machte er es wieder.

Aber das Merkwürdigste an Niila war doch, dass er nicht redete. Schließlich war er schon fünf Jahre alt. Manchmal öffnete er den Mund und war kurz davor, man konnte hören, wie sich der Schleimkloß in der Kehle rührte. Das wurde zu einer Art Räuspern, ein Pfropfen, der sich zu lösen schien. Doch dann hielt er inne und sah ganz verängstigt aus. Er verstand, was ich sagte, das war zu erkennen, mit seinem Kopf war alles in Ordnung. Aber etwas darinnen hatte sich verhakt.

Sicher spielte dabei eine Rolle, dass seine Mutter aus Finnland stammte. Eine schon von Vorneherein schweigsame Frau aus dieser gequälten Nation, die von Bürgerkrieg, Winterkrieg und folgendem Weltkrieg niedergetrampelt worden war, während die fetten Nachbarn im Westen Eisenerz an die Deutschen verkauften und dabei reich wurden. Sie fühlte sich minderwertig. Sie wollte ihren Kindern das geben, was sie selbst nicht bekommen hatte, sie sollten echte Reichsschweden werden, deshalb wollte sie ihnen lieber Schwedisch beibringen als ihre finnische Muttersprache. Und da sie selbst kaum Schwedisch konnte, schwieg sie lieber.

Daheim bei mir saßen wir oft in der Küche, weil Niila so gern Radio hörte. Im Unterschied zu seinem Elternhaus hatte meine Mutter den ganzen Tag im Hintergrund das Radio laufen. Ganz gleich, was gesendet wurde, alles vom Verkehrsfunk über das Wunschkonzert bis zu den Kirchenglocken aus Stockholm, Sprachkursen und Gottesdiensten. Ich selbst hörte nie zu, das ging bei mir in ein Ohr rein und zum anderen wieder raus. Niila dagegen schien schon allein die Geräuschkulisse zu genießen, die Tatsache, dass es nie ganz leise bei uns war.

Eines Nachmittags fasste ich einen Beschluss. Ich wollte Niila das Sprechen beibringen. Ich fing seinen Blick ein, zeigte auf mich selbst und sagte:

»Matti.«

Dann zeigte ich auf ihn und wartete. Er wartete auch. Ich beugte mich vor und schob ihm einen Finger zwischen die Lippen. Er sperrte den Mund auf, immer noch schweigend. Ich begann seinen Hals zu massieren, das kitzelte, er schlug meine Hand weg.

»Niila!«, sagte ich und versuchte ihn dazu zu bringen, das Wort zu wiederholen. »Niila, sag Niila!«

Er starrte mich an, als wäre ich ein Idiot. Ich deutete auf mein Geschlecht und sagte:

»Bumsen!«

Er lachte scheu über meine Frechheit. Ich zeigte auf meinen Hintern:

»Scheißen! Bumsen und scheißen!«

Er nickte und hörte wieder dem Radio zu. Ich zeigte auf seinen eigenen Hintern und zeigte mimisch, wie etwas herauskam. Fragend sah ich ihn an. Er räusperte sich. Ich erstarrte, wartete gespannt. Aber er schwieg. Wütend warf ich ihn zu Boden, schüttelte ihn.

»Kacken heißt das. Sag kacken!«

Er wand sich wortlos aus meinem Griff. Hustete und schien die Zunge im Mund zu kneten, um sie weich zu bekommen.

»*Soifa*«, sagte er dann.

Ich hielt den Atem an. Es war das erste Mal, dass ich seine Stimme hörte. Sie klang dunkel für einen kleinen Jungen, rau. Nicht besonders schön.

»Was hast du gesagt?«

»*Donu al mi akvon.*«

Noch einmal. Ich saß eine ganze Weile vollkommen überrascht da. Niila redete! Er hatte angefangen zu sprechen, aber ich kapierte nicht, was er sagte.

Würdevoll stand er auf, ging zum Spülbecken und trank ein Glas Wasser. Dann ging er zu sich nach Hause.

Etwas äußerst Merkwürdiges war geschehen. In seiner Stummheit, in seiner isolierten Furcht hatte Niila sich seine eigene Sprache erschaffen. Ohne zu reden, ohne Konversation hatte er Worte erfunden, sie zusammengefügt und Sätze gebildet. Oder waren das nicht nur seine? Lag das vielleicht tiefer, eingebettet in die innersten Torflager des Gehirns? Eine Ursprache. Eine alte, eingefrorene Erinnerung, die jetzt langsam auftaute.

Und schwupps waren die Rollen vertauscht. Statt dass ich ihn das Sprechen lehrte, war nun er es, der mich unterrichtete. Wir saßen in der Küche, Mutter war im Garten, das Radio quäkte.

»*Ĉi tio estas seĝo*«, sagte er und zeigte auf einen Stuhl.

»*Ĉi tio estas seĝo*«, wiederholte ich.

»*Vi nomiĝas Matti*«, er zeigte auf mich.

»*Vi nomiĝas Matti*«, wiederholte ich gehorsam.

Schnell schüttelte er den Kopf.

»*Mi nomiĝas!*«

»*Mi nomiĝas Matti*«, korrigierte ich mich. »*Vi nomiĝas Niila.*«

Er schmatzte eifrig. Es gab Regeln in seiner Sprache, es gab eine Ordnung. Man konnte nicht einfach so drauflosplappern.

Wir begannen sie als unsere Geheimsprache zu benutzen, sie wuchs zu einem Raum, der nur uns gehörte, in dem wir unsere Ruhe hatten. Die Kinder aus unserer Gegend wurden neidisch und misstrauisch, aber das steigerte nur das Vergnügen. Mama und Papa wurden unruhig und fürchteten, ich könnte einen Sprachfehler haben, aber der Arzt, den sie anriefen, meinte, dass Kinder oft eine Phantasiesprache benutzten, und dass das bald vorbeigehen würde.

Aber bei Niila hatte sich endlich der Halspfropfen gelöst. Mit Hilfe dieser Als-ob-Sprache überwand er seine Angst vorm Sprechen, und bald danach begann er auch Schwedisch und Finnisch zu reden. Er verstand ja viel und hatte bereits einen großen passiven Wortschatz. Der musste nur in Laute gekleidet werden, und die Mundbewegungen mussten eingeübt werden. Aber das erwies sich als schwieriger als angenommen. Lange Zeit klang es sehr merkwürdig, der Gaumen hatte Probleme mit den vielen Vokalen im Schwedischen und den Diphtongs im Finnischen, und die Lippen liefen vor Speichel über. Nach einer Weile konnte man ihn zwar einigermaßen verstehen, aber immer noch blieb er am liebsten bei unserer heimlichen Sprache. In der fühlte er sich zu Hause. Wenn wir sie sprachen, entspannte er sich und bewegte seinen Körper in leichteren, geschmeidigeren Bewegungen.

Eines Sonntags geschah etwas Ungewöhnliches in Pajala. Die Kirche war nämlich bis auf den letzten Platz besetzt. Es war ein ganz normaler Gottesdienst, der Pfarrer war wie immer Wilhelm Tawe, und normalerweise wäre noch reichlich Platz gewesen. Aber an diesem Tag war die Kirche überfüllt.

An diesem Tag sollten die Einwohner von Pajala nämlich den ersten lebendigen Schwarzen ihres Lebens sehen.

Das Interesse war groß, sogar meine Eltern ließen sich dorthin locken, während sie sich doch sonst eigentlich nur zu Weihnachten an diesem Ort blicken ließen. Auf der Bank vor uns saß Niila mit seinen Eltern und allen Geschwistern. Nur ein einziges Mal drehte er sich um und sah über die Rückenlehne zu mir, bekam aber sofort einen harten Stoß von Isak. Die Gemeinde flüsterte und summte, es waren Beamte und Waldarbeiter da – und sogar ein paar Kommunisten. Das Gesprächsthema war klar. Man überlegte, ob er wohl richtig schwarz war, kohlrabenschwarz, wie die Jazzmusiker auf den Plattenhüllen? Oder war er vielleicht nur bräunlich?

Beim Glockenläuten wurde die Tür der Sakristei geöffnet. Wilhelm Tawe trat heraus und wirkte hinter seiner

Brille mit schwarzem Rand etwas angespannt. Und hinter ihm. Auch er im Priestergewand. In einem afrikanischen, glitzernden Mantel, oh ja…

Kohlrabenschwarz! Ein Raunen war von den Sonntagsschulfräuleins zu hören. Ganz und gar nicht braun, eher blauschwarz. Neben dem Afrikaner trippelte eine alte Diakonisse, die viele Jahre lang in der Mission gearbeitet hatte, mager und mit gelbledriger Haut. Die Männer verneigten sich vor dem Altar, die Frau knickste. Dann leitete Tawe den Gottesdienst ein, indem er die große Gemeinde willkommen hieß und ganz besonders den weit gereisten Gast aus dem kriegsgeschüttelten Kongo. Die christlichen Gemeinden dort benötigten dringend materielle Hilfe, und die Kollekte dieses Tages sollte ohne Abstriche den Brüdern und Schwestern dort unten zugute kommen.

Die Rituale des Gottesdienstes nahmen ihren Lauf. Aber alle starrten nur in eine Richtung, konnten sich gar nicht satt sehen. Während der Psalmen hörte man zum ersten Mal die Stimme des Schwarzen. Er kannte die Melodien, offenbar sangen sie in Afrika ähnliche Kirchenlieder. Er sang mit tiefer, irgendwie rauer Stimme in einer Eingeborenensprache, und die ganze Kirche sang immer leiser, um ihn besser hören zu können. Als es endlich Zeit für die Predigt war, gab Tawe ein Zeichen. Und das Unerhörte geschah: Der Schwarze und die Diakonisse betraten gemeinsam die Kanzel.

Unruhe breitete sich aus, wir waren ja in den Sechzigerjahren, und da hieß es immer noch, dass die Frau in der Versammlung zu schweigen habe. Tawe erklärte aber sogleich zur allgemeinen Beruhigung, dass die Dame nur übersetzen sollte. Es wurde ein bisschen eng dort oben, als sie sich vorsichtig neben den stattlichen Fremden schob. Sie schwitzte reichlich unter ihrer Diakonissenhaube, ergriff das Mikrophon und warf nervöse Blicke auf die Versammlung. Der Schwarze blickte ruhig über die Reihen, seine Körperlänge wurde durch den hohen Hut, der golden und blau auf seinem Kopf ruhte, noch verstärkt. Sein Gesicht war so dunkel, dass man nur das Weiße in den Augen blitzen sah.

Dann begann er zu sprechen. Auf Bantusprache. Ohne Mikrophon. Er rief irgendwie, laut und lockend, als würde er jemanden im Dschungel suchen.

»Ich danke dem Herrn, danke dem Herrn, meinem Gott«, übersetzte die Diakonisse.

Dann ließ sie das Mikrophon fallen, beugte sich jammernd vor und wäre von der Kanzel gefallen, wenn nicht der Schwarze sie aufgefangen hätte.

Der Kirchendiener reagierte als Erster. Er kletterte hoch, schlang die knochigen Arme der Diakonisse um seinen Stiernacken und trug sie hinunter auf den Mittelgang.

»Malaria«, stöhnte sie. Ihre Haut war dunkelgelb, sie stand aufgrund einer Fieberattacke kurz vor der Ohnmacht. Einige Mitglieder des Kirchenrats schlossen sich an und halfen mit, sie aus der Kirche zu einem Auto zu tragen, das sofort zum Krankenhaus fuhr.

Zurück blieben die Gemeinde und der Schwarze. Alle fühlten sich wie benommen. Tawe trat vor, um zu übernehmen, aber der Schwarze stand immer noch auf der Kanzel. Wenn er um die halbe Welt gereist war, würde er das hier ja wohl auch noch schaffen. In Gottes Namen.

Er dachte kurz nach und wechselte dann von der Bantusprache ins Kisuaheli. Gewiss eine Vielmillionensprache, verbreitet in großen Teilen des afrikanischen Kontinents, aber leider vollkommen unbekannt in Pajala. Ausdruckslose Gesichter sahen ihn an. Er wechselte wieder die Sprache, diesmal ins Kreolfranzösische. Der Dialekt war so stark, dass nicht einmal die Französischlehrerin seine Aussprache verstand. Immer aufgeregter ging er bei einigen Sätzen ins Arabische über. Versuchte es dann verzweifelt mit dem Flämischen, das er während seiner ökumenischen Reisen in Belgien aufgeschnappt hatte.

Der Kontakt blieb bei Null. Niemand verstand eine Silbe. In diesen abgelegenen Gegenden regierten allein das Schwedische und das Finnische.

Aus reiner Verzweiflung wechselte er ein letztes Mal die Sprache. Setzte so lautstark an, dass das Echo bis zur Orgel hinaufdrang, weckte eine Frau auf, die eingeschlafen war, brachte einen Säugling zum Weinen und die Blätter in der Predigerbibel zum Rascheln.

Da erhob sich Niila aus der Bank vor mir und rief zurück.

Es wurde totenstill in der Kirche. Die gesamte Versammlung drehte sich um und starrte diesen unverschämten Bengel an. Der Schwarze wandte das funkelnde Weiß seiner Augen dem Jungen dort unten zu, gerade in dem Moment, als dieser schroff von Isak niedergeboxt wurde. Der Afrikaner hob seine Hände als Zeichen, innezuhalten, und die Haut da drinnen war sonderbar weiß. Isak spürte den Blick und ließ seinen Sohn los.

»*Ĉu vi komprenas kion mi diras?*«, rief der Schwarze.

»*Mi komprenas ĉion*«, antwortete Niila.

»*Venu ĉi tien, mia knabo. Venu ĉi tien al mi.*«

Zögernd zwängte sich Niila aus der Bankreihe und stellte sich in den Gang. Einen Augenblick lang sah es aus, als wollte er fliehen. Der Afrikaner winkte ihn mit hellen Handinnenflächen zu sich. Niila machte unter den Blicken aller Anwesenden ein paar zittrige Schritte. Sich duckend tastete er sich zur Kanzel vor, ein schüchterner kleiner Junge mit verschnittenem Haar. Der Schwarze half dem Buben die Stufen hinauf. Niila konnte kaum über die Brüstung sehen, aber der Afrikaner hob ihn mit seinen starken Armen hoch. Hielt den Jungen wie ein Lamm. Mit zitternder Stimme nahm er seine unterbrochene Predigt wieder auf:

»Dio nia, kiu aŭskultas niajn preĝojn…«

»Vater unser, der du unsere Gebete erhörst«, übersetzte Niila ohne jedes Zögern. »Heute hast du uns einen Jungen gesandt. Wir danken dir, Herr, wir danken dir…«

Niila verstand alles, was der Schwarze sagte. Die Einwohner von Pajala hörten wie vom Schlag getroffen zu, während der Junge die gesamte Predigt des Schwarzen übersetzte. Niilas Eltern und Geschwister saßen wie Steinsäulen mit entsetzten Gesichtern da. Sie waren schockiert, sie begriffen, dass eines von Gottes Wundern vor ihren Augen geschehen war. Viele in den Bänken brachen vor Entzückung in Tränen aus, alle waren gerührt und in ihren Herzen bewegt. Jubelndes Flüstern brach aus, bis der gesamte Kirchensaal summte. Ein Gnadenzeichen! Ein Wunder!

Ich selbst konnte das nicht begreifen. Woher kannte der Afrikaner unsere Geheimsprache? Denn genau diese redeten sie da oben, der Schwarze und Niila.

Das Ereignis wurde viel diskutiert, nicht zuletzt in kirchlichen Kreisen. Noch lange Zeit danach riefen Zeitungen und Fernsehen an und wollten den Jungen interviewen, aber Isak verbot das.

Ich selbst traf Niila erst ein paar Tage später. Er schlüpfte an einem Nachmittag in unsere Küche und sah immer noch mitgenommen aus. Wir bekamen von meiner Mutter Butterbrote, die wir wegmümmelten. Mit der Zeit taute Niila wieder auf eine etwas steife Art auf.

Im Hintergrund plapperte wie üblich das Radio. Plötzlich hatte ich so eine sonderbare Ahnung und drehte es lauter.

»*Ĝis reaŭdo!*«

Ich stutzte. Unsere Geheimsprache! Eine kurze Erkennungsmelodie, anschließend die Stimme des Sprechers:

»Sie hörten gerade die heutige Lektion unseres Sprachkurses in Esperanto.«

Sprachkurs in Esperanto. Er hatte es aus dem Radio gelernt.

Langsam drehte ich mich um und sah Niila an. Er saß da, den Blick weit in die Ferne gerichtet.

KAPITEL 3

– über dramatische Begebenheiten im Vorratsgebäude
der Nähschule sowie
ein unerwartetes Zusammentreffen, mit dem wir
den Ereignissen weit vorgreifen.

Neben dem Spielplatz lag ein großes, fast herrschaftliches Holzgebäude mit vielen Fenstern über die ganze Fassade. Das war das alte Armenhaus, in dem aber inzwischen jugendliche Mädchen unter anderem im Essenkochen und in Handarbeiten ausgebildet wurden. Statt arbeitslos herumzulaufen, konnten die Mädchen immer noch gut ausgebildete Hausfrauen werden. Neben der Schule, die wir immer nur Nähschule nannten, lag ein rot gestrichener alter Vorratsschuppen, voller Schrott und alten Schulunterlagen, in denen wir Kinder gern wühlten. An einer Stirnseite waren ein paar Bretter lose, dort konnte man hineinkriechen.

Es war ein brütend heißer Hochsommertag. Die Hitze lag schwer auf der Stadt, der Heuduft von den Schnittweiden am Spielplatz war intensiv wie Tee. Ganz allein schlich ich mich an die Wand des Vorratsschuppens heran. Unruhig hielt ich nach dem Schulhausmeister Ausschau. Wir Kinder hatten Angst vor ihm. Er hasste herumschnüffelnde Kinder, ein athletischer Kerl im Overall voller Farbflecken. Er tauchte immer wie aus heiterem Himmel auf, den Radarblick eingeschaltet. An den Füßen trug er Holzschuhe, die er mit blitzartiger Geschwindigkeit abschüttelte, bevor er mit wenigen Tigersprüngen seine Beute packte. Kein Kind war ihm jemals entkommen, er schraubte seine Faust wie eine Zange um die Nackenwirbel und hob es dann hoch, bis sich fast der Kopf vom übrigen Körper löste. Ich hatte einmal einen der Nachbarsjungen gesehen, einen verdammt zähen Jugendlichen, der wie ein Baby heulte, nachdem er sein Moped am falschen Ort aufgemotzt hatte.

Trotzdem ging ich das Risiko ein. Ich war noch nie in dem Vorratsschuppen gewesen, hatte aber davon gehört, dass sich andere getraut hätten. Die Nerven bis zum Zerreißen gespannt, schaute ich mich um. Alles schien ruhig zu sein. Schnell ließ ich mich auf alle viere fallen, schob die Latten zur Seite, steckte den Kopf durch die dunkle Öffnung und krabbelte hinein.

Nach dem Sonnenschein draußen war hier drinnen alles kohlrabenschwarz. Die Augen weiteten sich aufgrund der Dunkelheit und der Blindheit. Eine ganze Weile lang stand ich vollkommen regungslos da. Dann begann ich nach und nach Konturen zu erkennen. Alte Regale, kaputte Schulbänke. Ein Stapel Holz, ein Haufen Ziegelsteine. Eine gesprungene Toilettenschüssel ohne Deckel. Kartons mit Elektroschrott und Isolatoren. Ich begann vorsichtig herumzugehen, versuchte dabei möglichst nirgends anzustoßen. Die Luft war trocken, es roch nach Sägespänen, Mörtel und warmem Teer von der sonnenheißen Dachpappe oben. Ich glitt voran, schwamm geradezu in dem dumpfen Dunkel. Es war olivgrün wie am Grunde eines Nadelwalds. Ich bewegte mich wie zwischen Schlafenden. Atmete geräuschlos durch die Nase, spürte, wie der Staub sie kitzelte. Meine Segeltuchschuhe, weich wie die Pfoten einer Katze, hinterließen auf dem Zementboden keine Geräusche.

Stopp! Ein Riese wuchs vor mir in die Höhe. Ich wich zurück, eine schwarze Gestalt in der Finsternis. Mein Körper erstarrte.

Aber das war nicht der Hausmeister. Sondern ein alter Heizkessel. Hoch und schwer durch die Metallplatten. Dick wie eine Hausfrau mit großen gusseisernen Luken. Ich öffnete die größte. Schaute in eine kalte, kohlrabenschwarze Öffnung. Rief leise hinein. Meine Stimme hallte da drinnen wider. Im Inneren war es leer. Eine eiserne Jungfrau, nur noch mit der Erinnerung an ein das Innere verzehrendes Feuer.

Vorsichtig schob ich den Kopf durch die Luke. Tastete mit der Hand und spürte, wie sich Rostklumpen von den Wänden lösten, vielleicht war es auch Ruß. Drinnen roch es nach Metall, Oxid und altem Feuer. Ich überlegte eine Weile, sammelte all meinen Mut. Dann zwängte ich mich durch die enge Feuerluke hinein.

Ich war in der eisernen Jungfrau. Hockte in ihrem runden Bauch, zusammengekauert wie ein Fötus. Ich versuchte mich hinzustellen, aber mein Kopf schlug oben gegen das Metall. Leise schloss ich die Luke hinter mir, zog sie so weit zu, bis auch der letzte schwache Lichtstreifen verschwand.

Eingeschlossen. Sie brütete mich aus. Beschützte mich mit ihren kugelsicheren Wänden wie eine Schwangere. Ich war in ihr, und ich war ihr Kind. Das fühlte sich so prickelnd wie eklig an. Eine Sicherheit, gemischt mit einem merkwürdigen Gefühl der Scham. Ich tat etwas Verbotenes. Ich verriet jemanden, vielleicht meine Mutter. Mit geschlossenen Augen kauerte ich mich zusammen und lehnte mein Kinn auf die Knie. Sie war so kalt, während ich warm und jung war, ein kleiner, schwelender Glutklumpen. Und als ich lauschte, konnte ich sie flüstern hören. Ein leises Sausen in einem Riss oder einem abgenutzten Rohrstutzen, zärtliche, tröstende Worte.

Da hörte ich es poltern. Der Hausmeister trampelte in den Geräteschuppen. Er war wütend und versprach allen verfluchten Kindern Prügel. Ich saß atemlos da und hörte ihn suchend herumlaufen, Möbel hochheben, gegen Gerümpel treten, als jage er Ratten. Er lief im Schuppen herum und stieß wilde Drohungen aus, anscheinend hatte mich jemand in der Nähschule gesehen und verpetzt. Und das ging über »djävlar« und »perkele«, Todesflüche auf Schwedisch und Finnisch.

Direkt vor dem Heizkessel blieb er stehen und schien in der Luft zu schnuppern. Als würde er Witterung aufnehmen. Ich hörte etwas gegen das Metall kratzen, und mir war klar, dass er sich gegen sie lehnte, gegen die eiserne Jungfrau. Das Einzige, was uns noch trennte, war eine drei Zentimeter dicke Eisenhaut.

Die Sekunden schleppten sich dahin. Dann war noch ein Kratzen zu hören, und die Schritte verloren sich. Die Schuppentür wurde zugeworfen. Ich blieb sitzen. Unbeweglich wartete ich, dass die Minuten vergehen würden. Und plötzlich hörte ich von neuem das Schlurfen von Schritten. Der Hausmeister hatte nur so getan, als würde er gehen, um die Beute mit der List eines erwachsenen Mannes zu schnappen. Aber nun gab er auf, diesmal ging er wirklich hinaus, ich konnte seine Schritte auf dem Kies draußen hören.

Jetzt erst traute ich mich, meine Position zu verändern. Die Gelenke schmerzten, und ich drückte gegen die Luke. Sie saß fest. Ich packte fester zu. Doch die Luke ließ sich nicht bewegen. Eine Woge kalten Schweißes überschwemmte mich. Die Angst wurde zur Panik, der Hausmeister musste an den Hebel gekommen sein. Ich war eingeschlossen.

Nachdem sich die erste Erstarrung gelöst hatte, begann ich zu schreien. Das Echo verstärkte meine Stimme, ich steckte die Finger in die Ohren und brüllte los.

Aber niemand kam.

Heiser und erschöpft sank ich nieder. Würde ich sterben? Verdursten, in meinem Sarkophag verdorren?

Der erste Tag war schrecklich. Meine Muskeln schmerzten, die Waden zogen sich in Krämpfen zusammen. Der Rücken wurde steif, da ich gezwungen war, zusammengekauert zu sitzen. Der Durst machte mich fast wahnsinnig. Meine Körperfeuchtigkeit wurde von den rußigen Wänden kondensiert, ich merkte, wie es von ihnen tropfte, und versuchte sie abzulecken. Es schmeckte metallisch, und der Durst wurde nur noch schlimmer davon.

Am zweiten Tag überfiel mich Schläfrigkeit. Viele Stunden lang dämmerte ich in einem Halbschlummer dahin. Die Leere erschien wie eine Befreiung. Mein Zeitgefühl schwand dahin, ich glitt in ein angenehmes Gefühl des Vergessens und begriff, dass ich starb.

Als ich das nächste Mal wieder erwachte, musste ich feststellen, dass eine ganze Weile vergangen war. Das grünliche Tageslicht, das durch das Ventil hereinsickerte, war schwächer geworden. Die Tage wurden kürzer. Es wurde nachts viel kälter, und bald stellte sich auch der Frost ein. Ich hielt mich warm, indem ich wie eine Kröte mit kleinen, albernen Bewegungen auf und ab hüpfte.

An den Winter habe ich nicht viele Erinnerungen. Ich kauerte mich wie ein Ball zusammen und schlief die meiste Zeit. Die Wochen vergingen in einer Art Winterschlaf. Als die Frühlingswärme endlich wieder zu spüren war, entdeckte ich, dass ich gewachsen war. Die Kleider waren zu eng und unbequem. Unter großen Schwierigkeiten zog ich sie aus und wartete nunmehr nackt weiter.

Stück für Stück füllte mein Körper den knappen Hohlraum immer mehr aus. Es mussten einige Jahre vergangen sein. Die Körperfeuchtigkeit führte dazu, dass das Eisen rostete, ich hatte Rostflocken in meinem wild wuchernden Haar. Jetzt konnte ich nicht mehr hüpfen, nur noch wie eine Ente seitwärts schaukeln. Selbst wenn jetzt die Luke geöffnet würde, wäre sie für mich zu eng. Mit der Zeit wurde es fast unerträglich. Ich konnte mich nicht einmal mehr seitwärts bewegen. Mein Kopf war zwischen die Knie gepresst. Die Schultern konnten nicht mehr breiter wachsen.

Mehrere Wochen lang dachte ich, die Sache wäre gelaufen.

Zum Schluss ging es nicht weiter. Ich füllte den Hohlraum vollständig aus. Es gab keinen Platz mehr, um zu atmen, ich bekam nur mittels kleiner, schnappender Bewegungen Luft. Und trotzdem wuchs ich noch weiter.

Eines Nachts geschah es. Ein sprödes Knacken. Als bräche man einen Seitenspiegel ab. Eine kurze Pause und anschließend ein langsames Knirschen auf meinem Rücken. Als ich versuchte nach hinten zu schauen, gab die Wand nach. Sie bog sich und zerbarst in einer Wolke von Scherben, und ich wurde in die Welt hinauskatapultiert.

Nackt, neu geboren, krabbelte ich im Gerümpel herum. Stellte mich auf sehr wackligen Beinen auf und suchte Halt an einem Regal. Verwundert stellte ich fest, dass die Welt geschrumpft war. Nein, ich war derjenige, der doppelt so lang geworden war. Um mein Geschlecht herum wuchsen Haare. Ich war erwachsen geworden.

Hinaus in die eiskalte Winternacht. Kein Mensch war zu sehen. Ich stapfte durch den Schnee und hastete barfuß durch den Ort, immer noch nackt. Auf der Kreuzung zwischen dem Farbenladen und dem Kiosk lagen vier Jünglinge mitten auf der Fahrbahn. Sie schienen zu schlafen. Ich blieb stehen und betrachtete sie verwundert. Beugte mich im Straßenlicht tiefer über sie.

Einer der Jünglinge war ich.

Mit einem merkwürdigen Gefühl legte ich mich auf der eisbedeckten Fahrbahn neben mich selbst. Die Kälte direkt auf der Haut, sie schmolz und wurde feucht.

Ich wartete. Sie würden schon zur rechten Zeit aufwachen.

KAPITEL 4

– in der die Kinder des Ortes in die Gamla Skolan kommen, etwas über das südliche Schweden lernen und wie das Lernen an sich vonstatten geht.

An einem bewölkten Augustmorgen erklang die Glocke, und ich begann mit der Schule. Klasse eins. Feierlicher Einmarsch mit Mama in das große gelbgestrichene Holzgebäude, das die Grundschule beherbergte, eine alte Schule, die ganz phantasievoll Gamla Skolan getauft worden war.

Wir wurden knarrende Treppen hinaufgelotst, in ein Klassenzimmer im ersten Stock, gingen über breite, verblichene Bodenplanken mit einer glänzenden, dicken Lackschicht und wurden jeder auf unsere antike Schulbank mit Holzdeckel, Federmulde und Loch für das Tintenfass verwiesen. Überall waren die Messerspuren etlicher Schülergenerationen zu sehen. Die Mütter marschierten hinaus, und wir blieben zurück. Zwanzig Kinder mit wackligen Milchzähnen und warzigen Fingergelenken. Einige hatten Sprachfehler, andere Brillen, viele sprachen daheim Finnisch, eine ganze Menge war mit Prügeln erzogen worden, fast alle waren scheu, kamen aus Arbeiterheimen und wussten schon von Anfang an, dass sie nicht hierher gehörten.

Unsere Lehrerin war über Sechzig, trug eine runde Nickelbrille, einen Knoten im Nacken mit Netz und Haarnadeln und hatte eine lange, gekrümmte Nase, die ihr das Aussehen einer Eule verlieh. Sie trug immer einen Wollrock und eine Bluse, oft eine Strickjacke dazu, die sie zur Hälfte zuknöpfte, und weiche, schwarze Schuhe, die an Pantoffeln erinnerten. Freundlich, aber entschlossen nahm sie ihre Pflichten wahr – die darin bestanden, aus diesen nur schlampig gesägten Holzscheiten etwas herauszuschnitzen, was in der schwedischen Gesellschaft zurechtkommen würde.

Zuerst mussten alle an die Tafel gehen und ihren Namen aufschreiben. Einige konnten es, andere nicht. Auf der Grundlage dieses wissenschaftlichen Tests teilte die Lehrerin die Klasse in zwei Gruppen ein, die Eins und Zwei genannt wurden. In Gruppe Eins landeten die, die die Prüfung bestanden hatten, die meisten der Mädchen sowie ein paar Beamtensöhne. In Gruppe Zwei landete der Rest, darunter ich und Niila. Und auch wenn wir erst sieben Jahre alt waren, saß der Stempel doch genau dort, wo er sitzen sollte.

Ganz vorn an der Decke hingen die BUCHSTABEN. Eine erschreckende Armee von Biegungen und Pfosten, von einer Wand bis zur anderen. Sie waren es, die wir einen nach dem anderen besiegen sollten, flach auf den Rücken in unser Schreibheft legen und zwingen, uns zu gehorchen. Wir bekamen auch Stifte und Kreide in einer Pappschachtel und ein Lesebuch über Li und Lo und eine steife Pappscheibe mit Wasserfarbenbröckchen, die aussahen wie bunte Karamellbonbons. Dann begann die Arbeit. Das Bankfach sollte mit Papier ausgelegt werden, die Bücher eingeschlagen, und es gab ein lautes Rascheln von Wachspapierrollen, die wir von zu Hause mitgebracht hatten, und ein eifriges Klappern stumpfer Schulscheren. Zum Schluss wurde der Stundenplan auf die Innenseite des Pultdeckels geklebt. Niemand verstand all diese mysteriösen Zeichen, aber der Stundenplan gehörte dazu, er war ein Teil von ZUCHT und ORDNUNG und bedeutete, dass die Kindheit vorbei war. Ab jetzt gab es die Sechs-Tage-Woche in der Schule von Montag bis Samstag, und am siebten Tag gab es für die, die immer noch nicht genug hatten, die Sonntagsschule.

Zucht und Ordnung, wie gesagt. Sich in die Schlange vor der Klassenzimmertür stellen, wenn es zur Stunde läutete. In Reih und Glied in die Schulkantine gehen, mit dem Fräulein an der Spitze. Die Hand heben, wenn man etwas sagen will. Die Hand heben, wenn man pinkeln muss. Die Löcher im Papier zum Fenster hin drehen. In die Pause gehen, wenn es klingelt. Sofort hereinkommen, wenn es wieder zur Stunde klingelt. Alles befohlen mit der gleichen ruhigen schwedischen Freundlichkeit, nur selten kam es vor, dass einem Frechdachs in der Zweiergruppe der Schopf von kräftigen Fräuleinfäusten gelupft wurde. Wir mochten unsere Lehrerin. Sie wusste wirklich, wie man erwachsen wird.

Ganz vorn am Lehrerpult stand die braune Pedalorgel. Sie wurde bei der Morgenandacht benutzt, bei der die Lehrerin sich auf den Hocker setzte und anfing zu treten. Ihre dicken Waden spannten sich in den beigefarbenen Kniestrümpfen, ihre Brille beschlug, sie spreizte ihre runzligen Finger über den Tasten und gab den Ton an. Ein zitternder Altfrauensopran mit strengem Seitenblick, um zu überprüfen, ob auch alle mitsangen. Das Sonnenlicht aus den Sprossenfenstern, golden und warm schien es über die nächststehenden Bänke. Kreidegeruch. Die Landkarte von Schweden. Mikael, der oft Nasenbluten hatte und dann mit zurückgelehntem Kopf und einem Stück Küchenrolle dasaß. Kennet, der nie wirklich still sitzen konnte. Annika, die flüsterte, wenn sie reden sollte, und in die alle Jungs verliebt waren. Stefan, der verdammt gut im Fußballspielen war, sich aber drei Jahre später an einem Baum auf der Skipiste Yllästunturi zu Tode fahren sollte. Und Tore und Anders und Eva und Åsa und Anna-Karin und Bengt – und wir alle anderen.

Genau wie Pajalabo war man unterlegen, das wurde gleich als Erstes festgestellt. Im Atlas kam Skåne zuerst, in einem besonders großen Maßstab gedruckt, vollkommen verschwunden unter roten Strichen, die Straßen bedeuteten, und schwarzen Punkten, die Ortschaften markierten. Dann kamen die anderen Gebiete in normalem Maßstab, immer weiter nach Norden, je länger man blätterte. Und ganz zum Schluss kam Norra Norrland, gedruckt in einem besonders kleinen Maßstab, damit auch alles Platz hatte, und trotzdem gab es dort kaum Striche oder Punkte. Fast ganz oben am Rand der Karte lag Pajala, umgeben von braunfarbener Tundra, und dort wohnten wir. Blätterte man zurück, sah man, dass Skåne ebenso groß erschien wie das ganze Norra Norrland, dafür aber grün gefärbt war von verdammt reger Landwirtschaft. Es dauerte viele Jahre, bis ich das Maßstabssystem durchschaute und kapierte, dass Skåne, ja unser gesamter südlicher Landesteil von Küste zu Küste, Platz zwischen Haparanda und Boden finden würde.

Wir lernten alles über Kinnekulle, 306 Meter über

dem Meeresspiegel. Aber kein Wort über Käymävaara, 348 Meter. Wir mussten Viskan, Ätran, Spyan und Gallan oder wie sie auch immer hießen, lernen, vier kolossale Flüsse, die das südschwedische Hochland entwässerten. Viele Jahre später sah ich sie mit eigenen Augen. Ich musste einfach anhalten, aus dem Wagen steigen und mir die Augen reiben. Ein Graben. Kleine Waldbäche, die kaum zum Flößen geeignet wären. Kaunisjoki oder Liviöjoki, größer waren sie nicht.

Die gleiche Fremdheit spürte ich auf dem Gebiet der Kultur. »Hast du Herrn Pfifferling gesehen?«, sollten wir singen. Die Frage konnte ich mit einem glatten Nein beantworten. Und Frau Pfifferling auch nicht, und auch sonst keine Verwandten von ihm.

Manchmal bekamen wir ein Heft von der Sparkasse, geschmückt mit einer betagten Eiche. Wenn man Geld sparte, wuchs es und wurde ebenso groß wie der Baum, so wurde uns gesagt. Aber um Pajala wuchs nirgends eine Eiche, deshalb war uns schnell klar, dass mit dieser Reklame etwas nicht stimmte. Das Gleiche galt für das Kreuzworträtsel in diesem Heft, in dem oft ein hoher, zypressenähnlicher Baum mit neun Buchstaben vorkam. Richtige Antwort: Wacholder. Obwohl doch der Wacholder bei uns nie so aussah, sondern nur ein spärlicher, wilder Busch in Kniehöhe war.

Die Musikstunden waren ein Ritual für sich. Die Lehrerin stellte ein plumpes Tonbandgerät auf das Pult, eine riesige Kiste mit Tasten und Drehknöpfen, legte vorsichtig ein Band ein und verteilte die Liederbücher. Dann spähte sie mit ihren Eulenaugen über die Klasse und schaltete den Strom ein. Die Spulen begannen den Magnetriemen zu drehen, und aus den Lautsprechern ertönte ein keckes Erkennungssignal. Anschließend war eine schnelle Frauenstimme mit Stockholmer Akzent zu hören. Mit eifrigen Rufen leitete sie die perfekten Musiklektionen! Die Schüler stammten aus der Nacka Musikskola, und noch heute weiß ich nicht, warum wir zuhören mussten, wie diese Südländer mit ihren klaren Engelsstimmen von Gänseblümchen und Schlüsselblumen und anderen tropischen Gewächsen sangen. Manchmal sang einer der Nacka-Schüler solo, und das Schlimmste war, dass einer der Jungen den gleichen Namen hatte wie ich.

»Mattias, sei so gut und wiederhole noch einmal die Melodiestimme«, zwitscherte die Dame, und ein mädchenähnlicher Jungssopran stimmte mit glockenklarer Stimme ein. Dann drehte sich die ganze Klasse um, starrte mich an und kicherte unter lautem, verächtlichem Schnauben. Ich hätte mich am liebsten in Luft aufgelöst.

Nach einigen pädagogischen Durchgängen sollten wir gemeinsam mit dem Band, dem Hesa-Fredrik-Ensemble und den Wiener Sängerknaben singen. In den Augen der Lehrerin erschien ein gefährliches Glitzern, und die Mädchen begannen leise wie der Wind in einer Gräserwiese zu summen. Aber wir Jungs saßen stumm wie die Fische da, und als der Radar der Lehrerin über uns hinwegfegte, bewegten wir die Lippen, mehr aber auf keinen Fall. Es war unmännlich zu singen. *Knapsu.* Also schwiegen wir.

Mit der Zeit wurde uns klar, dass unsere Heimat eigentlich gar nicht zu Schweden gehörte. Wir waren sozusagen nur aus Zufall dazugekommen. Ein nördlicher Anhang, ein paar öde Sumpfgebiete, in denen kaum Menschen lebten, die es kaum schafften, Schweden zu sein. Wir waren anders, ein bisschen unterlegen, ein bisschen ungebildet, ein bisschen arm im Geist. Wir hatten keine

Rehe oder Igel oder Nachtigallen. Wir hatten keine Berühmtheiten. Wir hatten keine Achterbahnen, keine Verkehrsampeln, kein Schloss und keinen Herrensitz. Wir hatten nur unendlich viele Mücken, tornedal-finnische Flüche und Kommunisten.

Das war ein Aufwachsen im Mangel. Nicht in einem Mangel materieller Art, in der Beziehung hatten wir genug, um zurechtzukommen, sondern identitätsmäßig. Wir waren niemand. Unsere Eltern waren niemand. Unsere Vorväter hatten keinerlei Bedeutung für die schwedische Geschichte gehabt. Unsere Nachnamen konnten von den wenigen Referendaren, die aus dem richtigen Schweden zu uns kamen, nicht buchstabiert und schon gar nicht ausgesprochen werden. Keiner von uns traute sich, an »Upp till tretton« zu schreiben, da Ulf Elfving glauben könnte, wir wären Finnen. Unsere Heimat war zu klein, um auf der Landkarte zu erscheinen. Wir schafften es ja kaum, uns selbst zu versorgen und nicht von der Sozialhilfe abhängig zu sein. Wir sahen, wie die bäuerlichen Familienbetriebe ausstarben und die Weiden von Unkraut überwuchert wurden, wir sahen die letzten Holzflöße auf dem Torneälv und dann keines mehr, wir sahen, wie vierzig kräftige Waldarbeiter von einem einzigen dieselstinkenden Scooter ersetzt wurden, wir sahen unsere Väter die Handschuhe an den Nagel hängen und fortreisen, für lange Wochen in die Gruben von Kiruna. Wir hatten die schlechtesten Ergebnisse im Standardtest im ganzen Reich. Wir hatten keine Tischsitten. Wir trugen auch im Haus Mützen. Wir suchten nie Pilze, vermieden Gemüse und aßen nie Krebsschnittchen. Wir konnten uns nicht ordentlich unterhalten, nicht deklamieren, keine Geschenke einwickeln oder eine Rede halten. Wir gingen mit den Füßen auswärts. Wir radebrechten auf Finnisch, ohne Finnen zu sein, wir radebrechten auf Schwedisch, ohne Schweden zu sein.

Wir waren nichts.

Es gab nur einen Ausweg. Eine einzige Möglichkeit, wenn man etwas werden wollte, und wenn es nur das Allergeringste war. Nämlich wegzuziehen. Wir lernten, uns darauf zu freuen, überzeugt, dass es die Chance unseres Lebens sei, und wir gehorchten. In Västerås würde man endlich ein richtiger Mensch werden. In Lund. In Södertälje. In Arvika. In Borås. Es kam zu einer riesigen Evakuierung. Einer Flüchtlingswelle, die unseren Ort leerte, und merkwürdigerweise als vollkommen freiwillig angesehen wurde. Ein unsichtbarer Krieg.

Die Einzigen, die aus dem Süden zurückkehrten, waren die Toten. Verkehrsopfer. Selbstmörder. Und mit der Zeit auch die Aidstoten. Schwere Särge, die in den gefrorenen Boden zwischen den Birken des Pajala Friedhofs gesenkt wurden. *Kotmaassa.*

Niilas Haus lag auf einem der ältesten Baugelände von Pajala, mit Blick über den Fluss. Es war ein geräumiges, solide gebautes Haus vom Ende des letzten Jahrhunderts, mit großen Sprossenfenstern an den Längswänden. Wenn man die Fassade näher studierte, konnte man an den Kerben erkennen, wo das Haus angebaut worden war. Es gab immer noch zwei Schornsteine mit zwei separaten Kaminen, das Haus war zu groß geworden, um von einer Feuerstätte aus beheizt zu werden. In den Glanztagen des Laestadianismus war das Haus naturgrau gewesen, aber irgendwann in den Vierzigern war es fleischwurstrot mit weißen Fensterrahmen gestrichen worden. Die alten Rundholzüberstände waren nach der Mode der Zeit abgesägt worden, damit das Haus nicht mit einer riesigen Scheune verwechselt werden konnte – zum großen Kummer des Denkmalschützers und anderer Liebhaber. An der Flussseite lagen Schnittwiesen, die während der seit Jahrtausenden immer wiederkehrenden Eisschmelze von dem Flussschlamm gedüngt wurden und nahrhaftes, milchförderndes Heu gaben. Gerade an diesem Platz hatte einer der ersten Bewohner vor vielen hundert Jahren seinen Rucksack hingehängt und sich ein Heim gebaut. Aber seit einiger Zeit wurden die Wiesen nicht mehr gemäht. Überall steckte das Unkraut seinen Kopf hervor. Der Platz atmete Finsternis, Niedergang. Man fühlte sich nicht willkommen. Es herrschte hier eine Kälte wie bei jemandem, der in der Kindheit so hart angepackt worden ist, dass er die Wut nach innen kehrt.

Die Scheune stand noch da und war mit der Zeit zu Vorratsschuppen und Garage umgebaut worden. Wir hatten gerade Schulschluss, und ich ging mit Niila nach Hause. Für diesen Tag hatten wir unsere Räder getauscht. Er hatte meins leihen dürfen, ein ganz tolles mit schmalem Sattel und umgedrehtem Lenker. Ich selbst trampelte auf seinem Rex »leicht wie ein Keks«, wie die blöden Jungs aus der Dritten immer hinter ihm herriefen. Sobald wir angekommen waren, zog Niila mich mit sich in den Schuppen.

Wir schlichen uns die steile, handgeschreinerte Treppe hoch, die von den Füßen der ganzen Familie poliert worden war. Dort oben herrschte ein Halbdunkel, nur ein kleines, verglastes Guckloch ließ das nachmittägliche Licht herein. Überall standen Berge von Gerümpel herum, abgenutzte Möbel, eine rostige Sense, Emailleeimer, zusammengerollte Teppiche, die nach Schimmel rochen. An einer Seitenwand blieben wir stehen. Vor uns ragte ein gewaltiges Regal voller Bücher mit abgenutzten, braunen Lederrücken auf. Erbauungsliteratur, Postillen, kirchengeschichtliche Schriften auf Schwedisch und Finnisch eine Reihe nach der anderen. Ich hatte noch nie so viele Bücher auf einmal gesehen, außer in der Schulbibliothek im Dachgeschoss der Gamla Skolan. Irgendwie hatte es etwas Unnatürliches an sich, war direkt unangenehm. Viel zu viele Bücher. Wer sollte die alle lesen? Und warum standen sie hier, versteckt im Schuppen, als ob man sich ihrer schämen müsste?

Niila öffnete seine Schultasche und zog das Lesebuch über Li und Lo heraus. Unsere Hausaufgabe war es, ein Stück darin zu lesen, und er blätterte mit seinen unachtsamen Jungsfingern die Seite auf. Konzentriert begann er Buchstabe für Buchstabe zu entziffern und sie mit unendlicher Mühe zu Worten zusammenzuziehen. Dann ermüdete er und klappte das Buch mit einem Knall zu. Anschließend, bevor ich es überhaupt richtig begriff, warf er es mit aller Wucht die Treppe hinunter. Es landete so, dass die Ecke vom Buchrücken auf den groben Bodenplanken umknickte.

Ich sah Niila zögernd an. Er lachte, hatte rote Flecken auf den Wangen, sah mit seinen langen Eckzähnen wie ein Fuchs aus. Dann nahm er aus dem gewaltigen Bücherregal einen Katechismus, ein ziemlich kleines Ding mit weichem Umschlag. Wütend warf er auch ihn hinunter. Die dünnen Seidenpapierblätter raschelten wie Laub, als er auftraf. Ihm folgten sogleich ein paar Gesammelte Schriften, braune, schwere Klumpen, die mit kurzem Knacken im Rücken brachen.

Niila sah mich aufmunternd an. Ich spürte, wie mein Herz schneller zu schlagen begann und ergriff auch ein Buch. Zog es heraus und sah, wie es mehrere flatternde Seiten verlor, bevor es in eine rostige Egge fiel. Das sah unglaublich komisch aus. In steigender Ekstase zerrissen wir immer mehr Bücher, feuerten uns gegenseitig an, warfen wirbelnde Rauten, versetzten ihnen kräftige Fußballtritte, dass die Seiten wirbelten, und lachten, dass uns die Luft wegblieb, während die Reihen sich leerten.

Plötzlich stand Isak da. Breitschultrig wie ein Ringer, stumm und schwarz. Nicht ein Wort, nur grobe, fleischige Finger, die zitternd den Gürtel aus den Schlaufen zogen. Mit einer raschen Geste schickte er mich fort. Ich huschte wie eine Ratte die Treppe hinunter und hinaus. Aber Niila blieb dort. Als die Scheunentür hinter mir zufiel, hörte ich, wie Isak anfing zu schlagen.

Für einen Moment hebe ich den Blick von dem Schreibblock, den ich in Nepal angefangen habe. Der Pendelzug nähert sich Sundbyberg. Morgendämmerung, der Geruch feuchter Mäntel. In meiner Aktentasche liegt mein Lehrerhefter mit fünfundzwanzig korrigierten Schulaufsätzen. Februarmatsch und mehr als vier Monate bis zum Markt von Pajala. Ich schaue verstohlen durch das Zugfenster hinaus. Hoch über Huvudstaleden fliegt eine Schar Dohlen, immer rundherum in einem aufgeregten Kreis.

Mein Blick wendet sich wieder Tornedalen zu. Kapitel fünf.

KAPITEL 5

– über unschlüssige Winterkriege, Prügelketten und die Kunst, einen Skihang festzutrampeln.

Jeden Tag, wenn die Nähschule ihre letzte Stunde gehabt hatte, kamen Horden sechzehn-, siebzehnjähriger Mädchen an unserem Haus vorbei. Süße Bräute. In den Sechzigern gab es ja reichlich Mascara und falsche Wimpern, Supermini und enge Plastikstiefel. Niila und ich machten es uns zur Gewohnheit, auf die Schneewehen vor unserem Haus zu klettern und die Mädchen zu beobachten. In kleinen Grüppchen kamen sie plaudernd an uns vorbei, ohne Mütze, wie kalt es auch immer war, um ja nicht die Frisur zu zerstören. Sie rauchten wie die Schlote und hinterließen eine eklig-süße Duftmischung aus Aschenbecher und Parfüm, die ich noch heute mit Begierde verbinde. Manchmal grüßten sie uns. Das war uns jedes Mal ungemein peinlich, und wir taten dann so, als bauten wir eine Schneeburg. Man hatte ja schon als Siebenjähriger ein gewisses Interesse. Es als Geilheit zu bezeichnen, wäre vollkommen falsch, es war eher eine klammernde Sehnsucht. Ich hätte gerne mit ihnen geknutscht, wäre ihnen gern nahe gewesen. Hätte mich wie ein Kätzchen an sie geschmiegt.

Wie auch immer, jedenfalls fingen wir an, sie mit Schneebällen zu bombardieren. In erster Linie, damit sie uns als richtige Männer ansahen, nehme ich an. Und erstaunlicherweise funktionierte das. Diese hochaufgeschossenen sechzehnjährigen Walküren flohen wie die Rentiere, quiekend und schreiend und hielten ihre Schminktäschchen zum Schutz hoch. Sie gerieten total aus dem Häuschen. Obwohl wir doch nur leicht zusammengedrückte Bälle warfen, die nur selten trafen, weiche Schneefetzen, die wie dicke Handschuhe niederrieselten. Aber das genügte, um ihnen zu imponieren. Wir waren eine Streitmacht, mit der man rechnen musste.

Das ging ein paar Tage lang so weiter. Sobald wir aus der Schule nach Hause kamen, stellten wir gleich einen Vorrat an Schneebällen her. Wir fühlten uns wie die Winterkrieger von Vittulajänkkä, zwei vernarbte Veteranen im Kampfauftrag auf einem fremden Kontinent. Schon die Erwartung verursachte ein Prickeln. Die Kämpfe brachten uns Genüssen näher, die wir bisher nur erahnten. Mit jeder Schlacht schwollen unsere Hahnenkämme weiter an.

Da kam die Mädchenherde. Mehrere Grüppchen in unterschiedlichen Zusammensetzungen, jeweils zwischen fünf und zehn Stück. Wir hockten uns hinter die Schneewälle, während sie sich näherten. Unser Plan war genau durchdacht. Wir ließen immer die erste Gruppe vorbei, dann warfen wir ihnen ein paar Bälle in den Rücken, worauf die anderen Gruppen vor uns anhielten. Wir verbreiteten Furcht und Panik. Und ernteten natürlich Bewunderung für unsere männliche Tatkraft.

Wir warteten in der Hocke. Hörten, wie sich die Mädchenstimmen näherten, das Husten beim Rauchen, Kichern. Genau im richtigen Augenblick erhoben wir uns. Jeder mit seinem Schneeball in der rechten Faust. Wie zwei erzürnte Wikinger sahen wir die Mädchen schreiend davonstieben. Wir wollten gerade jeder noch einen Nachzügler in die Horde werfen, als wir plötzlich entdeckten, dass eines der Mädchen stehen geblieben war. Nur ein paar Meter entfernt. Mit langem blondem Haar, getuschten, schwarzen Augen. Sie starrte uns wütend an.

»Wenn ihr noch einen Ball schmeißt, schlage ich euch tot«, zischte sie. »Ich verprügle euch, dass ihr nicht mehr laufen könnt, ich trete euch die Fresse ein, dass eure Mütter anfangen zu heulen, wenn sie euch sehen …«

Erstarrt ließen Niila und ich unsere Bälle sinken. Das Mädchen warf uns einen letzten furchterregenden Blick zu, dann drehte sie sich um und folgte ihren Freundinnen.

Niila und ich rührten uns nicht von der Stelle. Wir sahen uns nicht an. Zurück blieb nur das Gefühl eines riesigen, unangenehmen Missverständnisses.

Die Kindheit jedes Jungen in Pajala war von Prügelketten geprägt. Durch sie wurde das Machtgleichgewicht zwischen den Jungen des Ortes geregelt. Man wurde schon als fünf-, sechsjähriger Bursche mit hineingezogen und verließ sie so mit vierzehn, fünfzehn.

Die Prügelketten entstanden ungefähr folgendermaßen: Ein paar kleine Jungs begannen sich zu streiten. Anders schlug Nisse, und Nisse fing an zu heulen. Ich will mich nicht in die Gründe des Streits vertiefen, eventuelle frühere Zwistigkeiten oder weit zurückliegende Familienfehden. Ein Junge hat ganz einfach einen anderen verprügelt – und beide sind anschließend nach Hause gegangen. Und so fängt die Kette an.

Der Verprügelte, also Nisse, erzählt sofort seinen beiden älteren Brüdern von der Sache. Einer der großen Brüder geht in die Stadt und hält die Augen offen, und sobald er Anders entdeckt, vertrimmt er ihn nach Strich und Faden. Anders geht heulend zu seinem eigenen vier Jahre älteren Bruder nach Hause, der wiederum in die Stadt geht und die Augen offen hält. Das nächste Mal, wenn der Bruder entweder Nisse oder Nisses Bruder sieht, verdrischt er ihn ausgiebig und überschüttet ihn mit Drohungen. (Könnt ihr noch folgen?) Nisses fünf Jahre älterer, fast erwachsener Cousin bekommt eine kurze Zusammenfassung der ganzen Geschichte geliefert und verprügelt Anders' Bruder, Anders selbst sowie ein paar Kumpel, die mit ihnen als Leibwache in die Stadt gegangen waren. Der sechs Jahre ältere große Bruder von Anders beiden Freunden geht darauf in die Stadt und hält die Augen offen. Nisses übrige Brüder, Cousins und andere männliche Verwandten bekommen eine kurze Zusammenfassung der Geschehnisse geliefert, darüber, wer wen verprügelt hat und in welcher Reihenfolge, das Gleiche findet auf Anders' Seite statt. Übertreibungen in den Beschreibungen sind üblich. Achtzehnjährige Cousins mehrerer Grade und sogar Väter bekommen eine energische Aufforderung, die Jungen zu unterstützen, erklären jedoch, auf den Streit der Kleinen zu pfeifen.

So ging es immer weiter. In die allerlängsten Prügelketten wurden Klassenkameraden, Nachbarn und alle möglichen Freunde mit hineingezogen, und das vor allem, wenn die ursprünglichen Kombattanten aus verschiedenen Stadtteilen stammten. Dann gab es Vittulajänkkä gegen Paskajänkkä, oder Strandvägen gegen Texas, und der Krieg war unvermeidlich.

Die Lebensdauer einer Prügelkette lag zwischen ein paar Tagen und Monaten. Normalerweise hielt sie ein paar Wochen an und nahm den oben beschriebenen Verlauf. Der erste Teil war also die Rutenphase, während der die Schläge ausgeteilt wurden und die Kleinen heulten. Dann kam die Drohphase, in der die Stärksten in die Stadt gingen und die Augen offen hielten, während die Kleinkinder sich zu Hause versteckten. Wenn man dann erwischt wurde, war das nicht besonders lustig. Diese Phase fand ich persönlich am schlimmsten, diese ewige Angst zwischen Schule und der relativen Sicherheit daheim. Zum Schluss folgte dann die Abrüstungsphase, wenn niemand mehr in der Lage war oder noch Lust hatte, die komplizierten Strafregeln und Verwicklungen auseinander zu halten, und das Ganze im Sand verlief.

Aber vorher gab es also das Terrorgleichgewicht. Es ist Winter, und man fährt mit dem Tretschlitten zum Kiosk, wo man für eine Krone gemischte Bonbons kaufen will, und die Nachmittagsdunkelheit hat bereits eingesetzt, und lockere Schneeflocken fallen aus dem unendlichen, blaugrauen Himmel und funkeln unter den Straßenlaternen wie Sterne. Und man tritt zwischen den Schneewällen dahin, und die Kufen laufen etwas zäh in dem frischen Schnee, und vom Kirunavägen her ist das Brüllen des Schneepflugs zu hören, der sich durch den Winter schiebt. Und dahinten, an der Kreuzung, steht plötzlich einer der großen Jungen. Die schwarze Silhouette eines Jungen aus der Oberstufe. Er kommt näher, man hört auf zu treten und versucht zu erkennen, wer es ist. Und man erwägt, vielleicht besser umzukehren, aber von hinten kommt plötzlich ein anderer Junge. Schwer in der Dunkelheit auszumachen, wer das ist, groß ist er jedenfalls.

Und man ist umzingelt, ein kleiner Junge mit Tretschlitten. Man hat nicht die geringste Chance und kann nur hoffen. Spannt die Schulterblätter an und nähert sich dem Ersten, der einen genauestens anguckt, und die Straßenlaternen sind voller Schnee, und sein Gesicht liegt im Schatten, und jetzt geht er einen Schritt auf einen zu, und das Herz will stillstehen. Und man versucht sich schon darauf einzustellen, Schnee im Nacken, den Rücken hinunter und in den Hosen, Ohrfeigen, dass das Gehirn sich zu lösen scheint, die Mütze in eine Birke hochgeschleudert, Heulen, Rotz und Erniedrigung. Man macht sich steif wie ein Kalb in der Schlachtbox, und der Kerl kommt immer näher. Und jetzt steht er da vor einem, sodass man stehen bleiben muss. Und er fragt, zu welcher Familie man gehört, und man überlegt, dass es im Augenblick mindestens drei Prügelketten in der Stadt gibt, die man sich in Gedanken herunterbetet, und dann sagt man, wer man ist, und hofft, dass das die richtige Antwort ist. Und der Kerl runzelt die Stirn und schlägt einem die Mütze runter. Und dann sagt er:

»Da hast du aber Glück gehabt!«

Und man bürstet den Schnee von der Mütze, tritt weiter seinen Schlitten und sehnt sich mit allen Fasern danach, endlich erwachsen zu sein.

Es wurde Spätwinter, und die schlimmste Winterkälte war vorüber. Die Tage waren immer noch kurz, aber in der Mittagspause konnte man die Sonnenscheibe wie eine Blutorange über den frostigen Hausdächern hängen sehen. Wir tranken mit gierigen Kehlen das Licht, und der feuergelbe Saft erfüllte uns mit Lebenslust. Es war, als würde man aus einem Topf herausklettern, würde aus dem Winterschlaf erweckt. An einem Spätwintertag beschlossen Niila und ich, den Laestadiushügel auszuprobieren. Gleich nach der Schule schnallten wir uns unsere Holzski mit Schnürbindung unter und nahmen die Abkürzung über den Spielplatz. Es wurde dunkel, die Skier sanken fast einen halben Meter in der losen, tiefen Schneedecke ein. Niila machte die Spur, und ich fuhr hinter ihm, zwei undeutliche Figuren im Dunkel. Hinten beim Laestadius-Rauchstubenhaus wuchs eine ganze Reihe himmelhoher, nadliger Tannenriesen wie Kirchenspitzen in die Wolken. Schweigende, heilige Urbäume, erfüllt von größeren Gedanken als unseren.

Wir überquerten den vereisten Laestadiusvägen mit klappernden Skiern, die Straßenlampen brannten bereits. Schnell erklommen wir den nächsten Schneewall und schlüpften ins Dunkel, das unten am Fluss noch viel dichter stand. Schweigend glitten wir an Lars Levis' Denkmalskopf vorbei. Er starrte zwischen den Birken hindurch, sein Kopf war mit einer Schneemütze bedeckt. Bald ließen wir die Straßenlaternen hinter uns, aber es wurde dennoch nicht stockfinster. Das Licht wurde von Abermillionen von Eiskristallen reflektiert, die über dem Boden zu schweben schienen. Langsam gewöhnten die Augen sich daran. Unterhalb von uns öffnete sich der Hügel, lang und steil hinab zum Fluss hin. Aber es war unmöglich, dort Ski zu fahren, da der ganze Hang mit einer schenkeldicken weichen Schneedecke bedeckt war. Wir stellten unsere Skier parallel und begannen zu trampeln. Skibreite für Skibreite arbeiteten wir uns den Abhang hinunter. Stampften den Schnee zusammen, drückten ihn mit dem Gewicht unserer Jungskörper zusammen zu einer Abfahrtsrinne zwischen den Schneemassen, den ganzen Hügel hinunter bis auf das Flusseis. Seite an Seite arbeiteten wir, während der Schweiß unter unseren Kleidern lief. Und als wir endlich unten waren, kehrten wir um. Stapften den gleichen Weg wieder hinauf, mit sturer Beharrlichkeit in unserer eigenen Spur. Stampften den Schnee noch fester zusammen, machten ihn so eben und hart, wie wir konnten.

Und endlich haben wir es geschafft. Wir sind nach einer ungemein anstrengenden Arbeit wieder am Ausgangspunkt angelangt. Die Beine zittern, die Lunge hebt sich, aber unter uns liegt der fertiggestampfte Abhang. Eine breite, glatte Straße aus Tausenden von Skistapfern. Wir stellen uns nebeneinander, Niila und ich. Spähen hinunter ins Dunkel. Der Hügel führt hinab in eine verschwommene, dunkle Traumwelt, verschwindet wie die Angelschnur in einem Eisloch. Undeutliche Schatten, stille Bewegungen in der Tiefe. Ein dünner Faden hinunter in die Träume. Wir werfen uns einen Blick zu. Dann beugen wir uns vor, stoßen uns mit den Bambusstäben ab. Genau gleichzeitig schießen wir vor.

Wir sind losgekommen. Gleiten dahin. Sausen immer schneller in die Nacht hinein. Das Fauchen. Die Kälte, die an den Wangen brennt. Zwei dampfende Jungen, zwei frisch gekochte Blutklöße, in die Gefriertruhe geworfen. Immer schneller und wilder. Seite an Seite mit aufgerissenen Mündern, warme Löcher, durch die der Winter eingesogen wird. Perfekt gestampft, absolut perfekt! Die Knie wie Federn, die Füße in festgeschnürten Skischuhen angespannt. Ein Brausen im Fleisch, das immer noch zunimmt, eine Fahrt, die fast unmöglich wird, Schnee, der aufblitzt, das Heulen des Windes, ein einziger Wirbel.

Und dann passiert es. Ein unheimliches Dröhnen rollt das Eis des Torneälven entlang bis nach Peräjävaara, die Luft wird wie ein Spiegel zersplittert. Wir durchbrechen die Schallmauer. Der Himmel wird hart und spröde wie Kies, und wir stürzen, beide gleichzeitig. Wir fallen nebeneinander jeweils in eine schneedampfende Wolke, werden mit ausgestreckten Armen in qualmenden Kugeln herumgewirbelt, und unsere Skistöcke zeigen nach außen, ins Weltall, jeder auf seinen eigenen leuchtenden Stern.

KAPITEL 6

– darüber, wie eine Alte den Platz zur Rechten des Herrn einnimmt, und über die Schwierigkeiten, die irdischen Güter zu verteilen.

An einem kühlen Frühlingstag verließ Niilas Großmutter die irdische Welt. Bis zum letzten Moment hatte sie mit klarem Verstand dagelegen und mit einem brüchigen Flüstern ihre Sünden bekannt, bevor sie mit ihrer leberbraunen Zungenspitze an dem Brot leckte und ihr die eingetrockneten Lippen mit Wein bestrichen wurden. Danach erklärte sie, es werde hell, sie sehe Engel Sauermilch aus der Schöpfkelle trinken, und als sie ihren letzten Seufzer getan hatte, wurde ihr Körper um zwei Gramm leichter, denn soviel wog ihre unsterbliche Seele.

Noch am Tage ihres Sterbens rief man zum *ulosveisu* für die nächsten Angehörigen. Die Söhne bugsierten ihren Sarg mit dem Fußende voran und mit offenem Deckel durch alle Zimmer ihres Rauchstubenhauses, damit sie von ihrem Heim Abschied nehmen konnte, man sang Kirchenlieder, trank Kaffee und brachte die sterblichen Überreste schließlich in das Gefrierfach des Leichenschauhauses.

Anschließend lud man zur Beerdigung selbst ein. Die Telefonzentrale in Pajala lief heiß, und die Post verstreute Massen an Einladungskarten über ganz Norrbotten, Finnland, das südliche Schweden, Europa und den Rest der Welt. Die Großmutter hatte die Erde schließlich so gut sie nur konnte mit Nachkommen versorgt. Zwölf Kinder hatte sie geboren, die gleiche Anzahl wie die Jünger, und genau wie diese, waren ihre Kinder in alle Winde verstreut worden. Einige wohnten in Kiruna und Luleå, andere in den Vororten von Stockholm, ein paar in Växjö, Kristianstad, in Frankfurt, Missouri und Neuseeland. Nur ein Einziger wohnte immer noch in Pajala, und das war Niilas Vater. Und alle kamen sie zur Beerdigung, sogar ihre beiden verstorbenen Söhne, das bezeugten die hellseherischen Tanten später der Versammlung. Sie hatten sich gewundert, was das für Knaben waren, die bereits beim Eingangspsalm am Sarg standen und sich verbeugten, bis man bemerkte, dass sie einen leichten Lichterkranz um sich hatten und dass die Füße einen Fingerbreit über dem Boden schwebten.

Dann waren da noch die Enkelkinder und die Urenkel, aufgewachsen in der ganzen Welt, merkwürdig gut gekleidete Wesen, die in allen möglichen Dialekten redeten. Das Enkelkind aus Frankfurt radebrechte auf Deutsch, während die Amerikaner und Neuseeländer ein Schwenglisch sprachen. Die Einzigen aus der jüngsten Generation, die immer noch das Tornedalfinnisch beherrschten, waren Niila und seine Geschwister, aber die schwiegen die meiste Zeit. Das war ein Durcheinander an Sprachen und Kulturen, da in der Kirche von Pajala, eine äußerst beeindruckende Zusammenfassung dessen, was eine fruchtbare tornedalsche Gebärmutter so alles produzieren kann.

Die Lobreden am Sarg waren zahlreich und ausführlich. Man bezeugte, wie schwer die Dahingeschiedene im Schweiße ihres Angesichts gearbeitet hatte, in Gebet und Versagung. Sie hatte geschleppt und gestemmt, gestemmt und geschleppt, Kühe und Kinder gefüttert, Heu emsiger zusammengerecht als drei von Pferden gezogene Mähdrescher es könnten, vierzigtausend Eimer Wasser aus dem Hofbrunnen hochgezogen, Holz gehackt, das mindestens einem anständigen Kahlschlag im Gebiet von Käymäjärvi entspricht, einen Jupukkaberg an Schmutzkleidern gewaschen, die Abtritttonnen aus dem Plumpsklo gerollt, ohne sich je zu beklagen und Kartoffeln gesetzt, dass es wie ein Maschinengewehr auf einem Blechdach gescheppert hat. Um nur einiges zu nennen.

In den letzten Jahren, in denen sie bettlägerig war, las sie die Bibel von vorn bis hinten, eins ums andere Mal, natürlich die alte finnische Übersetzung, unbefleckt von den Atheisten in den modernen Bibelkommissionen. Natürlich war das Geschriebene Wort nichts gegen das Lebendige, das mit zweischneidigem Schwert während der Gebetsstunden geschwungen wurde, aber wenn man nun mal die Zeit hatte.

Wie üblich bei Tornedalschen Heldenbegräbnissen redeten die Prediger vor allem von der Hölle. Sie malten diesen ewig glühenden Kohlenmeiler genauestens aus, in dem die Sünder und Scheinheiligen auf der glühend heißen Bratpfanne des Teufels schmoren mussten wie Speck auf dem Teer, während der Teufel sie mit seinem Dreizack pikste, dass der Saft nur so herauslief. In den Kirchenbänken erschauerten die Leute, und besonders die Töchter der Oma ließen viele Krokodilstränen laufen, wie sie da mit ihren Dauerwellfrisuren und modischen Kleidern saßen, während die angeheirateten Männer mit versteinerten Herzen auf der Bank hin und her rutschten. Aber hier bot sich die Gelegenheit, den Samen der Reue und der Buße fast über die ganze Weltkugel zu verstreuen, und es wäre unverzeihlich gewesen, diese Möglichkeit ungenutzt verstreichen zu lassen. Außerdem hatte die Oma ein ganzes Schreibheft vollgeschrieben mit ihren Vorstellungen, wie ihre Beerdigung vonstatten gehen sollte, und so war in der Predigt viel von Recht die Rede und nur wenig vom Evangelium. Nichts da vom schnellen Verzeihen hier und da und überall.

Aber als sich dann endlich zum Schluss die Himmelstore öffneten, als die Engelschöre in den süßen Tönen der Gnade in Pajalas Kirche ertönten und die Erde erbebte und die Oma zum Himmlischen Vater geleitet wurde, da erbebten die Frauen vor Schauder, schluchzten, seufzten und umarmten einander im Namen des Herrn, in Jesu Namen und Blut, und die Emporen und Gänge dufteten nach frisch geschnittenem Gras, und das Kirchengebäude wurde um einen halben Zentimeter von seinen Grundfesten angehoben, um sogleich wieder mit einem gewaltigen, brüllenden Dröhnen herunterzufallen. Und die Rechtgläubigen sahen auch das Licht, das Licht des Paradieses, als wenn man in einer lautlosen Sommernacht mitten im Schlaf ganz kurz seine Augen öffnet, man öffnet die Augen zum Fenster hin und sieht den milden Widerschein der Sommernachtssonne am Nachthimmel, nur für einen Augenblick im Traum, bevor man sie wieder schließt. Und am Morgen, wenn man aufwacht, ist nur noch eine Ahnung von etwas Großem, Unerhörtem zurückgeblieben. Vielleicht von Liebe.

Nach der Beerdigung wurden alle in die Rauchstube zu Kaffee und Schnittchen gebeten. Die Stimmung war plötzlich viel leichter, fast ausgelassen. Großmutter war bei Jesus. Man konnte aufatmen.

Allein Isak blieb bei seiner mürrischen Steifheit. Er lief in seinem alten Predigeranzug herum, und obwohl es schon lange her war, dass er sich verhärtet hatte, hatte man doch ein kleines Gotteswort von ihm an der Bahre erwartet. Ein Zeugnis von dem verlorenen Sohn. Vielleicht hätte er sogar wieder bekehrt werden können, es waren schon größere Wunder als dieses bei einem Elternbegräbnis geschehen, bei dem einem die Vergänglichkeit und Sterblichkeit einer Generation unter die Haut ging. Gottes Zeigefinger, der wie ein Pfeil in das verhärtete Herz stieß und das Eis brach, Bewegungen des Heiligen Geistes, Sündenbekenntnisse, die den Reumütigen entleeren, als wenn man einen bis zum Rand gefüllten Topf auskippt und dann die Vergebung, die ihn zu einem Himmlischen Trinkbecher machte, in den die Gnade hineinfließen und tropfen konnte. Aber Isak hatte am Sarg nur etwas gemurmelt, ganz leise für sich. Nicht einmal die erste Bank hatte hören können, was er gesagt hatte.

Am Kindertisch wurden Saft und süße Brötchen serviert. Wir Kinder mussten schichtweise essen, weil wir so viele waren. Niila sah aus, als sei es ihm in seinem bis oben zugeknöpften Sonntagshemd sehr unbequem. Während die Männer und Frauen sitzen blieben und wie schwarzgekleidete Krähen miteinander krächzten, schlichen wir uns hinaus. Die Jungs aus Missouri kamen hinterher. Es waren Zwillinge von acht Jahren, beide trugen einen Anzug mit Schlips. Sie redeten miteinander Englisch, während Niila und ich Tornedalfinnisch sprachen, ab und zu mussten sie wegen der Zeitumstellung gähnen, und es überlief sie ein Schauder. Beide hatten einen Stoppelhaarschnitt wie kleine Marinesoldaten und waren rotblond wie ihr irisch-amerikanischer Vater. Man merkte, dass diese Umpflanzung hierher in die Alte Welt zu den Wurzeln ihrer Mutter sie verwirrte. Es war Mai und Schneeschmelze, das Eis lag noch auf dem Fluss. Die Birken standen noch kahl da, das Vorjahresgras lag platt und gelb auf der Wiese, von der gerade erst der Schnee schmolz. Sie trampelten mit ihren Lackschuhen herum und hielten unsicher nach irgendwelchen arktischen Raubtieren Ausschau.

Neugierig begannen wir mit ihnen zu reden. Sie erzählten in einem rollenden Schwedisch-Amerikanisch, dass sie auf dem Weg zu uns in London zwischengelandet seien und die Beatles gesehen hätten. Ich forderte sie auf, lieber nicht weiter zu lügen. Aber beide versicherten uns hartnäckig, dass die Beatles in einem langen Cadillac ohne Dach vor ihrem Hotel vorbeigefahren seien, während die Mädchen am Straßenrand standen und schrien. Das Ganze war von einem Lastwagen gefilmt worden, der direkt dahinter fuhr.

Die Zwillinge hatten auch etwas gekauft. Aus einer Papiertüte holten sie eine Single mit englischem Preisschild heraus.

»Beatles«, buchstabierte ich langsam. »Roskn roll musis.«

»*Rock 'n' roll music*«, korrigierten sie höhnisch meine Aussprache. Dann reichten sie Niila die Scheibe.

»*It's a present.* Für unseren *cousin.*«

Niila nahm die Scheibe mit beiden Händen. Fasziniert

zog er die runde Vinylscheibe aus der Hülle und starrte die haarfeinen Rillen an. Er hielt sie so vorsichtig, als hätte er Angst, sie zu zerbrechen, wie eine millimeterdünne Eisscheibe aus einem gefrorenen Wassereimer. Obwohl die Scheibe doch schwarz war. Wie die Sünde.

»*Kiitos*«, murmelte er. »Danke. *Fänk joo.*«

Er hielt immer noch die Scheibe und roch an dem Plastik, hob sie dann hoch in die Frühlingssonne, dass die Rille glitzerte. Die Zwillinge warfen sich Blicke zu und lachten. Heimlich waren sie bereits dabei, die Geschichte von der Begegnung mit den Ureinwohnern zu formulieren, wie sie sie ihren Freunden in Missouri servieren würden, wenn sie beim Hamburger saßen und ihre Cola schlürften.

Niila knöpfte ein paar Hemdenknöpfe auf und schob die Platte unter seine Kleidung, auf die Haut. Eine Weile zögerte er. Dann winkte er den Zwillingen, dass sie mit ihm zur Landstraße kommen sollten. Verwundert ging ich zwischen den letzten schmutzigen Schneewällen mit.

Am Graben blieben wir stehen. Durch die Bankette lief eine Rolle grauer Betonröhren. Wenn wir uns runterbeugten, konnten wir die weiße Kreisöffnung auf der anderen Seite sehen. Trübes, graues Schmutzwasser strömte durch die Röhre und schäumte zu unseren Füßen auf, um genau vor uns einen länglichen See zu bilden. Davor lagen die schmelzenden, immer kleiner werdenden Schneewälle wie Berge schmutziger alter Bettlaken. Niila deutete auf die dunkle Wassermasse.

»*Present*«, sagte er freundlich zu den Zwillingen.

Sie beugten sich vor. Direkt unter der Wasseroberfläche lagen große, schleimige Klumpen. Aus der Nähe konnten wir sehen, wie sich in ihnen etwas bewegte. Schwarze kleine Föten drehten sich zuckend hin und her. Im Wasserdunkel weiter hinten waren bereits einige Wesen zur Ruhe gekommen.

»Vom Friedhof«, erklärte Niila kurzangebunden.

Die Zwillinge sahen mich zweifelnd an, während ich selbst versuchte, herauszubekommen, was Niila im Sinn hatte.

»Wenn der Schnee schmilzt, läuft das Wasser durch die Särge«, schnitt ich mit leiser Stimme dick auf, »und dann werden die Seelen der Toten hierher gespült.«

Niila holte einen alten rostigen Kaffeekessel. Die Zwillinge betrachteten mit großen Augen die Brut im Tümpel.

»Engel«, betonte Niila.

»Wenn man sie aufbewahrt und pflegt, werden sie Engel und fliegen in den Himmel«, bestätigte ich.

Der eine Zwilling nahm den Kaffeekessel und begann seine Lackschuhe aufzuschnüren. Der andere zögerte zunächst, folgte aber dann dem Beispiel. Schnell zogen sie sich die Strümpfe und Anzughosen mit Bügelfalte aus und stellten sich in ihren bauschigen amerikanischen knielangen Unterhosen barfuß an den Schneerand. Mit kurzen, zögerlichen Schritten traten sie in den Matsch. Und gleich darauf waren sie vollauf damit beschäftigt, Seelen einzufangen. Das Schmelzwasser reichte ihnen bis hoch an die Knie. Sie begannen zu frieren, dass sie zitterten, waren aber vom Jagdfieber gepackt. Und schon bald jubelten sie und hielten den Kessel mit einigem schwimmendem Froschlaich hoch. Ihre Lippen wurden schon blau.

Plötzlich wurde ein dunkler, schleimiger Klumpen aus

der Straßenröhre gespült und fiel mit einem Platscher in den Tümpel.

»Oma!«, rief Niila aus.

Einer der Zwillinge streckte sofort seine Arme aus und grub und schob heran. Dann rutschte er aus und fiel hin. Sein Kopf verschwand unter der schleimigen Oberfläche. Sein Bruder konnte ihn packen, verlor aber selbst das Gleichgewicht und fiel mit rudernden Armen ebenfalls hin. Schnaubend krabbelten beide an Land, so verfroren, dass sie kaum allein aufstehen konnten. Aber heil stand der Kaffeekessel mit seinem schwimmenden Laich im Gras.

Niila und ich waren stumm vor Bewunderung ob all dieser Tapferkeit, während die Zwillinge sich anzogen. Sie froren und zitterten so sehr, dass wir ihnen mit den Hemdenknöpfen helfen mussten. Die Unterhosen zogen sie aus und wrangen sie aus, dann kämmten sie sich beide mit einem eleganten Schildpattkamm den Dreck aus den Haaren. Ihre Augen funkelten, als sie zum Kaffeekessel schauten. Eine Hand voll kleinen Laichs schwamm darin mit schwingenden Schwänzen. Schließlich gaben uns die Brüder einen eiskalten, aber herzlichen Handschlag.

»*Thank you!* Danke! *Kitås*!«

Mit dem Kaffeekessel zwischen sich marschierten sie zum Rauchstubenhaus, eifrig auf Amerikanisch diskutierend.

Schon am gleichen Nachmittag begann der Erbstreit. Man wartete, bis die Beerdigungsrituale beendet waren und die Nachbarn und Prediger sich davongetrollt hatten. Dann wurden die Türen des Rauchstubenhauses für Außenstehende geschlossen. Die verschiedenen Zweige der

Familie, der Ausschuss und die aufgepfropften Teile versammelten sich in der großen Küche. Das Dokument wurde auf die Tischplatte gelegt. Lesebrillen kamen aus den Handtaschen hervor und wurden auf schweißglänzenden Nasen balanciert. Man räusperte sich. Man befeuchtete die Lippen mit scharfen, bösen Zungen.

Und dann ging es los.

Eigentlich hatte die Großmutter ja ein Testament geschrieben. Es stand in ihrem hinterlassenen Schreibheft und war bescheiden gesagt ziemlich umfangreich. Ein Detail folgte dem nächsten in ihrer zittrigen Handschrift, Seite für Seite. Der und der sollte das und das bekommen und zwar unter diesen und jenen Bedingungen. Aber da die gute Frau ihren Fortgang mindestens seit den letzten fünfzehn Jahren vorbereitet hatte und außerdem ziemlich launisch gewesen war, wimmelte es von Änderungen, Durchstreichungen und Zusätzen am Seitenrand, und dann gab es noch diverse lose Blätter mit den verschiedensten Fußnoten. Einige aus der Familie waren bei mehreren Gelegenheiten enterbt worden, was aber zu unterschiedlichen Zeitpunkten wieder rückgängig gemacht worden war. Andere sollten nur unter bestimmten Bedingungen erben, wie beispielsweise, wenn sie sich im Beisein der Familie zum wahren Glauben bekannten oder dem Teufel des Alkohols abschworen oder die Versammelten plus Jesus Christus um Vergebung für eine Anzahl genauestens beschriebener Sünden baten, die sich im Laufe der Jahre angehäuft hatten. Der ganze Text war mehrere Male bezeugt und unterzeichnet worden, abgesehen leider von den wichtigen losen Blättern. Außerdem war alles auf Tornedalfinnisch geschrieben.

Allein das Vorlesen in der verräucherten Küche dauerte mehrere Stunden. Man war gezwungen, jedes Wort ins Schwedische, Reichsfinnische, Englische, Deutsche und Persische zu übersetzen, da die Tochter in Växjö mit einem eingewanderten Sunnimoslem verheiratet war. Die religiösen Abschnitte bereiteten dabei besonders große Schwierigkeiten. Eine Grundbedingung, um überhaupt etwas zu erben, war also, dass man sich zum wahren Glauben bekannte, was die meisten der Tornedalbewohner als Laestadianismus interpretierten. Gegen diese Übersetzung protestierten sowohl der Sunnimoslem, die angeheirateten Neuseeländer, die Juden wie auch die Tochter aus Frankfurt, die zum Baptismus konvertiert war, die alle nacheinander erklärten, dass ihr Glaube genauso wahr sei wie der irgendeiner anderen Person in der Runde. Großmutters jüngerer Bruder aus Ullatti stellte mit dröhnender Stimme fest, dass er als Westlaestadianist der Christlichste überhaupt in der Gesellschaft sei, woraufhin ein ostlaestadianischer Cousin, auch noch einer aus der Gemeinde der Erstgeborenen, gemeinsam mit ein paar Altgläubigen voller Inbrunst protestierte. Eine Frau aus dem finnischen Glaubenszweig geriet sofort in *liikutuksia* und begann in ihrer Ekstase zu springen und wüten, dass der Schweiß spritzte. Andere fielen sicherheitshalber ein und bekannten mit rudernden Armen ihre Sünden, weinten, umarmten einander und fielen auf den Flickenteppichen zu Boden.

Schließlich erhob Isak sich und brüllte etwas von Mäulern, die gefälligst gehalten werden sollten, und das auf Schwedisch und auf Finnisch. Ein alkoholisierter Cousin zweiten Grades aus Kainulasjärvi wurde auf frischer Tat ertappt, wie er eigenhändig einen Zusatz zum Testament schrieb, und rausgeworfen. Es wurde ein Waffenstillstand ausgerufen, und nach einer Serie von Protesten und gegenseitigen Anklagen verbreitete sich eine angespannte Ruhe. Mehrere forderten, dass ihre gerade bekannten Sünden und andere Beweise ihres wahren Glaubens im Protokoll verzeichnet werden sollten, was nach einer Abstimmung erfolgte.

Nach einem nochmaligen Vorlesen herrschte eine endgültige, tief greifende Verwirrung. Ein ruhiger Ingenieur aus Uppsala, der mit der neuen Rechenmaschinentechnik arbeitete, schlug vor, man könne doch das gesamte Testament mit sämtlichen Zusätzen und Änderungen in ein Lochkartenprogramm eingeben und dann nach einigen Durchgängen mit Hilfe der Logik das Erbe rechtmäßig verteilen. Einige hielten sofort dagegen, dass ein Südländer, ein *ummikko* und offenbar ein Angeheirateter, doch bitte schön seine große Klappe halten solle, wenn die Angelegenheiten der Familie besprochen würden. Geschwister, Cousins und Cousinen und Vetter und Basen dritten Grades scharten sich darauf in leise murmelnden Gruppen zusammen, um die weitere Taktik zu beraten. Ein durchdringendes Getuschel verbreitete sich. Fühler wurden ausgestreckt, Vorschläge vorgelegt und verworfen, Allianzen gebildet und wieder gebrochen, mehr oder weniger getarnte Drohungen via Boten zwischen den einzelnen flüsternden Grüppchen ausgetauscht. Einige der Männer begaben sich gemeinsam nach draußen, um hinterm Haus zu pinkeln, und kamen verdächtig erfrischt zurück. Blicke wurden ausgetauscht. Ärmel hochgekrempelt. Der Protokollführer, ein dünnhaariger Verwaltungsangestellter, schlug mit seinem Stift gegen die Kaffeetasse und rief die Versammlung zur Ruhe. Die Leute drängten unter erregtem Schnauben zum Küchentisch, während sie sich gegenseitig ermahnten, doch leise zu sein.

»Hrm. Härrruuuuummm…«

So weit der Kanzlist in seiner Unparteilichkeit ermitteln konnte, sollte das Erbe, und zwar der gesamte Wert von Haus, Ausbauten, Grund und Boden, Hausrat, Geld, Bankguthaben sowie ein kleineres Waldgebiet, in einhundertdreiundvierzig gleiche Teile geteilt werden, abgesehen von dem Spinnrad, das die Nachbarin bekommen sollte.

Ein Sturm aufgebrachter Stimmen.

Der Beisitzer, ein pensionierter Zöllner, bat, einen Einwand ins Protokoll aufzunehmen. Nach seiner sicher unbedeutenden, aber in höchstem Grade unparteiischen Auffassung hatten die früheren Redner nicht den Zusatz auf dem losen Blatt Nummer drei bedacht, der von der Bosheit und Sündhaftigkeit des südlichen Schweden handelte, und dass deshalb Haus und Hausrat dem Sohn Isak zufallen sollten, während die übrigen Güter zu gleichen Teilen unter den Verwandten aufgeteilt werden sollten, die in der Gemeinde von Pajala gemeldet waren.

Der Lärm wurde nur noch größer.

Die Frage der Nachbarin, wo denn das Spinnrad stehe, wurde schroff abgewiesen.

Ein Neffe, der als Grubenarbeiter in Kiruna arbeitete, bemerkte, dass sein Wohnort ja wohl kaum zu Südschweden gezählt werden könne und dass er außerdem ein Ferienhaus in Sattajärvi habe und deshalb fordere, als Bewohner von Pajala angesehen zu werden.

Ein anderer Neffe aus Kieksiäisvaara wies darauf hin, dass der Erstgenannte den Abschnitt auf Seite vierzehn vergessen habe, in dem das LKAB, die nordschwedische

Bergbaugesellschaft, als das Babylon des Nordens bezeichnet wurde, und dessen Angestellte zum ewigen Fegefeuer verdammt waren, und dass sein schwarz gebautes Haus im Gebiet von Sattajärvi nichts an der Sache ändere.

Der alkoholisierte Cousin schlug mit einem Holzscheit gegen die Haustür und forderte wieder eingelassen zu werden.

Der Jude zog den Sunnimoslem am Kragen, wurde von diesem auf den Schaukelstuhl geschubst, beide schrien und beschimpften sich, während die Frauen daneben standen und übersetzten. Immer mehr Leute baten ums Wort, und das Stiftklopfen des Kanzlisten war in dem Lärm nicht mehr zu hören.

Dann wurde von irgendjemandem die Faust gehoben. Eine sonntäglich geschrubbte Arbeiterfaust, die wie ein Pilz aus dem schwarzen Morast emporwuchs. Sie vibrierte auf ihrem breiten Stamm, drehte sich wie der Kopf einer Eule hin und her. Sie sollte wohl in erster Linie ein Zeichen setzen. Von einem Maß, das nicht mehr voller werden konnte.

Aber sofort schoss ein ähnliches Gewächs nach oben. Dann noch eins. Die Leute schrien alle durcheinander. Flüche wurden in allen Sprachen und Dialekten ausgespuckt, Drohungen schlugen wie Ketten um sich, bis die Wände des Rauchstubenhauses wie die Mauern von Babylon zitterten.

Dann ging es los.

Aus Rücksicht auf die Angehörigen breche ich hier ab. Ich will es vermeiden, die Kinnhaken, Kopfnüsse, das Nasenblut, die umherwirbelnden Gebisse zu beschreiben, die Brillen, die zerbrachen, oder die hinterhältigen Tritte und Würgegriffe. Ich weigere mich, all die Waffen wie Bratpfanne, Küchenstuhl, Gummistiefel, Müllschaufel, Hundefressnapf und finnische Familienbibel aufzuzählen. Ich überspringe all die lästerlichen Ausrufe, alle Flüche aus dem unerschöpflichen Tornedalfinnischen wie auch alle herabsetzenden Anklagen hinsichtlich Dummheit, Hässlichkeit, Fettleibigkeit, Inzucht, Senilität, Geisteskrankheit oder abweichender Sexualität, die in aufgebrachten Tonlagen ausgetauscht wurden.

Ich sage nur: Es war die Hölle.

KAPITEL 7

– über Rockmusik, ihren Einfluss auf das schöne Geschlecht, und wie gefährlich es sein kann, einzutreten, ohne vorher anzuklopfen.

Gegen Abend kam Niila zu uns nach Hause, die Hand auf die Hemdbrust gepresst. Er war immer noch festlich gekleidet und erregt nach dem Beisammensein mit seiner weitläufigen Verwandtschaft. Nach einigen Drohungen, eine Anzeige bei der Polizei zu machen, und darauf folgenden Gegendrohungen, woraus sich eine lange, verwickelte Folge von Anzeigen hätte entwickeln können, hatte man die zu erwartenden Anwaltskosten kurz überschlagen und anschließend beschlossen, die Sache innerhalb der Familie zu regeln. Dem Ingenieur aus Uppsala war Gelegenheit gegeben worden, dieses Lochkartenprogrammieren näher zu erläutern. Weiterer Alkoholkonsum innerhalb der Grundstücksgrenzen wurde strengstens verboten. Pajalas Krankenstation musste eine überraschend große Anzahl an Personen versorgen, die ausgerutscht war und sich dabei verletzt hatte. Brillen und Zahnprothesen wurden provisorisch mit Isolierband und Kontaktkleber repariert.

Meine Schwester war nicht zu Hause, also schlüpften wir heimlich in ihr Zimmer. Niila knöpfte sein Hemd auf und zog die körperwarme Single hervor. Feierlich legte ich sie auf den Plattenspieler und senkte den Tonabnehmer. Drehte die Lautstärke auf. Es knisterte leise.

Ein Lärm! Das Gewitter brach los. Ein Pulverfass explodierte und sprengte das Zimmer. Der Sauerstoff ging zur Neige, wir wurden gegen die Wände geschleudert, waren an die Tapete gepresst, während sich die Kammer in rasender Fahrt drehte. Wir klebten wie die Briefmarken fest, das Blut wurde uns ins Herz gepresst, sammelte sich in einem darmroten Klumpen, bevor alles kehrt machte und in die andere Richtung sprang, bis in die Finger und Zehenspitzen, rote Speerspuren von Blut im ganzen Körper, bis wir wie die Fische nach Luft schnappten.

Nach einer Ewigkeit hielt der Wirbel an. Die Luft sauste durch das Schlüsselloch wieder davon, und wir fielen als kleine, feuchte Häufchen auf den Boden.

Rock 'n' roll music.

Beatles.

Das war zu schön, um wahr zu sein.

Lange Zeit brachten wir kein Wort heraus. Wir lagen einfach nur blutend da, leer und glücklich in dem klingenden Schweigen. Dann stand ich auf und spielte die Scheibe noch einmal.

Wieder das Gleiche. Es war unfassbar. Das konnte nicht von menschlichen Wesen gemacht worden sein.

Noch einmal.

Genau in dem Moment stürmte meine große Schwester herein. Sie war stinksauer, presste ihre Krallennägel in meinen Oberarm und schrie mich an, dass mir das Kaugummi ins Auge spritzte. Was zum Teufel wir in ihrem

Zimmer täten, verdammte, verfluchte Hosenscheißer, und ihr Mädchenarm erhob sich zu einem mörderischen Karateschlag.

Im nächsten Moment hielt sie inne. Die Musik setzte ein. Sie drang in sie, schwoll an wie ein Glied, spritzte rot um sich. Das war magisch, wir waren drei Säugetiere, in verschiedenen Positionen erstarrt, und dann da noch dieser klapprige, kleine, tragbare Plattenspieler.

Als die Scheibe zu Ende war, war sie es, die sie von vorn spielen ließ. So eine Musik war das. Man konnte einfach nicht aufhören.

Am gleichen Abend radelten Niila und ich hinunter zum Torneälv. Wir rollten auf die Straßenbrücke, hoch über dem Wasser, balancierten auf dem schmalen Horizontstreifen des Betons zwischen den weit entfernten Ufern.

Der ganze Fluss war immer noch zugefroren. Aber die Tageswärme hatte die Schneemassen auf den Waldweiden schmelzen lassen, Bäche hatten kleine Adern unter den gewaltigen Sargdeckel des Eises gebohrt und das Eingeschlossene mit Stärke erfüllt. Die Muskeln waren angeschwollen, ein aufgetautes Herz hatte wieder angefangen zu schlagen.

Und jetzt, gerade in diesem Augenblick, hebt sich der Brustkorb des Flusses in einem einzigen tiefen, langsamen Atemzug, jetzt dehnt er sich unter der meterdicken Decke aus, füllt die Lunge und die Blutbahnen wie ein Ausbrecherkönig, spannt an, schwillt an und drückt langsam Tausende von Tonnen Zoll für Zoll nach oben. Das passiert, ohne dass man es sieht, unterirdisch, eine Anspannung wie in einem Traum, eine Oberfläche, die sich wölbt, ein eingesperrter Jüngling, der immer weiter wächst, bis er den Heizkessel mit Fleisch und Muskeln füllt.

Noch einen halben Zoll.

Man sieht es nicht, man spürt es nur. Vielleicht ist es die Luft, der Luftdruck, ein Vibrieren im Sporthafen hinten bei Jupukka, die Silhouette einer Krähe, die plötzlich umkehrt, oder vielleicht ist es auch durch die Brückenpfeiler zu spüren, durch den Beton, ein schillernder Schrei des Wassers.

Einatmen. Geschmolzener Schnee. Die Krähe, die noch einmal wendet, unerklärlich.

In dem Moment passiert es. Zweimal ein kurzer Ruck. Und dann bricht die Oberfläche, ein offener Riss in der weißen Schwere. Eine schwarze Flut. Dröhnen, neue Risse, lange, knackende Axthiebe in die Eismasse. Sich krümmendes Gewölbe, das splittert. Und alles beginnt sich zu rühren, alles wird zu Bewegung, dieser ganze weit ausgedehnte Marmorboden.

Innerhalb einer Sekunde steigt der Fluss um achtzig Zentimeter. Die Ufer werden überspült, schwarze Wasserarme breiten sich aus. Riesige Eisschollen, hunderte von Tonnen schwer, zersplittern, verkeilen sich in dem bedrohlichen Gedränge ineinander. Sie werden hochkant geschoben wie funkelnde Wale, bevor sie schäumend wieder in die Tiefe tauchen. Sie werden wie die Kontinentalplatten übereinander geschoben, meckern, blöken und jammern. Donnern mit der Stirn voran gegen die Brückenpfeiler, werden zu klirrenden Eiswürfeln zermahlen. Geräusche, die man sonst nirgends hört, es dröhnt und kracht, knackt, braust, faucht, klirrt, knackt, das umhüllt einen wie Musik. Man ist mitten drin.

Bald kommen die Stadtbewohner. Parken am Brückenansatz und eilen zu uns, reihen sich das Brückengeländer entlang auf; alte Männer und Frauen, Mädchen und Kerle, Kleinkinder, die mit fester Hand gepackt werden. Cousins und Cousinen, Nachbarn und Freunde und sogar einige Eigenbrötler, als wäre der Fluss in der Stadt herumgelaufen und hätte sie gerufen, als hätten es alle gespürt.

Man steht einfach nur da. Es gibt nicht viel dazu zu sagen. Man schaut nur, horcht und spürt, wie der spröde Beton unter den Fußsohlen erzittert. Eisschollen in einem unendlichen Strom, sie nehmen gar kein Ende, ein zerbrochenes, immer währendes Krachen. Und zum Schluss merkt man, wie die Brücke sich bewegt, sie löst sich, sie beginnt sich wie ein gewaltiger Eisbrecher den Fluss aufwärts zu kämpfen, man steht auf dem Vordersteven, während sie sich mit gewaltiger Kraft am Anfang einer langen, abenteuerlichen Reise durch das Packeis vorwärts kämpft.

»*Rock 'n' roll music*!«, schreie ich Niila ins Ohr.

Er versteht mich.

Wenn man erst einmal die Kraft der Musik entdeckt hat, gibt es kein Zurück. Das ist wie das erste Mal wichsen. Man kann nicht mehr aufhören. Man hat eine Kapsel geöffnet, und der Schaum schießt in einem breiten Strahl heraus, ein Druck, der einem die Tür aus der Hand reißt, der die Scharniere herauszerrt und nur noch ein klaffendes Loch hinterlässt. Ihr kennt doch diese U-Boot-Filme, in denen die Wasserbomben treffen und alle Mann zur Stahllucke in dem wasserdichten Rumpf stürmen und versuchen, sie zu schließen, aber von der brutalen

Wassersäule wie Papierschiffchen zurückgeworfen werden.

Die Musikschule von Nacka war dagegen wie Trockenschwimmen.

Ungefähr so, als ob eine alte, verknöcherte Grundschullehrerin mit Tafel und kreidebeschmierten Händen versucht, den Jungs Onanietechniken beizubringen. Und sich zum Abschluss an die Tretorgel setzt und das pädagogische Wichslied singt.

Niila kam öfter zu uns als früher, und jedes Mal brachte er die Scheibe mit. Und dank der Single wurde meine Schwester plötzlich richtig menschlich und ließ sie auf ihrem Plattenspieler laufen, während sie selbst dabeisaß und zuhörte. Irgendwie kamen wir uns durch die Musik näher, sie begriff wohl so langsam, dass ich nicht für den Rest meines Lebens ein Rotzbengel bleiben würde. Manchmal waren auch ihre Freundinnen da. Sie saßen auf ihrem Bett und auf den Sitzkissen, hübsche Oberstufenbräute, die gut nach Haarspray rochen und Kaugummi kauten, dass es knallte. Sie hatten Brüste unter engen Pullovern. Schwarzgeschminkte Augen. Sie stellten Niila und mich auf die Probe – die Kaulquallen, die Rotzbengel –, und versuchten uns zu reizen, dass wir rot wurden. Fragten, ob wir ein Mädchen hätten. Ob wir schon mal eine geküsst hätten. Erklärten, wie man das mit der Zunge machte, das war ziemlich eklig, aber man wurde fast geil davon, obwohl man noch gar nicht so weit war und kaum begriff, was es mit dem anderen Geschlecht überhaupt auf sich hatte.

An einem Abend am Wochenende gingen wir in das Zimmer meiner Schwester, ohne anzuklopfen. Unsere Eltern waren zum Autobingo auf dem Fußballplatz gegangen. Die Bräute schrien auf. Auf dem Boden zwischen ihnen standen Bierflaschen, eine ganze Kiste voll. Wir zogen uns sofort zurück, aber meine Schwester zerrte uns wieder rein und schloss mit drohendem Blick die Tür ab. Dann prophezeite sie uns solche Prügel, dass uns die Milchzähne ins Gehirn geschoben würden, wenn wir petzten, außerdem würde sie uns an den Haaren ziehen, dass wir eine Glatze bekämen, uns die Gedärme mit ihren spitzen roten Fingernägeln rausziehen und uns langsam über der Lötlampe rösten, so einer, wie Papa sie benutzte, um die Skier zu wachsen, und noch vieles mehr zu diesem Thema.

Ich stellte mich dumm, um mein Leben zu retten, das ist in den tornedalschen Gegenden ein guter Trick, murmelte, dass sie ja wohl so viel Brause trinken dürften, wie sie wollten. Da begannen die Mädchen albern zu kichern und meinten, wir müssten auch mal probieren, damit wir mitschuldig würden, das sei die einzige Möglichkeit, uns das Maul zu stopfen. Sie öffneten eine Flasche und kamen ganz nah heran, Dauerwellhaar kitzelte im Gesicht, und ich fühlte heißen Atem und roch Mundspray. Eine hielt mich an den Wangen fest, hart und fast kneifend, eine andere hob die Flasche – und ich machte den Mund auf. Sie kamen so nah, dass ich spürte, wie weich ihr Busen war, ich bog den Kopf wie ein Säugling an der Nuckelflasche nach hinten und schluckte und trank und sog wie an einer spitzen Frauenbrust.

Das Bier schmeckte wie Heu. Es kratzte im Hals, schäumte und zischte. Ich lag fast da und schaute hoch in die schönen geschminkten Augen des Mädchens, sie waren blau wie der Fluss, sie war mindestens vierzehn und schaute so sanft und warm auf mich herab. Da wollte ich liegen bleiben, in ihrem Schoß schlafen, die Tränen brannten mir in den Augen. Sie merkte das und zog vorsichtig die Flasche weg. Ich hatte die Hälfte in mich geschüttet, und sie kam mit ihren Lippenstiftlippen herab, und plötzlich küsste sie mich.

Die Mädchen jubelten. Meine Schwester lächelte überraschend liebevoll. Ich fühlte mich wie in einem Schwindel und setzte mich an die Wand. Niila wurde gezwungen, den Rest der Flasche zu trinken, er kämpfte lange und erntete schließlich auch Applaus. Atemlos knöpfte er sein Hemd auf und zog die Scheibe heraus. Dann setzte er sich neben mich, während meine Schwester das Grammophon anstellte.

Die Mädchen benahmen sich wie die Verrückten.

Wir mussten es mindestens zwanzigmal spielen.

Und ich lehnte mich gegen Niila und spürte ein Glück, dass mich fast zerriss.

Hinterher standen wir auf dem Hof und meinten zu zittern. Die Abendkühle fiel von dem klaren Himmel, die Nacht würde bitterkalt werden. Niila trat von einem Bein aufs andere, er wollte etwas fragen, traute sich aber nicht so recht. Schließlich zog er mich mit sich in die Garage. Schloss das Tor, so leise er konnte, hinter sich und drängte sich dann ganz dicht an mein Ohr.

»Wie hat sie's gemacht?«, flüsterte er.

Ich umfasste seine Schultern.

»Streck die Zunge raus«, sagte ich. »Nein, nicht so weit.«

Er zog sie wieder zurück, dass nur die Spitze herausragte, rund, feucht, rosa. Ich streckte meine auch ein bisschen heraus. Eine Weile standen wir einfach so da, vollkommen unbeweglich.

Dann beugte ich mich vor und küsste seinen salzigen Jungsmund.

KAPITEL 8

– in dem ein Brett hergestellt wird, ein Mund sich öffnet und die Bühne zum ersten Mal geentert wird.

Die Sechzigerjahre näherten sich ihrem Ende, und draußen in der Welt explodierte die Popmusik. Die Beatles reisten nach Indien und lernten dort Sitar spielen, Kalifornien wurde überschwemmt von Flower Power und psychodelischem Rock, und England brodelte von Bands wie Kinks, Procol Harum, The Who, Small Faces und The Hollies.

Nur sehr wenig davon erreichte Pajala. Meine Schwester tat alles, was in ihren Kräften stand, um etwas mitzukriegen, sie hängte einen Kupferdraht als Mittelwellenantenne zwischen die Kiefern auf unserem Grundstück und bekam so Radio Luxemburg auf unserem alten Röhrenradio zu fassen. Ab und zu fuhr sie nach Kiruna oder Luleå, um The Shanes aus Tuolluvaara zu sehen, die 1966 zusammen mit den Beatles aufgetreten waren, oder die Hep Stars, wenn ihre Wege sie hier vorbeiführten, aber jeweils erst nach einer langen Predigt unserer Mutter hinter verschlossenen Türen.

Es gab einen großen Abstand zwischen Pajala und der

Welt. Und als das schwedische Fernsehen endlich eines ihrer so seltenen Popkonzerte ausstrahlte, war es eine mehrere Jahre alte Aufnahme von Elvis Presley. Man musste einfach nehmen, was einem geboten wurde. Erwartungsvoll setzte ich mich hin. Meine Schwester schob die Schiebetür aus Furnierholz auf, die die Glasscheibe verdeckte, und stellte den Strom rechtzeitig genug an, da die Bildröhre erst langsam wie ein Brot im Ofen erwärmt werden musste, bevor sie zu leuchten begann. Die elektrischen Signale wurden vom Kanästornet losgeschleudert und begannen ihren weiten Schlingerkurs durch das Land. Die Relaisstationen empfingen die Signale und schickten sie zur nächsten und wieder nächsten weiter, und wie eine riesige Güterzugkette mit scheppernden Eisenerzwaggons erreichten sie letztendlich den Fernsehmast von Pajala oben auf dem Jupukka, wurden umgeformt und kullerten wie Erbsen auf unsere schwarzweißen Flimmerkisten.

Und da stand er. Elvis. Bevor er nach Deutschland geschickt wurde, um dort seinen Militärdienst anzutreten, auf dem Höhepunkt seiner Karriere, ein schmächtiger Jüngling mit einem schiefen Lächeln, öliger Haartolle und Beinen, die sich wie Pfeifenreiniger biegen ließen. Papa schnaubte und ging demonstrativ in die Garage hinaus. Mama blieb sitzen und tat so, als ob sie strickte, konnte aber keine Sekunde die Augen von diesem verschwitzten Mannsbild in schwarzer Lederjacke lassen. Meine Schwester kaute auf den Nägeln und heulte noch die ganze Nacht in ihr Kissen. Und ich wollte eine Gitarre haben.

Am nächsten Tag ging ich nach dem Unterricht in den Hobbyraum im Keller und sägte aus einer Furnierscheibe eine gitarrenähnliche Form aus. Nagelte eine Latte als Hals daran. Spannte Gummibänder als Saiten. Band eine Schnur daran, dass ich das Ungetüm um den Hals hängen konnte.

Der einzige Platz, wo ich meine Ruhe haben konnte, war die Garage. Wenn mich niemand sah, schlich ich mich dort hinein, stellte mich breitbeinig auf den Betonboden und spähte ins Publikumsmeer. Ich hörte das Schreien und ahnte die Tausende von Mädchen, die sich an den Bühnenrand drängten. Dann legte ich mit *Jailhouse Rock* los, das ich von der Platte meiner Schwester her auswendig kannte. Versuchte mit dem Hintern zu wippen. Spürte, wie die Musik in mir anschwoll, kräftig und gesalzen. Dann schnappte ich mir die Papprolle aus dem Toilettenpapier, die mein Mikrophon darstellte, und öffnete den Mund. Und fing an zu singen. Aber es war ein Gesang ohne ein Laut, nur meine Lippen bewegten sich, genau wie bei den Musikstunden der Grundschullehrerin. Ich bewegte mich zu der Musik in meinem Inneren, ließ meine Hüften schwingen, sprang und schlug Akkorde, dass die Latte erzitterte.

Plötzlich hörte ich etwas knacken und hielt erschrocken inne. Eine Zeit lang war ich fest überzeugt davon gewesen, dass das Publikumsgejohle bis zur Kirche zu hören sei. Aber ich war allein in der Garage, und bald war ich wieder in meinem Film. Eingetaucht zwischen den Regalen, umgeben von Licht und Grollen. Die Hüften wippten, der Bühnenboden bebte, und ich bog den Körper in einem krampfartigen Bogen nach hinten.

Da stand Niila. Wie ein Luchs war er hereingeschlichen und hatte mich schweigend beobachtet, wer weiß, wie lange schon. Ich erstarrte vor Scham. Wartete auf sein Hohngelächter, darauf, dass er mich mit der Fliegenklatsche an der Wand zerdrücken würde.

Nur ein einziges Mal habe ich später das gleiche Gefühl absoluter Nacktheit gespürt. Das war im Zug zwischen Boden und Älvsbyn auf der Bahntoilette. Ich hatte gerade geschissen, stand da und wischte mir den Arsch ab, mit heruntergelassenen Hosen, als die Toilettentür von außen aufgeschlossen wurde und eine Schaffnerin mich nach meiner Fahrkarte fragte. Sie behauptete, sie hätte angeklopft, aber verdammt noch mal, das hatte sie garantiert nicht.

Niila ließ sich auf einem umgedrehten Blecheimer nieder und kratzte nachdenklich an einer Schorfwunde. Schließlich wollte er leise wissen, was ich da eigentlich mache.

»Spielen«, murmelte ich, voller Scham.

Er blieb lange Zeit schweigend sitzen und betrachtete meine plumpe Furnierplatte.

»Darf ich auch mal probieren?«, fragte er schließlich.

Zuerst dachte ich, er wolle mich verarschen. Aber dann erkannte ich zu meiner Überraschung, dass er es ernst meinte. Mit wachsender Erleichterung hängte ich ihm das Brett über die Schulter und zeigte ihm die Griffe. Er begann mich nachzuahmen, wie ich Elvis nachgeahmt hatte, er wiegte sich vorsichtig vor und zurück.

»Du musst die Knie dabei einknicken«, wies ich ihn an.

»Warum das denn?«

»Na, natürlich für die Mädchen.«

Er sah plötzlich ganz schüchtern aus.

»Dann musst du aber singen.«

Lässig hielt ich die Klopapierrolle an die Lippen und mimte schweigend, den Kopf hin und her werfend. Niila sah mich unzufrieden an.

»Du musst richtig singen!«

»O Scheiße, nein.«

»Doch.«

»Aber ich kann das nicht.«

»Doch, für die Mädchen!«, sagte Niila auf Finnisch. Und ich brach in lautes Gelächter aus, und der Bann zwischen uns war gebrochen.

So fing das Ganze an, daheim in der Garage zwischen den Skiern, Schneeschiebern und Winterreifen. Niila spielte, und ich öffnete den Mund und ließ meine Stimme erklingen. Heiser und rau und grölend. Ich johlte und quiekte, es klang schlimmer als ein Hund, und es war das erste Mal, dass ich mich traute, zu singen.

Ein paar Wochen später ließ ich während einer Pause verlauten, dass Niila und ich eine Popband gegründet hätten. Und das Gefühl hatten wir ja auch, schließlich standen wir jeden Tag nach der Schule in der Garage und hatten unser Traumleben zu kunterbunten Riesenballons aufgeblasen. Und da ich schon immer über einen nur gering ausgeprägten Selbsterhaltungstrieb verfügte, kombiniert mit einer Zunge, die schnell allzu lose war, rutschte es mir einfach so raus.

Die Sensation verbreitete sich in Windeseile. Es war schließlich wie gesagt Pajala in den Sechzigerjahren, da war keine Weltsensation nötig. Niila und ich wurden umringt, es ereignete sich während der Mittagspause, wir landeten in einem Kreis von Bezichtigungen, Lügner zu sein, und Hohngelächter. Der Kreis wurde immer dichter, und schließlich gab es nur noch einen Ausweg. Wir waren gezwungen, in der Wahlstunde aufzutreten.

Unsere Lehrerin war mit diesem Vorschlag leider einverstanden. Sie ließ den Hausmeister einen alten Plattenspieler ausgraben, und ich selbst lieh mir heimlich *Jailhouse Rock* von der Schwester. Wir wollten schauspielern, also borgte ich mir eines der Springtaue der Mädchen als Mikrophon. Ich würde in den Handgriff singen.

Bereits bei der Probe während der Pause war mir klar, dass wir scheitern würden. Auf dem Plattenspieler war die 45-Umdrehungen-Funktion kaputt, er spielte nur auf 33 oder 78. Die Scheibe klang entweder wie Beerdigungsposaunen in Tibet oder wie Donald Duck im Zirkus. Wir entschieden uns für Letzteres.

Es klingelte zur Stunde, und die Klasse ließ sich auf den Bänken nieder. Niila stand mit dem Gitarrenbrett in festem Griff da und schaute vollkommen panisch drein. Die Jungs begannen schon mit Radiergummis zu werfen, bevor wir überhaupt anfingen. Ich schnappte mir das Springtau und dachte an den Tod. Die Lehrerin wollte uns gerade ansagen, da dachte ich, dass das nun auch keine Rolle mehr spielte, und ließ den Tonabnehmer runter.

Die Musik donnerte los. Und wie wir sprangen. Der Boden wellte sich, und die schwere Nadel fuhr auf dem wehrlosen Vinyl wie ein Starenschnabel herum. Niila stand vor lauter Nervosität so steifbeinig da, dass er schließlich das Gleichgewicht verlor, er fiel auf das Lehrerpult, schubste mich im Fallen und donnerte schließlich rückwärts gegen die schwarze Tafel, von der das Kreidefach abriss. Ich selbst machte gute Miene zum bösen Spiel, hörte auf, nur zu mimen, da die Scheibe sowieso klang, als würde man eine Nageldose schütteln, und fing stattdessen an, in hausgemachtem Englisch loszuschreien. Ich röhrte so infernalisch, dass sogar die Radiergummiwerfer innehielten, während ich gleichzeitig versuchte, Niila daran zu hindern, auf den Plattenspieler zu springen. Und da der Pickup immer hin und zurück hüpfte, nahm das Stück auch nie ein Ende. Niila machte einen Satz, dass die Schulterschnur riss und die Gitarre in die Wandkarte fiel, das verursachte einen tiefen Riss in Finnland, ungefähr in Höhe von Jyväskulä, und schließlich vernahm ich den Schrei der Lehrerin in meinem eigenen Lärm, während Niila sich in dem Springtau verfing und steifbeinig wie ein Elch auf mich plumpste, und gemeinsam fielen wir auf den Plattenspieler, sodass der Tonabnehmer endlich absetzte und es still wurde.

Wir lagen übereinander. Niila konnte nicht mehr atmen, er konnte nur noch einatmen, aber nicht aus, er schnappte immer wieder nach Luft, wobei sich seine Lunge bis zum Zerbersten füllte. Meine Lippen schmeckten nach Blut und Salz. Und es war so still, dass man eine Ratte niesen hören konnte.

Dann begannen die Mädchen zu klatschen. Spärlich, aber freundlich. Die Jungs murmelten neidisch vor sich hin, und ich bekam einen großen Radiergummiklumpen an den Kopf.

Da war mir klar, dass wir doch nicht ganz und gar gescheitert waren.

Die darauf folgenden Tage waren nicht einfach. Niila bekam daheim Prügel, als herauskam, was er getan hatte, aber er behauptete ganz tapfer, dass es das wert gewesen sei. Und ich wurde von meiner großen Schwester an Leib und Leben bedroht, als sie ihre zerkratzte Scheibe sah. Ich kam nur davon, indem ich einem knallharten Abzahlungsplan zustimmte, mit dem sie mein Taschengeld auf geraume Zeit mit Beschlag belegte.

Sonderbarer waren die Reaktionen der Mädchen. Wie die meisten Jungs in dem Alter erlebte ich mich selbst als schüchtern und hässlich, mit nicht zu bändigendem Haar, Kartoffelnase und viel zu dünnen Oberarmen. Aber plötzlich wurden uns gewisse Blicke zugeworfen. Kurze, scheue Blicke in der Essensschlange vor der Schulkantine, ein schnelles Lachen aus der Mädchengruppe vor dem Handarbeitsraum. Wir wurden zum Tauspringen eingeladen, was wir scheu annahmen. Von den neidischen Jungs wurden wir als Weichlinge tituliert. Alles war reichlich verwirrend und ziemlich erschreckend.

Gleichzeitig spielten wir weiter in der Garage, Stücke, die wir im Radio gehört hatten und dann aus dem Gedächtnis wiedergaben. Niila sprang mit der Latte, und ich sang. Nachdem ich herausgefunden hatte, dass ich den Hals nicht anspannen musste, sondern eher aus der Brust heraus singen konnte, klang es nicht mehr ganz so schrecklich. Meine Stimme wurde sicherer und klang manchmal wirklich wie Musik. Dann schmunzelte Niila jedes Mal in sich hinein und gab mir einen freundschaftlichen Knuff. Manchmal machten wir eine Pause zwischen den Stücken, diskutierten den Zusammenhang zwischen Mädchen und Rockmusik, tranken Limonade und waren reichlich nervös.

Ein paar Wochen später wurde die Situation auf die Spitze getrieben, als ein Mädchen, das am Strandvägen wohnte, ein Klassenfest ausrichtete. Nach Brause und Popcorn begannen wir mit »Lüge oder Wahrheit«. Bevor Niila und ich hatten abhauen können, waren wir mit Küssen überdeckt, und ich war vier Tage lang mit einem Mädchen zusammen, bis ich Schluss machte und ihr die Kette und den Messingring zurückgab und das Foto, auf dem sie eine Spitzenbluse anhatte und den Lippenstift ihrer Mutter trug.

Und kurz danach war alles vorbei. Die Mädchen fanden spannendere Objekte, ältere Jungs in der Sechsten. Niila und ich landeten plötzlich auf dem Abstellgleis und versuchten lange, eine Wiederholung der Wahlstunde anzuregen, was aber schroff von unserer Lehrerin abgelehnt wurde.

Ich versuchte es noch mal bei dem Mädchen, das ich abgewiesen hatte, bekam aber ein Nein. Das Dasein war unergründlich.

KAPITEL 9

– in dem unsere Helden in der Mittelstufe anfangen und mit einer gewissen Mühe den Fingersatz erlernen.

Nach drei Jahren in der Gamla Skolan konnten die meisten von uns Rotznasen lesen und rechnen, und es war Zeit für die Mittelstufe in der Pajala Centralskola, einem legoähnlichen Schuppen, gebaut aus gelben Ziegeln. Das Schuljahr wurde mit einer Kampagne eingeleitet, wie man die Zähne putzen sollte. Man muss einräumen, dass es dafür einen gewissen Bedarf gab, bei der letzten Zahnarztkontrolle hatte ich sechs Löcher gehabt und Niila neun. Auch bei den anderen in der Klasse sah es nicht besser aus, deshalb hatte die Gemeinde einen Lastwagen mit zusätzlichem Amalgam aus Linköping angefordert. Jetzt mussten wir in Grüppchen ins Büro gehen und Färbetabletten kauen, durch die der Plack eklig rot wurde, und dann in einen Spiegel gucken und vor einer ernst dreinschauenden Frau Zahnbürstengymnastik machen. Schrubb schrubb schrubb, mindestens zehnmal an jeder Stelle. Ich weiß nicht, ob es daher kommt oder ob wir das der Fluorspülung zu verdanken haben, jedenfalls hatte ich in meiner restlichen Grundschulzeit kein einziges Loch mehr.

Die Zahnärzte merkten natürlich auch, dass sie immer weniger zu bohren hatten, und sahen sich schnell nach anderen Arbeitsaufgaben um. Die Rettung wurde die Zahnregulierung. Jede Woche gab es einen armen Tropf, der dorthin geschickt wurde und dann mit dem Maul voller Plastik und Metalldrähten zurückkam. Sobald ein Zahn auch nur im Geringsten *klinkku* war, musste er gerichtet werden. Bei mir war es ein Eckzahn, der nicht in Habacht-Stellung stand, und verdammt, was musste ich deshalb zur Volkszahnpflege rennen. Die Zahnärztin hatte immer Sorgenfalten auf der Stirn, sie holte Zangen heraus und spannte den Metalldraht, dass der ganze Schädel brummte. Sobald ich draußen war, lockerte ich den Draht mit meinem Fahrradschlüssel, und dann hieß es nur bis zum nächsten Mal warten. Manchmal kam der »Spezialist«, ein glatzköpfiger Onkel aus Luleå. Der einzige Unterschied bestand darin, dass er noch fester anzog und dass seine Finger nach Zigarillo schmeckten, wenn er im Mund herumwühlte.

Mit der Mittelstufe kam auch die Pubertät näher. In den Pausen konnte man schon mal betrachten, was einen so erwartete. Vereinzelte Paare aus der Siebten, die Hand in Hand gingen und sich küssten. Mädchen, die heimlich hinter der Ecke rauchten. Das Schminken, das mit jedem Jahreskurs nur noch verwegener wurde. Es war ein erschreckender Anblick, man verstand das nicht so richtig. Würde man sich selbst etwa auch so verändern? Doch, das war in einem drinnen, man konnte es spüren, ein Samen. Der bereits anschwoll, und nicht mehr lange, dann würde man die Kontrolle verlieren.

Da überall gesagt wurde, wie nützlich es wäre, mehrere Sprachen zu können, begannen wir Englisch zu lernen, während unser altes Stadtfinnisch immer seltener auf dem Schulhof zu hören war. Ich fing an, die englischen Popsongs zu kopieren, indem ich die Top Ten hörte. Da wir daheim immer noch kein Tonbandgerät hatten, musste ich die Liedtexte so schnell ich konnte beim Radiohören abschreiben. Ich verstand aber die Worte noch nicht, sondern buchstabierte phonetisch, lernte alles auswendig und sang dann Niila in der Garage Songs wie *Ohlju niedis lav* und *Äweiter schäd ofpehl* vor.

Niila war schwer beeindruckt. Wer hatte mir Englisch beigebracht?

»Ich selbst«, erklärte ich locker.

Niila dachte eine Weile darüber nach. Im nächsten Moment traf er einen verwegenen Beschluss: Er wollte Gitarre spielen lernen.

Es gelang ihm, von einem Onkel eine akustische Gitarre zu leihen, die dieser auf einer Ferienreise nach Bulgarien gekauft hatte. Anschließend folgte eine hektische Zeit, in der Anfängernoten in einem Musikgeschäft in Luleå angeschafft wurden, die Einführung in die geheimnisvolle Kunst des Stimmens, steife, kurze Jungsfinger, Ziffern und Punkte, die zu Tönen werden sollten, es aber einfach nicht wurden, weitere Einblicke in die geheimnisvolle Kunst des Stimmens, das kulturfeindliche Klima in Niilas Elternhaus, das ihn dazu zwang, in unserer Garage zu üben, bis die Winterkälte kam und wir in unseren Heizkesselkeller umzogen, wo wir Watte unter die Saiten legten, damit unsere Eltern nichts hörten und nicht petzen konnten, der erste Akkord, der e-Moll war und klang, als würde jemand auf einem Welldach hüpfen, der zweite, a-Moll, der klang, als würde das Hüpfen jetzt von zwei Personen ausgeführt, mein Gesang zu Niilas Begleitung mit so ewigkeitslangen Pausen beim Akkordwechsel, dass ich keine Puste mehr hatte, sein vollkommener Mangel an Humor in diesem Zusammenhang, der mehr als einmal zu Handgreiflichkeiten führte, mein vollkommenes Unvermögen, den Titel des ersten Stücks zu erraten, das Niila sich selbst beigebracht hatte, obwohl ich acht Versuche hatte und meine anschließende heldenhafte Rettung der Gitarre in einem Sprung, bevor sie auf dem Zementboden zerschmettert gewesen wäre.

Das Peinliche war, dass ich mir selbst das Gitarrenspiel im Bruchteil der Zeit beibrachte. Meine Finger sind lang und gespreizt, das ist ein Familienerbe. Die Hand fühlte sich wie eine Spinne am Gitarrenhals zu Hause, sie kletterte auf und ab und webte die Akkorde mit einer Leichtigkeit, die mich selbst verblüffte. Als Niila seinen ersten reinen Akkord schlagen konnte, hatte ich mir *House of the rising sun* beigebracht und mir auf Umwegen ein Buch über den klingenden Dschungel des Barré-Akkords organisiert. Niila ließ seine Gitarre immer im Keller zurück, und sobald ich ihn nach Hause verschwinden sah, konnte ich loslegen.

Natürlich konnte ich Niila nie meine Fähigkeiten präsentieren. Das hätte ihn zerbrochen. Schon damals in dem zarten Alter begann er Zeichen seiner nachtschwarzen, selbstzerstörerischen Depressionen zu zeigen. Dann wiederum war er überzeugt davon, der Beste von allen zu sein, vollkommen taub dafür, wie schräg es klang, aufgeblasen, protzig und überzeugt von seiner zukünftigen Berühmtheit. Ich tat ab und zu so, als probierte ich die Gitarre mal aus und spielte absichtlich falsch, sah ihn dann so energisch durch die Nase schnauben, dass der Rotz mit rauskam. Okay, in solchen Momenten war ich kurz davor, mein Geheimnis zu lüften, auch meine Geduld hatte ihre Grenzen. Aber mit großer Kraftanstrengung gelang es mir, mich zurückzuhalten.

Jetzt auf der Mittelstufe begann eine Hand voll der Jungs aus unserer Klasse mit Snus. Plötzlich zeichneten sich runde Dosen unter den Jeans ab, und in den Pausen verbreitete sich ein starker, typischer Teegeruch. Da die Jungs es überhaupt nicht gewohnt waren, wurden sie berauscht und bekamen große Pupillen. Sie fingen an, in ihrer Ecke herumzupöbeln, schwärmten dann auf den Flur aus und versuchten das Interesse der Mädchen zu wecken, indem sie sie Fotzen und Huren nannten. Nach den Sportstunden standen die Jungs unter der Dusche und zogen voreinander die Vorhaut hoch. Sie erzählten großprotzige Geschichten über welche, die schon gebumst hatten. Wir Jungs, die später entwickelt waren oder einfach nur schüchterner, schauten erschrocken zu. Die Veränderung kam so plötzlich. Die gleichen alten Kumpel waren jetzt von Snus und Hormonen aufgeputscht. Ungefähr wie Junkies, streitsüchtig, unberechenbar. Instinktiv zogen wir uns zurück.

Je mehr Tabak sie sich unter die Lippe schoben, umso ekliger fanden die Mädchen sie. Den Snus zwischen den Zähnen, tabaksbraune Fingerspitzen, klebrige Spuckflecken an den Wänden und im Waschbecken. Während des Unterrichts war der Snus verboten, aber darum scherten sie sich einen Dreck. Drückten ihre Kugel nur ein bisschen platter, wenn es zur Stunde läutete.

Einmal wurde einer der Tabakkauer ganz überraschend zum Lehrerpult beordert. Er sollte ein Referat halten, das er vollkommen vergessen hatte. Alle saßen erwartungsvoll da. Sobald er den Mund öffnete, würde er entlarvt und vom Lehrer bestraft werden, was immer spannend und interessant anzusehen war. Dem Jungen war bange, das konnten wir sehen. Er wurde ganz weiß im Gesicht und zitterte leicht. Dann begann er irgendwas zu murmeln. Die ganze Klasse starrte ihn mit großem Interesse an. Der Junge hielt seinen Mund fast geschlossen und wurde vom Lehrer ermahnt, doch lauter zu sprechen. Er gehorchte, hob aber gleichzeitig sein Heft vor den Mund.

»Du hast doch keinen Snus im Mund?«, fragte der Lehrer.

Ein Kopfschütteln.

»Du weißt doch wohl, dass das verboten ist!«

Ein kurzes Nicken.

»Darf ich mal sehen?«

Der Junge stand wie erstarrt da, während der Lehrer seine Lippe anhob. Das dauerte ein paar Sekunden. Dann durfte er überraschenderweise gehen und sich setzen. Kein Geschrei und Gezeter, keine Drohung hinsichtlich einer Eintragung ins Klassenbuch oder eines Gesprächs mit dem Rektor.

Wir waren gleichzeitig enttäuscht und verblüfft. In der Pause scharte sich die ganze Klasse um den Jungen und wollte wissen, was passiert war. Er schaute ruhig in die Runde.

»Ich habe den Snus runtergeschluckt«, erklärte er mit klarer Stimme.

Von ihm wurde noch lange Zeit erzählt.

Bereits in der Sechsten wurde Niilas intensives Verhältnis zu Mädchen deutlich. Das hatte nichts mit seinem Aussehen zu tun, denn er war nicht gerade eine Schönheit mit seiner finnischen Kartoffelnase, den hochstehenden

Wangenknochen und Haaren, die immer fettig aussahen, wie oft er sie auch wusch. Sein Körper war schlaksiger als meiner, vielleicht sogar etwas linkisch, gespreizt in den Bewegungen. Aber abstoßend war er nicht. Im Gegenteil, er hatte so eine Art fast intensive Ausstrahlung, eine Energie, die wie ein Tier in einem Käfig herumsauste und nach einem Ausgang suchte. Ein inneres Feuer ist vielleicht zu viel gesagt, eher etwas Warmes, Verletzliches. Das wuchs in ihm heran, und die Mädchen merkten, dass es dort einen Willen gab, ein Rückgrat, das sich zu einer Wurzel auswuchs.

Nun ist es ja so mit den Mädchen, dass sie alle verschieden sind. Einige suchen das Stabile, sie wollen Jungs, die morgens früh aus den Federn kommen, Kerle, die ein Werkzeug oder eine Waffe anpacken können, die das Einfamilienhaus auf dem elterlichen Grundstück in Antis oder Jarhois bauen und den Kartoffelacker mit dem Kultivator des Onkels bestellen. Dieser Sorte von Mustermädchen wurde es unwohl zu Mute, wenn sie Niila trafen. Ich habe das im Laufe der Zeit mehrere Male miterlebt. Er erschreckte sie mit seinem bettelnden, flackernden Blick oder – noch schlimmer – indem er überlegen tat. Ich versuchte ihm die elementarsten Dinge in der Kunst des Freiens beizubringen, nicht, weil ich selbst auf diesem Gebiet so große Kenntnisse hatte, aber so abgedreht wie er war ich nun doch wieder nicht. Die Grundregel lautete: die Mädchen auszusuchen, die einen mochten. Wie unglaublich das auch klang, es gab immer eine, die zumindest ein kleines bisschen interessiert war. Und auf die sollte man setzen. Niila machte es jedes Mal umgekehrt, er verliebte sich immer in Mädchen, die ihn verletzten. Mädchen, die ihn gar nicht sahen, die ihn vor verächtlich schnaubenden Freundinnen verhöhnten, Mädchen, die viel zu hübsch oder zu widerlich waren und die mit ihm spielten wie die Katze mit einem Vogeljungen. Es tat weh, das mit anzusehen. Die ganze Zeit gab es andere Mädchen im Hintergrund, zwar nicht mein Typ, aber trotzdem. Mädchen, die sich fallen lassen würden. Die Risiken einzugehen bereit waren, an den Fingerspitzen an einer Felswand hängen, in den Nachthimmel eintauchen würden. Künstlerische Mädchen, nachdenkliche Mädchen, die Gedichte in »Evas Kalender« schrieben, die über Gott und den Sadomasochismus nachdachten, Mädchen, die Erwachsenenbücher lasen, in der Küche saßen und zuhörten, wenn die Männer sich über Politik unterhielten. So eine wäre die Richtige für ihn gewesen. Eine frühreifes, handfestes Kommunistenmädchen zum Beispiel aus Aareavaara.

Und jetzt kam ja die Sexualität ernsthaft ins Spiel. Diese einleitenden pubertären Jahre, in denen die dicken Freundschaften der Kindheit und die Hackordnung gegen eine neue Rangordnung ausgetauscht wurde, die auf Attraktivität basierte. Krummgebeugte, ängstliche kleine Mädchen konnten plötzlich zu schlanken Schönheiten mit hohen Wangenknochen heranwachsen. Kleine, flaumige Jungs mit Lachgrübchen verwandelten sich zu großnasigen Pavianen mit vorstehenden Eckzähnen. Ein stummer Erkheikkijunge konnte plötzlich anfangen zu reden und einen leisen, unwiderstehlichen Charme entwickeln, während ein redseliges Pajalamädchen in unerklärlichen Depressionen verschwand und sich langsam in ein Nichts verwandelte, mit dem nicht mehr zu rechnen war.

Ich selbst gehörte zu den Kindern, die mit zunehmendem Alter hässlicher wurden, während meine Ausstrahlung im Gegensatz dazu stärker wurde. Niila wurde gleichzeitig hässlicher im Äußeren und immer weniger umgänglicher im Sozialen, und die Musik wurde wohl sein einziges Atemloch in der Welt.

Ich versuchte ihm den einfachen Trick beizubringen, an den Tod zu denken, wenn man auf eine Braut stieß. Das hat mir viele Jahre lang immer wieder geholfen und ist überraschend effektiv. Ich werde ja in ein paar lächerlichen Jahrzehnten sowieso sterben. Mein Leib wird für alle Zeiten ausgelöscht werden. Das Gleiche wird dem Mädchen zustoßen, wir werden alle bald ausgelöscht und verschwinden. In tausend Jahren ist unser Leben, sind alle unsere lebhaftesten Träume und schlimmsten Ängste zu Staub und Asche verweht. Was spielt es da für eine Rolle, wenn sie mir jetzt einen Korb gibt oder schnippisch ist oder mir frech ins Gesicht lacht? Dank dieser krassen Einstellung habe ich zwischenzeitlich auf dem Gebiet der Liebe die sonderbarsten Dinge ausrichten können, mich beispielsweise an lebensgefährlich schöne Frauen herangewagt und ab und zu tatsächlich mit ihnen spielen können.

Das war wohl der einzige Ratschlag, dem Niila wirklich zuhörte. Er dachte dann aber öfter an den Tod als an Mädchen. Der Kerl wurde kurz gesagt richtiggehend unerträglich. Und nicht lange, dann würde er meine Hilfe brauchen, aber davon wussten wir damals noch nichts.

KAPITEL 10

– über unwillkommenen Nachtbesuch,
ein klapperdürres Knochengerüst mit Geschenken
und wie man Hilfe in der Not bekommt.

Irgendwo in meinem Körper wurde ein Schalter umgelegt, und die Reise begann wirklich. Die Pubertät. Es war im Sommerhalbjahr in der Sechsten, es war gar nichts Dramatisches, was sich ereignete, ich wurde mir nur sehr deutlich einer Veränderung bewusst. Das war nichts Körperliches, auch keine äußeren Zeichen, das war etwas im Gehirn. Etwas geschah da drinnen, jemand nahm dort einen Platz ein. Jemand, der mir ähnlich war, aber doch ein anderer. Eine Launenhaftigkeit kam in mein Leben, die ich nicht immer beherrschte. Eine Unduldsamkeit, die ich selbst nicht verstand. Und ein unerwartetes, ein wirklich überraschend starkes Interesse für Sex.

Eines Nachmittags am Ende des Sommerhalbjahres lag ich auf meinem Bett und blätterte in einer Lektyr. Ich hatte sie während eines Besuchs in Luleå heimlich gekauft, weil mich dort niemand kannte und also auch keiner darüber spotten konnte. Es gab nichts Schlimmeres, als verständnisvolle Blicke von Lockenwicklertanten mittleren Alters im Konsum, die Mutter und Vater kannten und deren hübsche Töchter in die Parallelklassen gingen. Wenn man die Lektyr kaufte, gab man zu, geil zu sein. Und damit entblößte man sich, geriet ins Hintertreffen und konnte nur noch rot werden und stottern.

Plötzlich stand er mitten im Zimmer. Ich zuckte zusammen, warf die Zeitschrift weg und sprang schnell auf die Beine, um die Beule in der Hose zu kaschieren.

»Scheiße, ich dachte schon, dass wäre meine Mutter!«

Niila gab keine Antwort. Er war in seiner üblichen lautlosen Art hereingehuscht und stand jetzt unbeweglich wie eine Wand da. Ich versuchte meine Scham zu überspielen und dachte, dass Angriff sicher die beste Verteidigung sei. Ruppig schlug ich das Pin-Up Girl der Woche auf. Schwarzer Spitzen-BH, lechzender Blick und rote, hochhackige Stiefel.

»Kleb sie dir zu Hause an die Wand«, schlug ich kaltblütig vor.

Ein unmöglicher Gedanke, und Niila schreckte davor zurück. Aber er konnte seinen Blick nicht von dem Mädchen lösen. Er machte keinerlei Anstalten die Zeitschrift zu ergreifen, also blätterte ich für ihn und zeigte ihm ein Foto nach dem anderen.

»Guck mal, die hat ihn da festgebunden. Und hier, Gummikleidung. Und den Brief musst du geschrieben haben, Niila: *Ich habe meine Unschuld im Konfirmandenlager verloren.*«

Ich sah, wie es in Niila zuckte. Aber gleichzeitig war er ganz starr, abweisend, krampfhaft um seine Würde bemüht. Sein Kopf vibrierte ein wenig, als spanne er die Halsmuskeln bis zum Äußersten an. Je ängstlicher er wurde, umso mehr verschwand meine eigene Scheu, er übernahm sie gewissermaßen von mir. Eifrig drückte ich ihm das Käseblatt in die Hand.

»Such dir eine aus, Niila! Eine aus der Zeitschrift, welche willst du haben?«

Da war es, als ginge ihm die Luft aus. Er sank auf einen Stuhl nieder und seufzte laut, beugte sich vor, als wäre er krank geworden, ein nicht allzu ungewöhnliches Verhalten unter schüchternen Tornedalbewohnern, wenn sie sich unter Druck gesetzt fühlen, etwas sagen zu müssen. Er räusperte sich und schluckte, damit die Stimme überhaupt Platz in seinem Mund fand.

»Großmutter…«, sagte er und verstummte.

»Ja, was ist mit ihr?«, versuchte ich ihm zu helfen.

»Sie… sie ist tot…«

»Ja klar, das weiß ich, das ist sie ja schon eine ganze Weile.«

»Aber sie ist zurückgekommen!«

Und nachdem der Korken herausgeflogen war, kam auch der Rest, stoßweise, rasselnd. Mit wachsendem Schauder hörte ich zu, wie Niila mir sein Herz ausschüttete.

Die Großmutter hatte angefangen zu spuken. Gut drei Jahre nach ihrem Dahinscheiden war sie in ihr altes Haus zurückgekehrt. Obwohl sie unter laestadianischen Ehrenbezeugungen begraben worden war, hatte sie keinen Frieden gefunden.

Als er sie das erste Mal gesehen hatte, war sie nur ein verschwommener Fleck gewesen, der an die wandernden Lichtpunkte erinnerte, die man am Rande des Blickfelds sehen kann. Bald vermochte er einen leichten Windhauch zu spüren, als würde ihn jemand anhauchen. Mit der Zeit hatte sie immer festere Formen angenommen, war angeschwollen und hatte dann auch noch angefangen, Laute von sich zu geben. Stück für Stück eroberte sie sich ihren Platz in der Familie zurück. Sie humpelte mit steifen Hüften die Dachtreppe hinunter, breit und schwer. Mehrere Nächte hatte sie am Küchentisch gesessen und gegessen, Kartoffeln und Karotten in der übrig gebliebenen Fleischbrühe zu einer grauen Milchsuppe gemust, die sie laut vernehmlich in sich schlürfte. Sie roch ungemein schlecht. Süßlicher Alt-Frauen-Schweiß, gemischt mit Odeurs aus einer muffigen, unterirdischen Welt.

Das Merkwürdige war, dass allein Niila sie bemerkte. Einmal hatte die Alte mitten in der Küche gestanden und Fliegen gefangen, um sie anschließend mit ihren gelben Fingerspitzen in dem Würstcheneintopf mitten auf dem Tisch zu zerdrücken. Alle außer Niila aßen mit gutem Appetit weiter.

Niila teilte sich das Zimmer mit seinem großen Bruder Johan im Obergeschoss des Rauchstubenhauses. Der Bruder hatte Wachstumsschmerzen und deshalb ein gewaltiges Schlafbedürfnis, wie die Männer schlief er tief und fest und schnarchte, während Niila dagegen leicht aufwachte.

Eines Nachts, vor gar nicht langer Zeit, war Niila mitten in einem ganz intensiven Traum gewesen. Ein äußerst beeindruckender Traum, wiederholte er leicht errötend, sodass ich begriff, worum es sich da handelte. Aber mitten im Genuss hatte ihn ein Warnsignal erreicht, und mit einem Ruck hatte er die Augen geöffnet.

Dicht über ihn gebeugt stand seine Großmutter. Ihre Wangen waren vor Wut gerunzelt, ihr zahnloser Mund stand offen und stieß unhörbare Worte aus, während eine saure Flüssigkeit Niila ins Gesicht tropfte. Er schrie darauf so laut, das Johan aufhörte zu schnarchen und sich umdrehte. Aber da war das Gespenst bereits verschwunden.

Und letzte Nacht war er wieder geweckt worden. Diesmal hatte die Alte ihm ihre Klauenhände um den Hals gelegt. Sie waren kalt wie Eisen gewesen. Sie hatte angefangen zuzudrücken, aber es hatte ihr die entscheidende Kraft gefehlt, voller Panik war es ihm gelungen, sich freizustrampeln. Bis zum Morgengrauen saß er eingeschlossen auf dem Klo, das Licht eingeschaltet, ein Küchenmesser zur Verteidigung in der Hand. Er hatte das Knacken des Riegels gehört und leuchtendes Gas unter der Türschwelle hervorwallen sehen, aber das war verschwunden, als er es mit heißem Wasser bespritzt hatte.

Niila öffnete seinen Hemdkragen, und ich entdeckte einen blauroten Streifen auf seinem Hals, als hätte dort jemand ein Seil entlanggezogen. Es sah aus wie ein Frostschaden, eine sterbende Rinne in der Haut.

Ich hatte Niila mit wachsendem Entsetzen zugehört. Als er fertig war, wollte ich etwas sagen, versuchen, ihn ein wenig zu trösten, ihn vielleicht sogar aufmuntern. Aber ich konnte es nicht. Sein Gesicht war leer und hing herunter, es ähnelte dem eines alten Menschen.

»Das ist eine Nummer zu heftig«, murmelte ich.

Niilas Kopf zitterte noch stärker. Dann holte er die alte Beatlessingle hervor und gab sie mir. Ich sollte sie erben, gab er kurz bekannt, etwas anderes von Wert besaß er nicht.

Ich bat ihn, nicht so zu reden, spürte aber, dass ich von seiner Angst angesteckt worden war. Die Furcht kroch mir die Beine hoch, und ich stand schnell auf.

»Du kannst bei mir schlafen.«

»Schlafen?«, flüsterte er, als hätte das Wort keinerlei Bedeutung.

Ich erklärte, das sei die einzige Chance. Sobald sich alle ins Bett begeben hätten, solle Niila sich aus dem Fenster schleichen, die Feuerleiter hinunterklettern und die Nacht in meinem Zimmer verbringen. Dann könne er im Morgengrauen, wenn die Gefahr vorüber sei, zurückkehren. Irgendwelche Eltern bräuchten davon nicht unterrichtet zu werden, wir müssten es nur geschickt genug anstellen.

Anschließend sollten Spaten angeschafft werden, ein Grab auf dem Friedhof von Pajala ausgehoben und ein angespitzter Kiefernkeil mit aller Kraft durch ein verdrehtes Greisinnenherz getrieben werden.

Niila, der daheim keinen Fernseher hatte und dem deshalb die grundlegendste Allgemeinbildung fehlte, weigerte sich, den Vorschlag gutzuheißen. Auch ich musste die Schwierigkeiten einsehen, nicht zuletzt, weil wir im Augenblick viel zu helle Frühlingsnächte hatten.

Da blieb nur noch eine Möglichkeit. Niila und ich, wir wussten beide, dass es so weit kommen musste. Einer von uns würde es schließlich vorschlagen. Ich war es.

»Wir müssen zu Ryssi-Jussi gehen.«

Niila erbleichte. Schloss die Augen. Fasste sich an den Hals, als läge sein Kopf in einer Schlinge.

Ryssi-Jussi war einer der letzten richtigen Hausierer im Tornedalen, und er war eine der gefürchtetsten Persönlichkeiten des Ortes. Ein krähenähnlicher, vornübergeneigter alter Greis, verschrumpelt wie eine Setzkartoffel mit Wangen voller Leberflecken. Seine Nase war gebogen wie ein Schnabel, die Augenbrauen zusammengewachsen und die Lippen mädchenhaft groß, rot und immer feucht.

Seine Laune war meistens schroff und höhnisch, er war nachtragend und rachsüchtig. Ein Mann, dem man aus dem Weg ging, wann immer es möglich war.

Diese Vogelscheuche strampelte auf einem Damenfahrrad auf langen Ausflügen zwischen den Walddörfern hin und her, einen Reisekoffer aus Pappe auf dem Gepäckträger. Er stapfte wie eine Amtsperson in die Küche und bedeckte den Küchentisch mit Schnürsenkeln, Reißverschlüssen, Haarwasser, Knöpfen, Stofftaschentüchern, Rasierklingen, Garnrollen und Rattenfallen. Aber ganz unten in seinem Koffer, in einem Extrafach, hatte er das, was ihn interessant, ja geradezu begehrt machte. Es waren kleine Dosen mit einem braunen, schmierigen Matsch, die auf Tornedalfinnisch *nopat* genannt wurden. Das Extrakt hatte die Eigenschaft, die Sexuallust bei den abgearbeitetsten Weibern zu wecken und die hoffnungslosesten alten Kerle zu heilen. Das Gerücht besagte, dass die Tropfen von einem besonderen Pilz stammten, den Ryssi-Jussi im nördlichen Finnland suchte und der laut Zeugenaussagen verschiedene Halluzinogene beinhaltete.

Jussi war kurz vor der Jahrhundertwende als uneheliches Kind in der damaligen russischen Provinz Finnland geboren worden. Seine Mutter, die Kuhmagd war, hatte ihn im Hass gegen die Obrigkeit und die Großbauern erzogen, die ihre Dienstmägde ohne Folgen vergewaltigen konnten, und als Jugendlicher war er 1918 auf Seiten der Roten in den Bürgerkrieg gezogen. Nach der Niederlage war es ihm wie vielen seiner Leidensgenossen gelungen, in das neu gegründete Arbeiterparadies Sowjetunion zu fliehen. Aber es dauerte nicht lange, bis Stalins Herrschaft begann, unter der jeder Ausländer als Spion angesehen wurde, und auch Jussi verhaftet und in ein sibirisches Arbeitslager geschickt wurde. Dort sammelten sich die finnischen und tornedalschen Kommunistenbrüder und versuchten einander einzureden, dass sie nur das Opfer eines schrecklichen Missverständnisses wären, das Väterchen Josef in seiner Weisheit in Kürze entdecken würde, und dass sie jeden Augenblick mit ihrer Freilassung unter feierlichen Entschuldigungen und Ehrenbezeugungen rechnen konnten.

Einer der Mitgefangenen war ein Sami von der Kolahalbinsel. Bereits bei seiner Festnahme war er vor Hunger vollkommen abgemagert gewesen, da die Samendorfgemeinschaften durch Kolchosen ersetzt wurden – und es soll ja nichts Böses gegen Stalin gesagt werden, aber ein Anhänger der Rentierzucht war er nicht gerade. Das Gerippe fühlte seine letzte Stunde kommen, und da er die Pritsche mit Jussi teilte, wurde dieser sein Vertrauter. In einer Mischung aus dem Samisch der Kolahalbinsel, Finnisch und Russisch berichtete er murmelnd von geheimnisvollen Kräften und Geschehnissen. Von Geschwüren, die geheilt wurden, vom Wahnsinn, der wich, von Rentierherden, die ohne Verluste durch wolfsbesetzte Nächte gebracht wurden. Es gab Worte. Es gab Augen, die wie zwei Fühler durch die Luft brausten, während ihr Besitzer unter einem Rentierfell lag. Es gab Blut, das wieder zurück in die Wunde floss, bis nur noch eine weiße Spur zurückblieb. Es gab, kurz gesagt, eine Möglichkeit, von dort wegzukommen.

Während langer Eisnächte wies der Sami Jussi ein, wie er fliehen konnte und wie er auf diese Weise die uralten Weisheiten in eine unbekannte Zukunft hinüberretten würde, in der sie ganz gewiss gebraucht wurden.

»Wenn ich sterbe«, röchelte der Alte, »trägst du mich ins Schneetreiben hinaus. Warte, bis ich steifgefroren bin, das wird bestimmt schnell gehen, warte, bis ich steif und hart bin. Dann brich meinen linken kleinen Finger ab. In ihm habe ich alle Kraft gesammelt. Brich ihn ab und schlucke ihn hinunter, bevor die Wachen etwas bemerken.«

Kurz darauf starb der arme Kerl, so mager, dass er klapperte, als Jussi ihn schüttelte. Jussi folgte seinen Anweisungen und stellte den Toten in die Sibirische Gefriertruhe. Mit einem Schlag brach er den schmutzigen kleinen Finger am Gelenk ab, stopfte ihn sich schnell in den Mund und schluckte ihn im Ganzen hinunter. Und danach war er nicht mehr der Alte.

Jussi wartete bis zu einem Abend am Ende des Winters, Ende April. Der Zeitpunkt war gut gewählt, der Boden war fest und leicht begehbar. Während die Lagerwachen eines ihrer düsteren, sentimentalen Wodkafeste feierten, war Jussi auf den Abtritt gegangen. Dort verzauberte er sich in eine Frau. Sie trat hinaus. Da stand sie, schmutzig und zerlumpt, aber schön. Taktvoll klopfte sie bei den Wachen an. Mit sanfter Liebenswürdigkeit hetzte sie die Männer aufeinander, bis ihre Fäuste und Münder bluteten und der Fluchtweg frei war. Mit zwei trockenen Brotstücken und einem abgebrochenen Messerblatt begann sie ihren langen Marsch nach Finnland.

Am nächsten Morgen veranstalteten die Männer eine erbarmungslose Treibjagd. Aber als die Soldaten sie aufspürten, verwandelte sie den Geruch der Männer so, dass sie von ihren eigenen Hunden in Stücke gerissen wurden. Von einem der toten Männer schnitt sie sich einen reichhaltigen Fleischvorrat heraus, und mit ihren Skiern unter den Füßen brauchte sie weniger als zwei Monate, bevor sie unter dem Stacheldraht an der finnischen Grenze hindurchkriechen konnte. Sicherheitshalber wollte sie noch ganz Finnland durchqueren, durch die unendlichen Wälder, bis sie zum Torneälv kam. Und dort, am gegenüberliegenden Ufer, blieb sie. Im schwedischen Tornedal.

Endlich in Sicherheit versuchte Ryssi-Jussi sich wieder in einen Mann zurückzuverwandeln, aber das gelang ihm nicht so recht. Es war inzwischen zu viel Zeit verstrichen. Und deshalb trug er also weiterhin Kleider. Meistens ein langes, aus grober gewalkter Wolle, aber am Wochenende tauschte er es meist gegen ein besseres schwarzes aus. Außerdem trug er immer einen Schal über seinen langen weißen Haarsträhnen und während seiner Ruhephasen im Rauchstubenhaus außerdem eine selbstgenähte Schürze; aber nicht einmal der abgebrühteste Bewohner von Tornedal traute sich, darüber zu grinsen. Stattdessen wich man seinem Blick aus und machte ihm den Weg frei, wenn Ryssi-Jussi angeradelt kam, vorgebeugt und kräftig von einer Seite zur anderen schaukelnd, mit stechendem Blick und flatterndem Kleid. Eine Hexe mit Bassstimme, Schultern wie ein Waldarbeiter, aber mit der ganzen Durchtriebenheit einer Frau.

Wir schlüpften an dem klaren Frühlingsabend aus dem Haus und eilten zu Niila. An der Scheunenecke stand das Transportmoped seines großen Bruders. Niila kuppelte in den Leerlauf und rollte es durch das gelbe Vorjahresgras zu dem Trampelpfad hin. Als wir außer Hörweite waren, trat Niila den Motor an. Blauweiße Abgase husteten heraus. Ich setzte mich auf der Ladefläche zurecht. Niila schaltete mit der Handkupplung in den ersten Gang und lenkte uns unbeholfen auf die Landstraße. Langsam bekamen wir mehr Fahrt, und mit rasselnden Gängen und beißendem Zweitaktqualm tuckerten wir durch Pajala.

Wir entschieden uns für den alten Kiesweg auf der anderen Flussseite, der weniger befahren war, falls die Polizei von Gällivare eine ihrer Verkehrskontrollen veranstalten sollte. Der Saft stieg in den Pflanzen auf, es war kurz vor der grünen Ohrfeige des Sommers. Im Moos verrottete das Laub des Vorjahres, die Birken standen noch kahl, aber mit anschwellenden Knospen da, und auf der Sonnenseite des Flusses hatte die Wärme bereits keimende Schachtelhalmstängel geweckt, die auf eine grausliche Art lang gezogenen steifen Pimmeln ähnelten. Der Fluss lag blauschwarz und breit da, nachdem das Eis gebrochen war. Wir knatterten den schmalen Kiesweg stromaufwärts, steile Hügel hinauf, um dann den Formen der Waldwiesen zu folgen, vorbei an gluckernden Gräben, keimendem Riedgras an den Weidenufern. Ich lag fast auf der Ladefläche und füllte meine Jungslunge mit Säften und Frühlingsgeilheit. Die Abendkühle stieg aus den Senken empor, und ich fühlte, wie sie durch die lange Unterhose drang. Nur ein einziges Mal stießen wir auf ein Auto, ein Typ, der aus seinem hochgepuschten Amazon auf der unerlaubten Rennstrecke kurz vor Autiobron einen neuen Geschwindigkeitsrekord herauskitzeln wollte. Der Kies spritzte gegen das Blech, als er uns entgegenbretterte. Ich richtete mich unruhig auf, er hob nicht einmal seinen Blick von dem Tacho, als er mit einer Trompetenfanfare an uns vorbeidonnerte.

Wir überquerten den Fluss bei der Landstraßenbrücke und fuhren auf dem breiteren, asphaltierten Kirunavägen weiter. Erkheikki und Juhonpieti glitten mit ihren rotgestrichenen Rauchstubenhäusern und Schnittwiesen an uns vorbei, bis uns der Wald wieder schluckte. Hier und da konnten wir noch den Fluss zwischen den Bäumen erspähen, er sah aus wie eine funkelnde Blechplatte. Die ausgestreckt auf dem Rücken lag und in den frühlingshellen Himmelsraum mit seinen dahinziehenden Zugvögeln blinzelte.

Endlich bogen wir auf einen holprigen Waldweg ein. Wir holperten und schaukelten einen sanften Abhang hinunter, während der Wald sich öffnete und lichter wurde. Dann lag der Fluss wieder mit seinen letzten Eisresten am Ufer vor uns. Weiter oben gab es magere Wiesen, die früher einmal der Wildnis abgetrotzt worden waren, inzwischen aber von kleinen Espen und Babyfichten übersät waren. Ein Stück den Abhang hinauf, außerhalb der Reichweite der Frühlingsfluten, lag ein altes Blockhaus. Es war aus grauen Baumstämmen, mit schwarzen Fensterscheiben. Am Eingang lehnte ein Damenfahrrad.

»Er ist zu Hause«, murmelte ich nervös und stieg von der Ladefläche. Mein Hintern tat mir nach der langen Holperfahrt weh. Niila stellte den Motor ab, und plötzlich wurde es unglaublich still. Auf zittrigen Beinen trotteten wir über den Hofplatz auf den Eingang zu. Die Gardinen hinter dem Fenster bewegten sich. Ich klopfte an und schob nervös die knarrende Haustür auf. Dann trat ich ein.

Ryssi-Jussi saß am Küchentisch. Er trug eine schmutzige Schürze, die früher einmal weiß gewesen sein mochte, und auf dem Kopf saß ein bräunliches, nachlässig geknotetes Kopftuch. Fettige graue Haarsträhnen stachen hervor und hingen ihm bis auf die Schulter. Es roch in der Küche intensiv nach altem Mensch, ein säuerlicher, erstickender Geruch, eine Mischung aus angebrannter Milch und verrottetem Fleisch. Dazu kam der typische Rauchstubengeruch, den man im ganzen Tornedal finden konnte, ein leicht vermoderter Dunst aus den Erdkellern und Flickenteppichen, kalte, alte Wolle. Die Armutsgerüche, die bis in die Hauswände eindrangen und nie richtig verschwanden, wie oft man auch renovierte.

»*No nykkös tet tuletta.* Da seid ihr also.«

Er zeigte auf den Tisch, auf dem bereits zwei dampfende Kaffeetassen standen. Er musste gespürt haben, dass wir uns näherten. Unter dem Pony hervorspähend schlürften wir den Kaffee, der von dem sauren Brunnenwasser einen merkwürdigen Beigeschmack hatte.

Nach einer schroffen Aufforderung begann Niila seine ganze Geschichte auf Finnisch herunterzuleiern. Alles von dem Dahinscheiden der Großmutter vor drei Jahren bis zu ihrer schrecklichen Rückkehr und ihrem vorsätzlichen Mordversuch mit ihren Händen um Niilas Kehle. Ryssi-Jussi kratzte sich langsam mit einem länglichen Zeigefingernagel in den Bartstoppeln. Der Nagel war überraschend lang und sorgfältig zu einer Spitze gefeilt. Am Nagelbett waren noch Reste roten Nagellacks.

Als wir wieder schwiegen, warf der Alte uns einen sonderbaren Blick zu. Seine Augen wurden ganz starr, glasartig und hart. Das Gesicht schrumpfte zu einem Knoten zusammen. Und mitten zwischen all den Falten weiteten sich seine Pupillen zu schwarzen Gewehrmündungen. Seine linke Hand begann zu zittern, der kleine Finger begann wie ein Wimpel in alle Richtungen zu zucken, bevor er plötzlich erstarrte und genau geradeaus zeigte. Langsam entspannte sich die Gesichtshaut wieder und wurde dunkelbläulich von den Adern. Wir trauten uns nicht, uns zu bewegen.

»Ja, da gibt es eine Lösung«, erklärte eine ruhige, äußerst schöne Stimme auf Finnisch.

Das Alte-Männer-Knarren war weg. Stattdessen war eine überraschend warme und volle Altstimme zu hören. Und plötzlich sahen wir die Frau. Sie war die ganze Zeit dort gewesen, versteckt unter dem Äußeren. Jetzt beugte sie sich da drinnen wie hinter einem dunklen Fensterglas vor, presste sich gegen die Falten des Alten und glättete sie von innen. Sie war eine Schönheit. Volle Frauenlippen, eine hohe, glatte Stirn, geschwungene Augenbrauen, bittere und sehr, sehr traurige Augen.

»Es gibt eine Lösung…«, wiederholte sie zögernd und wandte sich halb von uns ab. »Die Alte muss geerdet werden… die Alte verschwindet, wenn ihr ihr den Pimmel abschneidet…«

Sie verstummte. Ein Zittern durchfuhr den langen Körper, wie bei einer alten Tanne, von der der Schnee herunterrutscht. Ein Schnauben entwich den Lippen, und wir wichen vor dem nach Harz riechenden Atem zurück. Langsam kehrte Ryssi-Jussi zurück. Er wirkte müde und verfroren, schlug mit den Armen um sich.

»Ihr schlaft doch hier«, sagte er flehend und sah entsetzlich einsam aus.

Wir lehnten so höflich wir nur konnten ab.

»Verdammt, natürlich bleibt ihr hier!«, befahl er mit wütend werdender Stimme und zog seine Augenbrauen zu einem undurchdringlichen Gestrüpp zusammen.

Wir bedankten uns und leerten unsere Kaffeetassen, bedankten uns noch einmal und noch einmal, während wir rückwärts zur Tür gingen. Ryssi-Jussi stand auf und kam hinter uns her. Er lächelte einladend mit feuchten Lippen und streckte die Arme nach uns aus, um uns zu umarmen. Wir zwängten uns aus der Tür und eilten zum Moped. Schreckensbleich sprangen wir drauf. Es sprang nicht an. Niila zog den Choke und trampelte immer wieder, aber nichts passierte. Der Motor war mausetot. Ich versuchte es anzuschieben. Ryssi-Jussi kam die Treppe herunter, in Pantoffeln, mit flehentlichem Blick.

»Wartet doch… lasst mich nur kurz fühlen…«

Plötzlich hatte ich seine spitzen Nägel im Rücken. Sie kratzten wie Klauen, bis zur Taille hinunter.

»*Hiiri tullee*… die Ratte kommt…«

Bis runter zum Po. Ich drehte mich rasch um. Sein Mund war über mir, groß und feucht wie eine Tüte, die über mein Gesicht gezogen wurde, und ich war am Ertrinken. Zu weich, absolut zu weich…

Langsam streichelte er mich und schaute mir tief in die Augen. Er musste es doch spüren. Er musste sehen, dass ich nicht wollte!

Ich wand mich. Er hielt dagegen, machte sich steif. Seine Hand suchte und suchte.

Doch dann platzte alles. Die Maske zerbrach. Tränen kullerten hervor und überschwemmten alles. Er ließ es mich sehen, er stand vollkommen offen in seinem Schmerz da und wartete darauf, dass ich ihn errettete. Aber ich war nicht da. Gekrümmt drehte er sich um und schlich zurück in sein Haus.

In dem Moment sprang der Motor an. Aufgeregt brausten wir über den Hofplatz davon, auf den Weg für Waldfahrzeuge zu. Das Rauchstubenhaus verschwand hinter den Kiefern. Der Wald umgab uns mit seinem ruhigen Dunkel, die Baumkronen glänzten hoch oben in der

Abendsonne. Ich hielt mich mit aller Kraft an der Ladefläche fest, damit ich nicht während der Fahrt herunterfiel. Spürte, wie die Anspannung nachließ, wie die Verkrampfung im Zwerchfell dahinschmolz.

»Wir haben es geschafft!«, schrie ich durch den Motorenlärm hindurch. Niila ging mit der Geschwindigkeit herunter. Ich spürte immer noch den Geschmack des Alten und seines abgestandenen Kaffees und spuckte in den vorbeirauschenden Kies. Die Fahrt wurde noch weiter heruntergeschraubt, wir rollten immer langsamer dahin, und zum Schluss blieben wir stehen. Der Motor erstarb, und es wurde ganz still. Ich schaute Niila verwundert an. Er starrte geistesabwesend auf die nächste Wegbiegung.

»Es brennt«, sagte er.

Ich verstand gar nichts. Er begann mit den Kiefern zu malmen, als äße er, ich hörte, wie seine Zähne aufeinander knirschten.

»Jetzt sterben wir«, stellte er mit singender Stimme fest. Dann stieg er vom Sattel und trippelte auf Zehenspitzen los. Hinunter in den Graben, leicht schwankend.

»Warte!«, schrie ich und eilte ihm nach. Da merkte ich, welche Schwierigkeiten ich hatte, den Boden zu berühren. Er war um zehn Zentimeter gesunken und gerade eben außer Reichweite meiner Füße. Ich bekam keinen Halt, als ich versuchte, zu gehen, rutschte stattdessen mit unsicheren Skischritten voran. Niila war bereits im Wald, ich musste mich vor den Zweigen in Acht nehmen und landete rittlings auf einer verwachsenen Babybirke, die mich fast umwarf.

»Niila, bleib stehen!«

Er starrte intensiv auf seine linke Hand, als wäre sie ein

fremder, unangenehmer Organismus, der sich an seinem Körper festgesogen hätte.

»Rot«, sagte er.

In dem Moment sah ich es auch. Von seinen Fingern stiegen hektische rote Flammenzungen auf. Wenn er die Hand schüttelte, lösten sich davon Stückchen, die seine Kleidung entzündeten. Erschrocken sah ich mich um. Es war zu spät. Der ganze Wald brannte schon. Wir waren von einem wütenden, aber vollkommen lautlosen Waldbrand umringt. Niila hatte Recht gehabt, wir würden sterben. Und gleichzeitig war es wunderschön. So eine umwerfende Schönheit. Mitten in meiner Angst stiegen mir die Tränen in die Augen, wollte ich am liebsten die Baumstämme umarmen, während wir verzehrt wurden. Die Farben wurden immer stärker und dehnten sich aus. Buttergelb, feuergelb, fleischrot und kleine violette Speerspitzen, die zwischen den Baumwipfeln herunterregneten. Jetzt wurde ich noch höher vom Boden gehoben, ich musste mich an Niila festhalten, um nicht davonzufliegen. Ich spürte, dass mein Kopf leichter war als der Rest des Körpers, ein Luftballon, der mich nach oben trug. Das Feuer kam immer näher und umzingelte uns von allen Seiten. Wir standen wie schwarze Rohre in diesem glühenden Schmelzofen da und warteten auf die Schmerzen.

In dem Moment zog Niila das Messer heraus. Ein glänzendes Taschenmesser, platt wie ein kleiner Fisch. Mit dem Daumennagel schob er die Scheide heraus. Und als ich den Blick hob, spürte ich Eis im Herzen, eine Kälte, die sich bis in die Glieder ausbreitete, obwohl das Feuer gegen die Haut gedrückt wurde. Ich stand wie ein Eiszapfen in einem brodelnden Brühetopf und schrie, und heraus kamen Luftblasen.

Da stand die Alte. Niilas Großmutter. Mit Hohngelächter näherte sie sich mit zahnlosem Mund, ein verschrumpelter Schemen im Leichenkleid, die Arme zu einer Umarmung ausgebreitet. Weit ausgestreckt wackelten ihre gelben Würgehände. Niila stach zu, aber sie packte sein Handgelenk mit der Schnelligkeit einer Kreuzotter, hielt es wie im Schraubstock fest und begann es langsam nach hinten zu drücken. Und die ganze Zeit lachte sie, und es tropfte wie Würstchenfett ins Feuer. Niila schlug verzweifelt mit seiner freien Hand zu und bekam ihren Haarknoten zu fassen. Er zog mit aller Kraft an der grauen, dicken Kugel. Sie begann aufzujaulen und krallte sich mit ihren Nägeln um seinen Kehlkopf. Spürte seinen Puls da drinnen, den kleinen pickenden Vogel, und drückte zu. Als würde sie ein Insekt zerdrücken. Ein Quetschen, und dann ein paar Säfte. Niila hob den Haarknoten wie ein Elsternest hoch. Ich versuchte ihren Würgegriff zu lösen, aber ihre Faust saß fest wie eine Zange. Niila riss wortlos den Mund auf, ein stummer Schrei, seine Augen schwollen durch das stockende Blut an. Dann ließ er sich voller Verzweiflung nach hinten fallen. Ratsch! Der Haarknoten löste sich wie ein Grasbüschel. Er flog mit Stücken der mürben Schwarte davon. Die Alte lockerte ihren Griff mit einem Aufschrei und suchte nach ihrem Haarteil. Sofort schnitt Niila ihr Kleid auf. Darunter war sie nackt. Zwei alte, runzlige Frauenbeine, ein schwarzer Haarbüschel dazwischen. Und mitten in dem Haarbüschel saß etwas Unheimliches. Ein Stiel. Der lebte. Eine sich windende Schlange. Sie schnappte nach Niila und bespuckte ihn. Er packte den knochigen Kopf, hielt ihn fest und schnitt mit einem schnellen Schnitt den Pimmel an der Wurzel ab.

In dem Moment öffnete die Alte ihren Mund. Ein rasselnder Windstoß zog durch das Flammenmeer, und unter ihr öffnete sich die Erde. Als würde sie jemand an den Füßen ziehen, wurde die Erscheinung ins Moos hinuntergezogen. Bis zur Taille, zum Brustkorb, hinunter bis zum Hals. Aber erst als der haarlose Schädel vollkommen verschwunden war, verstummte ihr unheimlicher Schrei.

Niila stand da, das tropfende Glied in der Hand. Ich berührte es mit einem Schauder, befühlte die steifen schwarzen Haarsträhnen. Es war immer noch Leben in dem Stumpf, er machte Anstalten, sich loszuwinden, aber Niila ließ ihn nicht los.

Und dann war es vorbei, dann kam die Dunkelheit. Dann erlosch endlich das Feuer.

Als wir zusammengerollt im Moos erwachten, froren wir wie die Hunde. Der Wald umgab uns grau und bitterkalt. Das Messer lag dreckig im Morgenlicht da, aber das Glied war spurlos verschwunden.

»*Nopat*«, stöhnte Niila.

Ich nickte zitternd. Der Kerl hatte etwas in den Kaffee getan. Unter steifgefrorenem Schweigen fuhren wir nach Hause. Mehrere Male mussten wir anhalten und uns die Arme um den Leib schlagen, sehnsüchtig dachten wir an unsere warmen Betten.

In der Woche danach wuchs uns das erste Schamhaar.

KAPITEL 11

– in dem zwei Familien von Dickschädeln durch eine Ehe verbunden werden, jeder Muskel anschwillt und die Sauna angeheizt wird.

Mein Vater war einer von der stillen Sorte. Er hatte drei Ziele in seinem Leben gehabt und sie alle erreicht, und manchmal strahlte er eine Selbstzufriedenheit aus, die mich reizte, je älter ich wurde. Erstens wollte er stark werden, und die Waldarbeit hatte ihm anschwellende Muskeln gegeben. Zweitens wollte er finanziell unabhängig sein. Und drittens eine Frau finden. Nachdem ihm all das gelungen war, war es jetzt meine Aufgabe, die Fackel weiterzutragen, und ich spürte, wie der Druck mit jedem Tag wuchs. Das Gitarrengeklimper stand jedenfalls nicht besonders hoch im Kurs. Dagegen übertrug er mir gern die Aufgabe, mit der stumpfsten Säge, die er finden konnte, Holz zu sägen, um so meine Oberkörpermuskeln zu kräftigen. Ab und zu überprüfte er, ob ich auch nicht schummelte, schob seinen kräftigen Unterkiefer vor, der einem Holzschuh ähnelte, und zupfte am Schirm seiner Mütze, die nur schwer auf seiner flachen, nach hinten fliehenden Stirn Halt fand. Er hatte nur einen schwachen Bartwuchs, was unter den Tornedalbewohnern ganz üblich ist, deshalb erschienen seine Wangen leicht dick und fast babyhaft, und mitten aus diesem Hefeteig ragte die Nase hervor. Sie sah aus wie ein Radieschen, das jemand geworfen hatte, sodass es etwas schräg gelandet war, und ich ertappte mich immer wieder dabei, dass ich am liebsten an ihr gezupft und sie gerichtet hätte.

Er stand da, ohne etwas zu sagen, während ich sägte und schwitzte. Schließlich streckte er die Hand vor und maß meine Oberarme zwischen Daumen und Zeigefinger und dachte dabei, dass ich doch lieber ein Mädchen geworden wäre.

Er selbst war breitschultrig, genau wie seine acht Brüder, die hatten alle die gleichen bulligen Muskelpakete auf den Schultern und den gleichen gedrungenen Stiernacken, der auf der Vorderseite des Körpers hervorzuragen schien, sodass alle leicht gebeugt erschienen. Es ist ein Jammer, dass ich selbst nicht mehr von ihnen geerbt habe, und sei es auch nur um endlich die Kommentare der verdammten Kerle nicht mehr hören zu müssen, wenn sie sich an den Familienfeiertagen besaufen. Aber der größte Teil der Muskeln war wohl, genau wie bei meinem Vater, Ergebnis harter körperlicher Arbeit seit dem dreizehnten Lebensjahr. Alle hatten sie in diesem Alter angefangen, im Wald zu arbeiten. Die Winter hindurch gesägt und gehackt, um den Akkord zu erfüllen. Anschließend geflößt, wenn das Frühjahr kam, und dann Heuernte und Torfstechen, Grasschnitt im Moor oder Grabenpflege für ein paar Kronen vom Staat, und in ihrer Freizeit hatten sie für sich selbst ein Haus gebaut und die ganze Nacht hindurch die Bretter dafür mit der Hand gesägt. Das war ein

Schuften, das sie widerstandsfähig machte wie das zu schmiedende Eisen von Kengis.

Mein jüngster Onkel Ville war immer Junggeselle geblieben, und viele glaubten, dass er das auch für alle Zeiten bleiben würde. Oft war er auf Freiersfüßen in Finnland gewesen, aber es hatte nie geklappt, und er verstand einfach nicht, was er falsch machte. Schließlich hatte ihm ein Nachbar den Rat gegeben:

»Du musst dir ein Auto kaufen.«

Ville folgte dem Rat und kaufte sich einen alten Volvo. Mit dem fuhr er wiederum nach Finnland und konnte sich dort gleich verloben – und wunderte sich, warum er nicht selbst schon viel früher auf so einleuchtende Dinge gekommen war.

Die Hochzeit fand im Sommer, mitten während der Ferien statt, und das Rauchstubenhaus der Eltern füllte sich mit Verwandten. Ich sollte bald dreizehn werden und durfte zum ersten Mal mit am Erwachsenentisch sitzen. Eine Mauer schweigender Männer, Schulter an Schulter wie ein Felsblock, und dazwischen ab und zu eine ihrer hübschen Frauen aus Finnland wie Blumen an einer Felswand. Wie üblich in unserer Familie wurde kein Wort gesagt. Man wartete auf das Essen.

Die Mahlzeit begann mit Knäckebrotscheiben und Lachs. Jeder der Männer drehte das Brot um, damit die Löcher unten waren, bevor er es bestrich. Man wollte Butter sparen, wie sie es von den armen Eltern gelernt hatten. Und dann auf die frisch gestrichenen Scheiben der gebeizte, süßsalzige Lachs, heimlich mit dem Netz im Kardisgebiet gefischt. Eiskaltes Bier. Keine unnötigen Kommentare. Nur das Brautpaar, das an der Stirnseite saß, forderte alle auf, doch noch einmal zuzugreifen. Das Knäckebrotknacken mahlender Stierkiefer, breite, gebeugte Rücken, hochgezogene Augenbrauen und Konzentration. Die helfenden Frauen in der Küche schleppten Platten und Flaschen aus dem Vorratskeller herbei. Die Mutter der Braut, die aus dem finnischen Kolari stammte und deshalb die Sitten der Gegend kannte, sagte, dass sie noch nie erlebt hätte, dass gestandene Mannsleute so wenig aßen, worauf alle eine weitere Portion nahmen.

Dann kam der Topf mit der Fleischsuppe auf den Tisch, dampfend, als brenne er, mit mürben Rentierstückchen, die den Gaumen streichelten, goldenen Rübchen, kräutersüßen Karotten und buttergelben gewürfelten Mandelkartoffeln in einer kräftigen Brühe, die nach Schweiß und Waldboden schmeckte, auf der das Fett in Kreisen lag wie die Luftringe von Äschen in einer atemlosen Sommernacht. Daneben wurde ein Trog mit frisch gekochten Markknochen gestellt. Die Endstücke waren abgesägt, und Holzspieße lagen daneben, sodass man problemlos das fettgraue Innere herausziehen konnte, lange Markstränge, so zart, dass sie auf der Zunge zerschmolzen. Die Männer lachten zwar nicht, aber sie bekamen einen helleren Farbton im Gesicht und seufzten innerlich vor Erleichterung, weil das Essen war, das man kannte und schätzte, Essen, das den Bauch füllte und Saft und Kraft gab. Bei feierlichen Gelegenheiten wie gerade Hochzeiten konnten die zuverlässigsten und vernünftigsten Familienmitglieder ganz verrückte Ideen bekommen hinsichtlich der Ansicht, was etwas taugte und fein genug war, und dann Gras servieren, das als Salat bezeichnet wurde, und Soßen, die nach Seife schmeckten, und viel zu viele Gabeln neben den Teller legen und ein Getränk servieren, das Wein genannt wurde, so sauer und herb, dass die Lippen sich kräuselten und man sonst was für ein Glas Buttermilch gegeben hätte.

Man fing an zu schlürfen und zu schlingen. Das war ein Geschmatze, das die Köchinnen bis in ihre Seelen hinein erfreute. Man füllte die Mundhöhlen mit in Brühe gewürztem und im Wald gewachsenem Fleisch und Wurzelfrüchten, die in der heimatlichen Erde gewachsen und gereift waren, und spürte, wie das Fett vom Kinn tropfte. Die Helferinnen liefen mit Tellern herum, bis oben hin voll mit frisch gebackenen, ungesäuerten Brotlaiben, denen noch das Aroma von Birkenrauch vom Backofen anhing, ein Brot, noch so heiß, dass die Butterstückchen darauf schmolzen, gebacken aus Mehl aus norrländischem Getreide, das in Wind, Sonne und kräftigem Regen gereift war, ein kräftiges Brot, das ein Bauernmaul in reiner Glückseligkeit innehalten und die Augen nach oben wenden ließ, während die Frauen sich stolz gegenseitig kichernd zuzwinkerten und das Mehl von ihren Teighänden abklatschten.

Jetzt war der richtige Zeitpunkt für den ersten Schnaps gekommen. Die Flasche wurde sich leise vortastend von der Alten gebracht, die am wenigsten religiös war. Die Männer hielten inne, wiegten sich dann leicht von einer Seite zur anderen und hoben ihre Hintern, wischten sich die Essensreste vom Kinn und folgten der Reliquie mit den Augen. Gemäß den Instruktionen war sie immer noch versiegelt, aber jetzt wurde im Beisein aller der Korken herausgedreht, sodass die Flanschen knackend brachen und alle damit wussten, dass hier gekaufter Schnaps angeboten wurde und kein selbstgebrannter, hier hatte man also weder Kosten noch Mühe gescheut. Die Flasche beschlug, und die Tropfen klirrten unter andächtigem

Schweigen wie Eisperlen ins Glas. Breite Daumen und Zeigefinger umfassten den kleinen, gefrorenen Schluck. Der Bräutigam erließ seinen Brüdern ihre Sünden, worauf alle sich nach hinten zurücklehnten und die kalte Speerspitze tief ins Fleischloch der Kehle kippen ließen. Ein Raunen ging durch die Gesellschaft, und die Plappermäuler unter den Männern sagten Amen. Die Frau mit der Flasche machte eine weitere Runde. Die Brautmutter drohte wütend mit ihrer Bassstimme, dass das ja wohl typisch sei, dass ausgerechnet ihre Tochter sich einen aus der beim Essen wählerischsten Familie auf der ganzen finnischsprechenden Erdmasse aussuchen musste und dass das Essen nun mal mit dem Maul gegessen werde, wenn das vielleicht jemand noch nicht begriffen habe, woraufhin die Küchenhilfen neue dampfende Fleischtöpfe und Knochenmarkplatten heranschleppten, und alle noch eine Portion nahmen.

Die Männer prosteten sich ein zweites Mal zu und die Frauen auch, abgesehen von denen, die Auto fahren mussten. Mir gegenüber saß eine umwerfend schöne Finnin aus der Kolarigegend. Sie hatte braune, fast arabische Augen und rabenschwarzes Haar, sicher stammte sie aus einer Samenfamilie, trug sie doch eine große Silberbrosche am Halskragen. Sie lächelte mit spitzen, weißen Zähnen und schob ihr halb gefülltes Schnapsglas zu mir rüber. Kein Wort, nur ein verwegener, offener Blick, als drohe sie mir. Alle Männer bremsten ihre schwappenden Suppenlöffel. Im Augenwinkel sah ich, wie Vater warnen wollte, aber da hatte ich das Glas bereits zwischen den Fingern. Die Fingerspitzen der Frau strichen leicht wie ein Schmetterling über die Innenseite meines Handgelenks, das war so schön, dass ich fast den Schnaps verschüttet hätte.

Und endlich fingen die Männer an zu reden. Zum ersten Mal an diesem Tag begann etwas, das einer Konversation ähnelte. Das war wohl der Schnaps, der den gefrorenen Boden in den Zungen zum Schmelzen brachte, und das Erste, was diskutiert wurde, war, ob der arme Junge jetzt den Schnaps über die Tischdecke spucken oder husten würde, so schmächtig und zart, wie er aussah. Mein Vater wollte aufstehen und mich aufhalten, trotz der erwartungsvollen Blicke seiner Brüder, und ich wusste, dass ich mich beeilen musste.

Schnell warf ich den Kopf nach hinten und kippte alles in mich hinein, ungefähr wie Medizin. Und es fuhr in den Körper wie ein Pissestrahl in den Schnee, und die Männer lachten. Ich hustete nicht einmal, spürte nur ein schmelzendes Feuer im Magen und eine Lust, mich zu erbrechen, die äußerlich nicht zu erkennen war. Und mein Vater sah böse aus, musste aber einsehen, dass es zu spät war, während seine Brüder erklärten, dass der Junge ja schließlich mit ihnen verwandt sei. Dann prahlten sie über die ungemeine Schnapsresistenz unserer Familie, was anschließend mit mehreren ausführlichen Berichten und Geschichten belegt wurde. Als das Thema erschöpfend behandelt war, was aber erst nach langer Zeit der Fall war, kam die Rede auf die unfassbare Saunaresistenz unserer Familie, was ebenso gründlich belegt wurde wie das vorherige Thema. Einer der Männer wurde rausgeschickt, um die Dampfsauna auf dem Hof ordentlich anzuheizen, und man diskutierte verwundert untereinander, warum eigentlich niemand schon vorher auf eine derart selbstverständliche Sache gekommen war. Anschließend kam das Gespräch auf die unglaubliche Fähigkeit unserer Familie für harte, physische Arbeit, die beidseits der Grenze berühmt war, und um zu beweisen, dass man nicht aufschnitt oder übertrieb, wurde eine ansehnliche Anzahl von Geschichten wiedergegeben, die über uns in den Hütten erzählt wurden.

Die Familie der Braut begann allmählich Zeichen einer leichten Ungeduld zu zeigen. Besonders einige der kräftiger gewachsenen Männer hatten offensichtlich Ambitionen, ihr Zungenband zu lösen. Schließlich öffnete der Redegewandteste seinen Schnabel zum ersten Mal an diesem Abend in anderer Absicht, als zu essen. Er hielt einen überraschend spöttischen Vortrag über Familien, die meinen, sie wären etwas Besonderes, und die ihre Mäuler im öffentlichen Rahmen ganz unnötig aufreißen. Vater und seine Brüder ließen diesen Einwand links liegen und vertieften sich stattdessen in die Geschichte, wie ein Urahn einen Fünfzigkilo-Mehlsack plus ein Eisenspeer und seine gichtgebeugte Frau vierzig Kilometer weit auf dem Rücken getragen hatte, ohne sein Gepäck auch nur bei den Pinkelpausen abzulegen.

Die Küchenhelferinnen kamen jetzt mit Riesenplatten voller selbst gebackener Leckereien. Da waren Weizenwecken, weich wie Mädchenwangen, knusprige Kuchen aus Kangos, saftiges Buttergebäck, knusprige Brezel, eierzarte Zuckerkuchen, in Fett gebackene Ringe, Biskuitrolle mit himmlischer Brombeerfüllung, um nur einiges zu nennen. Außerdem kamen bis zum Rand gefüllte Schüsseln mit Schlagsahne und erwärmten eingelegten Multebeeren, die nach Gold und Sonne schmeckten. Porzellantassen klapperten in Mengen, und Kaffee wurde rußschwarz aus riesigen Kesseln ausgeschenkt, die jeder für sich eine größere Gemeinde hätte versorgen können. Goldene Tornedalsche Käselaiber, groß wie Winterreifen, wurden über den Tisch gerollt, mit der größten Finesse in all diesem süßen Überfluss, einem braunen, harten Stück getrocknetem Rentierfleisch. Man schnitt gesalzene Scheiben ab und legte sie in den Kaffee, das Ganze noch mit Käse gemischt, und schob sich weiße Zuckerstückchen zwischen die Zähne. Dann, mit zitternden Fingerspitzen, kippte man etwas auf die Untertasse und schlürfte das Himmelreich in sich hinein.

Sobald ich Kaffee bekam, war der Brechreiz verschwunden. Es schien mir, als würde alles klarer werden. Eine diesige Regenwolke erhob sich und enthüllte plötzlich die Schönheit der Landschaft. Meine Augen fühlten sich wie heiße Ballons an, und ich sah die runden Stierköpfe meiner Onkel zu einer gewaltigen Größe anschwellen. Der Kaffee veränderte seinen Geschmack im Mund, er wurde schwärzer und teeriger. Ich hatte eine unbändige Lust, einfach loszuschreien. Dann musste ich lachen, es nützte nichts, das kam von den Wurzeln hoch und musste heraus. Da kam mir die wunderschöne Finnin wieder vor Augen, und ich dachte an eine Fotze, das kam vollkommen unkontrolliert, und ihre Schönheit war fast traumhaft.

»*Mie uskon että poika on päissä.* Ich glaube, der Junge ist besoffen«, sagte sie auf Finnisch mit einer tiefen, leicht heiseren Stimme.

Alle lachten, auch ich, und das so sehr, dass ich fast vom Stuhl fiel. Dann kaute ich Trockenfleisch und Tornedalschen Käse und kleckerte vom Teller und dachte, ach ja, ach ja, jetzt ist man ein Rennfahrer. Die Brautmutter klagte über die vielen Spatzen am Tisch, die sich weigerten, etwas zu essen, es sei unbegreiflich, wie einer so wählerischen Familie überhaupt hatte gelingen können, sich fortzupflanzen, und dass sie noch nie von einer derartigen Bescheidenheit in der Tornedalschen Großzügigkeit gehört hätte, seit der schwedische König sich geweigert hatte, in Vojakkala Schnaps zu saufen. Alle griffen sofort noch einmal zu. Die Brautmutter rief aus, dass sie sich das Brot woanders reinstopfen könnten, wenn sie weiterhin so lächerlich wenig eintunken würden, auch ihre Geduld habe irgendwann ein Ende. Alle waren jetzt kurz vorm Platzen, die Gürtel wurden aufs letzte Loch gespannt, aber trotzdem wurde noch mehr zum Stippen genommen. Und Kaffeenachschlag und noch mal Kaffeenachschlag. Schließlich war es zu Ende, absolut zu Ende. Ganz unmöglich, auch nur noch einen Krümel runterzukriegen.

Da wurde mehr Cognac gereicht. Die meisten lehnten dankend ab, außer ein paar finnischen Frauen. Dagegen sagten mehrere zu weiteren Klaren nicht Nein, da doch *kirkasta* die merkwürdige Eigenschaft hatte, keinen Platz im Magen einzunehmen, sondern im Gegenteil die Verdauung und das Wohlbefinden förderte und die Trägheit vertrieb, die sich gern nach einer zufrieden stellenden Mahlzeit einstellte. Der Bräutigam nickte erneut der am wenigsten gläubigen Alten zu, worauf diese mit allen leeren Flaschen in die Küche ging. Als sie zurückkam, waren diese auf magische Weise wieder gefüllt, aber als ich mein Glas hinhielt, schlug mein Vater mir auf die Hand, dass es brannte.

Jemand erinnerte sich plötzlich an ein Gesprächsthema, das kurz gestreift worden war, und sofort waren alle Brüder wieder dabei. Erzählten von damals, als das Pferd des Großvaters auf dem Harschschnee zu Schaden kam und er anschließend selbst das Holzfuhrwerk nach Hause zog, das Pferd obendrauf festgespannt. Oder von dem Cousin, der bereits im Alter von acht Jahren den Flusskahn die neunzig Kilometer von Matarenki bis nach Kengis hochstakte. Oder von der Tante der Großmutter mütterlicherseits, die einem Bären im Beerenwald begegnete, ihn mit ihrer Holzaxt tötete und das Fleisch in zusammengeknoteten Tüchern auf ihrem Rücken nach Hause trug. Oder von den Zwillingsbrüdern, die man abends in den Waldarbeiterkojen hatte festbinden müssen, damit sie nicht ganz allein das gesamte Aareavaaragebiet kahlschlugen. Oder von dem Cousin, der als schwachsinnig angesehen und zum Flößen nur zum halben Lohn eingestellt wurde, der aber bereits in der ersten Nacht auf eigene Faust einen Hundertmeterholzstau bei Tronen löste. Ja, so war es nun mal mit unserer Familie, derartig kräftige, ausdauernde, starrköpfige, geduldige und vor allem bescheidene Arbeiter waren im gesamten finnischsprachigen Gebiet noch nie gefunden worden. Darauf stießen die Brüder lautstark an und erinnerten dann an die Findlinge, die versetzt wurden, die ausgedehnten Moorgebiete, die trockengelegt wurden, die schrecklichen Geduldsproben beim Militär, an den Lastwagen, der einen Motorschaden hatte und die dreißig Kilometer zwischen Pissiniemi und Ristimella mit der Hand geschoben werden musste, die unendlichen Weiden, die in Rekordzeit gemäht wurden, alle schrecklichen Prügeleien, die zu Gunsten der Familie ausgingen, an den 5-Zoll-Nagel, der mit der bloßen Faust eingeschlagen wurde, an den Skiläufer, der gegen den Eisenerzzug gewann, sowie alle anderen unübertroffenen Großtaten, die mit Axt, Hacke, Handpflug, Fuchsschwanz, Spaten, Fischspeer und Kartoffelforke ausgeführt worden waren.

Dann prostete man sich wieder zu. Nicht zu vergessen

die Frauen der Familie und ihre Taten beim Handmelken, Butterkärnen, Beerenpflücken, Weben, ungesäuertes Brot backen und Heurechen, die ebensolche unschlagbaren Rekorde auf dem Feld der Frauenarbeiten hervorriefen. Solche arbeitswilligen Weiber fand man außerhalb der Familie nicht. Die Kerle priesen darüber hinaus die eigene Klugheit, weil sie sich ihre Frauen aus Finnland holten, da sie dort zäh waren wie Weiden, geduldig wie Rentiere und schön wie Birkenstämme an blauen Seen, und außerdem hatten sie einen breiten Arsch, der oft und leicht wohlgeratene Kinder gebar.

Die männlichen Verwandten der Braut hatten währenddessen nach Art der Finnen schweigend dagesessen und waren immer wütender geworden. Der Breiteste und Glatzköpfigste von ihnen, Ismo, stand jetzt auf und sagte, dass er in dieser Gegend seit den Tagen des reaktionären Lappenaufstands nicht mehr solchen Blödsinn auf Finnisch gehört hätte. Mein Vater erklärte daraufhin auf eine herausfordernde Art, die ganz und gar nicht seinen Gewohnheiten entsprach, dass alles, was hier wiedergegeben worden war, allgemein belegten Tatsachen entsprach und dass er, falls andere Familien sich deshalb unterlegen fühlten oder neidisch wären, der Erste wäre, der das bedauere.

Ismo sagte verbissen, dass kein Mensch mehrere Quadratkilometer Wiese an einem einzigen Vormittag mähen konnte, niemand pflückte hundert Liter Multebeeren in drei Stunden, kein Wesen aus Fleisch und Blut könne einen Elchbullen mit der Faust töten, ihn dann häuten und den Körper mit dem Deckel einer Tabaksdose zerlegen. Onkel Einari, der Älteste der Brüder, sagte finster, dass alle zur Strecke gebrachten Elchbullen nichts waren im Vergleich zu den makellosen Taten, die von den Fäusten der Familie ausgerichtet worden waren, nicht zuletzt bei Hochzeiten, und nicht zuletzt gegenüber breitmäuligen Wichtigtuern, die mit der Behauptung kämen, man würde lügen. Er hätte noch mehr gesagt, gesprächig, wie er plötzlich wurde, wenn ihm seine Frau nicht einfach die Hand auf den Mund gedrückt hätte. Ismo legte seinen Unterarm auf die Tischplatte. Er war massiv wie ein Telefonmast. Dann sagte er, dass Prügeleien schwierig und als Kräftemesser eher zufällig seien, dass aber Armdrücken immer ein schnelles, zuverlässiges Resultat brachte.

Eine Weile blieb es ganz still. Dann standen die Brüder wie ein einziger Mann auf, auch mein Vater, und alle drängten sich wie schnaubende Bärenmännchen vor. Endlich war Schluss mit dem Geplapper, endlich würde man seine Schwerarbeitermuskeln anspannen und erproben können. Als Erster war Einari dran, er zog sich sein Jackett aus, löste seinen Schlips und krempelte sich die Hemdsärmel hoch. Sein Unterarm war fast ebenso breit wie der seines Widersachers. Kaffeetassen und Schnapsgläser wurden eilig abgeräumt. Die beiden Männer packten einander, die Hände schlossen sich wie Zangen. Ein plötzlicher Ruck ging durch beide Körper, und das Blut stieg ihnen ins Gesicht. Der Kampf hatte begonnen.

Schon von Anfang an war zu erkennen, dass der Ausgang des Kampfes ungewiss war. Die Arme erhoben sich wie zwei Pythonschlangen mit zitternden Köpfen, fest ineinander verbissen. Ein leises, fast unmerkliches Zittern pflanzte sich durch den Küchentisch bis hinunter in den Holzfußboden fort. Die schrankähnlichen Rücken bogen sich im Krampf vor, die Achselmuskeln schwollen an wie Hefeteig, die Köpfe wurden blutrot mit hervortretenden dunklen Adern, der Schweiß drang heraus und begann von den Nasenspitzen zu tropfen. Die Brüder drängten sich heran, mit offenem Mund, und schrien. Es ging um die Ehre der Familie, ihren Ruhm, ihren Stolz, es ging darum, sich ein für alle Mal gegenüber der angeheirateten Horde Respekt zu verschaffen. Die Gegner schrien gleichzeitig. Ihre Fäuste bebten und begannen sich zu neigen. Alle hatten etwas an den anderen auszusetzen. Dann ein Gegendruck in die andere Richtung. Die Männer traten vor Eifer auf der Stelle, gaben gute Ratschläge, spannten ihre eigenen Muskeln an, in der Hoffnung, es könne helfen. Als deutlich wurde, dass der Kampf sich noch hinziehen würde, wurde die Ungeduld einfach zu groß. Die Hormone wurden nach oben gepumpt und wollten heraus, die Waldarbeiterkörper forderten eine Beschäftigung. Bald war die gesamte Tafel von einem Wald adriger Baumstämme bedeckt, die wie in einem kräftigen Wind hin und her wankten. Ab und zu fielen sie wie von einem gewaltigen Sturm um, prasselten herab, dass die Tischplatte sich bog. Der Sieger grinste zufrieden und wurde vom Nächsten herausgefordert. Auch die Frauen wurden von der Erregung gepackt, fingen an zu schreien und zu brüllen. Einige hatten schließlich auch Schnaps getrunken, und die anderen wurden von der testosterongetränkten Luft erregt. Bald fingen zwei der älteren finnischen Frauen unter altertümlichen, fast vergessenen Flüchen mit dem Fingerhakeln an. Sie hakten sich mit ihren Schnabelschuhen an den Fußbodenbohlen fest, stöhnten und knirschten mit ihrem Gebiss, und eine der Alten bepisste sich, machte aber trotzdem weiter, während es unter ihren weiten Röcken in eine Pfütze plätscherte. Die Finger waren braun gefleckt und runzlig, aber stark wie Kneifzangen. Die Braut behauptete, sie habe noch nie stärkere Haken gesehen, hier waren die Weiber, die Kühe und Kerle gemolken hatten, woraufhin ihre Mitschwestern mit einfielen und eifrig die Überlegenheit der Frauen gegenüber den Männern betonten, zumindest was Ausdauer, Fingerfertigkeit, Sturheit, Geduld, Sparsamkeit, Beerenpflücktechnik und Widerstandskraft gegen Krankheiten betraf, was alles zusammen sie allen Kerlen überlegen sein ließ. Die eine Alte, Hilma, gewann mit einem wütenden Ruck und setzte sich direkt auf ihren Hintern, jedoch ohne den Oberschenkelhals zu brechen, was alle für das reine Glück hielten. Aufgekratzt forderte sie anschließend die Männer heraus, gesetzt den Fall, dass es solche in der Nähe gäbe, was wohl zu bezweifeln wäre. Vater und die anderen waren inzwischen beschäftigt mit einer atemlosen, prestigeträchtigen Meisterschaft unter Brüdern mit einem verwirrenden System von Halbfinalen, bei dem bald alle die Ergebnisse durcheinander brachten und sich stritten. Inmitten dieses Männerhaufens saßen Einari und Ismo bei ihrem immer noch nicht entschiedenen Kampf. Onkel Hååkani bat die Alte, doch das Maul zu halten, was die Hauptaufgabe der Weiber in diesem Jammertal zu sein hatte, besonders in Anwesenheit von Männern. Hilma wurde dadurch nur noch wütender, schob ihre enorme Büste vor, dass Hååkani rückwärts stolperte und sagte, er würde gern an den Zitzen nuckeln, wenn er nicht was Besseres zu tun hätte. Die Frauen machten ordinäre Bemerkungen, und Hååkani wurde rot. Dann erklärte er, dass er nur Fingerhakeln würde, wenn die Alte vorher einen soff. Da sie christlich war, weigerte sie sich. Sie diskutierten hin und her. Schließlich, rasend vor Wut, packte Hilma ein großes Glas Selbstgebrannten, kippte es in sich hinein und streckte ihre langen Klauen vor. Alles verstummte und starrte auf die Alte. Laestadius drehte sich zweimal im Torf auf Pajalas Friedhof um. Hååkani schob überrascht seinen breiten Mittelfinger in ihren Haken, um zu zeigen, wer hier das Sagen hatte. Die kräftige, aber etwas kurz geratene Tante wurde wie ein Fausthandschuh vom Boden hochgehoben, hing aber weiterhin schaukelnd am Finger. Hååkani ließ sie herunter und begann stattdessen hin und her zu ziehen. Hilma fiel von einer Seite zur anderen, stieß gegen die Wände, ohne aber den Griff zu lockern. Wütend hielt Hååkani inne und dachte nach. Da warf sich die Alte plötzlich mit all ihrem Gewicht nach hinten, und mit einem Ruck riss sie Hååkanis Finger auf und plumpste wieder auf den Hintern. Die Frauen jubelten, dass die Wände erzitterten. Hilma blieb schweigend sitzen. Schließlich begann man beunruhigt zu überlegen, ob sie sich vielleicht diesmal den Oberschenkelhals gebrochen hätte, denn so schweigsam war die Alte nicht mehr gewesen, seit sie bei einer Kropfoperation betäubt worden war. Da drehte sie den Kopf zur Seite und spuckte den Schnaps in hohem Bogen aus. Unter ohrenbetäubendem Beifall versicherte sie, dass sie nicht einen einzigen Tropfen geschluckt habe.

Ich lief in dem Gewimmel herum und überlegte, wie ich noch etwas zu trinken bekommen könnte, ohne dass mein Vater es merken würde. Schließlich sah ich eine Flasche, in der ein Rest war, schnappte sie mir, noch ein paar leere Flaschen dazu, und tat, als würde ich den Frauen beim Aufräumen helfen. Dann schlüpfte ich hinaus in den Vorraum. Dort im Halbdunkel hielt ich mir die Nase zu und kippte alles in mich hinein.

Im gleichen Moment umschlangen kräftige Arme meinen Brustkorb. Ich ließ die Flasche fallen. Jemand stand dicht hinter mir und atmete mich an. Ängstlich wand ich mich, aber ich saß fest wie im Schraubstock.

»Lass mich los«, flehte ich, »*päästä minut*!«

Als Antwort wurde ich hochgehoben und wie ein Hundewelpe geschüttelt. Gleichzeitig kitzelte mich etwas im Gesicht. Haare. Lange, dunkle Haare. Dann ein Kichern, und ich wurde mit einem Plumps heruntergelassen.

Sie war es. Fellweich so aus der Nähe. Katzenhaft. Ich wartete auf die Zähne in meinem Nacken. Sie atmete tief ein und lachte mit glänzenden Lippen. Dann zog sie mein Hemd hoch und schob die Hand darunter. Das ging so schnell, dass ich mich nicht wehren konnte. Ich spürte ihre Hitze. Ihre schönen Streichelbewegungen, die sanften Fingerspitzen, die meine Brustwarze fanden.

»Wirst du geil, wenn du besoffen bist?«, fragte sie auf Reichsfinnisch und küsste mich, bevor ich antworten konnte. Sie duftete nach Parfum und frischem Achselschweiß, und ihre Zunge schmeckte nach *lenkkimakkara*. Reibend drückte sie mich an sich, und es war ganz unwirklich, dass eine Frau so stark sein konnte.

»Ich werde dich finden«, flüsterte sie, »und ich schlage dich tot, wenn du petzt!«

Dann öffnete sie meine Hose und zog meinen Steifen heraus, schneller als ich atmen konnte. Ebenso schnell zog sie sich Rock und Unterhose aus. Ich half ihr, ihre Unterhose war ganz weich. Ihre Haut war glänzend weiß, die Schenkel waren lang wie bei einer Elchkuh mit einem schwarzen, wild wachsenden Busch. Ich wusste, dass er beißen würde, wenn ich mich bewegte. Sie streichelte mich und wollte mich gerade hineinlenken, aber da platzte es, da zerbarst die Welt und fiel in feuchten Flecken herab, wurde rot und empfindlich, und sie fluchte, ließ ihr Kleid herunter und ging schnell in die Küche.

Ich war noch so jung, dass keine Spermien kamen. Das Kribbeln ebbte ab, und zurück blieb die pochende Erinnerung, als hätte ich gegen einen elektrischen Zaun gepinkelt. Ich kniff meine Arschbacken zusammen und dachte, dass ich mich nie wieder in die Küche trauen würde.

Im nächsten Moment wurde die Tür aufgerissen, und die Männer füllten den Vorraum wie kämpfende Renböcke. Alle waren betrunken, stapften kreuz und quer und hielten sich an den Wänden fest. Als Letztes kamen Einari und Ismo, die widerstrebend zugeben mussten, dass es unentschieden ausgegangen war, und sie hatten so fest verkrampfte Arme, dass man sie hatte auseinander brechen müssen. Mein Vater rief mir zu, ich solle mitkommen, denn jetzt sollte der Held der Sauna erkoren werden. Die Haustür wurde aufgerissen, und alle stürzten ausgelassen die Treppe hinunter, und bald schwappte der Hofrasen unter Dutzenden lang anhaltenden Pissestrahlen fast über. Großvater schaffte es am längsten von allen und wurde eifrig von seinen Söhnen verhöhnt, die wissen wollten, ob das Rotz sei, was da so langsam tropfte, oder ob der Alte die Maul- und Klauenseuche habe, da er mit der Färse gebumst hätte, oder ob der letzte Schuss im Gewehrlauf stecken geblieben war, dann müsste man wohl mit einer Stricknadel ein Loch in den Lauf bohren. Der Alte erwiderte verbittert, dass man mit Alten seine Späße treiben dürfte, aber nicht mit Invaliden, und erklärte dann, dass er lieber seinen Schwanz in Teer und Federn tauchen würde, als noch einmal eine so beschissene Generation zu zeugen.

Die Sauna war aus Baumstämmen gezimmert, eines der alten Dampfmodelle, sie stand, wie es üblich war, ein wenig abseits, falls sie einmal in Feuer geraten würde. Über der Tür war die Wand schwarz vom Ruß. Es gab keinen Schornstein, der Rauch vom Steindepot musste sich durch Rauchlöcher in den Wänden seinen Weg ins Freie suchen. Die Männer hingen ihre Kleider an Nägel oder legten sie auf Holzbänke draußen, während die Mücken anfingen wie die Blöden zu stechen. Als Hausherr und Saunawirt ging Großvater als Erster hinein und schüttete die letzte Glut in einen Blecheimer. Dann kippte er mehrere Kellen Wasser auf das riesige Steindepot, um die Luft zu säubern. Der Dampf stieg in Wolken nach oben, band die stechenden Rauchteilchen und wogte weiter durch die Tür und die drei Rauchlöcher hinaus. Dann nahm er die Säcke von den Pritschen, die gegen den Ruß schützten, und verstopfte die Rauchlöcher mit Lappen.

Ich schlüpfte mit den anderen Männern hinein und wurde in die oberste Ecke gedrängt. Es duftete gut nach geteertem Holz, und wenn ich an den Wänden rieb, bekam ich schwarze Finger. Die Pritschen, die unteren wie die oberen, füllten sich bis zum Bersten mit schweren weißen Männerärschen. Einige fanden keinen Platz mehr und mussten auf dem Boden sitzen, wo sie sich darüber beschwerten, dass diese Strafe schlimmer sei, als nicht ins Paradies gelassen zu werden. Die Mücken hingen wie ein grauer Vorhang in der Türöffnung, trauten sich aber nicht herein. Der Letzte zog die Tür zum Sommerabend zu, und plötzlich wurde es dunkel. Und alle still, als wären sie von einer Andacht ergriffen.

Langsam gewöhnten sich die Augen an das Dunkel. Der Ofen glühte wie ein Altar. Die Hitze schien von einem großen, zusammengekauerten Tier auszustrahlen. Großvater ergriff die Holzschöpfkelle und murmelte etwas vor sich hin. Die Kerle rückten sich zurecht, krümmten den Rücken wie vor Schlägen. Das Holz knackte unter dem Gewicht. Langsam tauchte der Alte die Kelle in das kalte Brunnenwasser und goss dann mit verblüffender Präzision neun schnelle Kellen über die aufgeschichteten Steine, eine in die Mitte, eine in jede Ecke und eine in die Mitte jeder Längs- und Breitseite. Ein lautes Zischen stieg zu uns empor, gefolgt von einer peitschenden Hitzewelle. Die Männer stöhnten genüsslich. Der Schweiß brach in den Achselhöhlen aus, auf den Schenkeln, am Geschlecht, auf den Glatzköpfen und tropfte salzig und kitzelnd herab. Birkenzweige wurden aus dem Eimer, in dem sie eingeweicht worden waren, geholt und jetzt auf die glühendheißen Steine gelegt. Ein Duft von Sonne und Sommer erfüllte die Sauna, und die Männer begannen heimlich zu lächeln und sehnsüchtig zu seufzen. Der Bräutigam ergriff die Rute und schlug sich damit unter Stöhnen über den ganzen Körper. Er versicherte mit zitternder Stimme, dass das schöner als der beste Fick sei, was die anderen dazu brachte, unruhig hin und her zu rutschen. Großvater goss neun weitere Kellen genau auf die Stellen, die beim ersten Durchgang ausgelassen worden waren. Die Hitze erfüllte die Sauna wie eine herrliche Tracht Prügel. Das Stöhnen und Schnauben nahm an Stärke zu, und mehrere baten jammernd um die Saunarute, bevor das Jucken ihre Haut vom Körper reißen würde. Widerwillig ließ der Bräutigam sie los und sagte, dass er gern die Küchenhelferinnen hier hätte, damit sie ihm den Rücken schlugen, weil doch niemand ein *vihta* so unbarmherzig schön benutzen könnte wie ein altes Weib. Der Reisig klatschte, und der Schweiß spritzte in Wogen. Großvater goss murmelnd immer wieder auf, der Dampf wogte wie ein Geisteswesen. Einige beklagten sich über die Kälte in der Sauna und behaupteten, eine kältere *löylyä* hätten sie noch nie erlebt, was, wie alle wussten, bedeutete, dass die Sauna langsam ihre Reifetemperatur erreichte. Die Aufgüsse kamen schonungslos wie eine laestadianische Predigt. Die Männer krümmten sich der Hitze entgegen und genossen sie. Der Gaumen schmeckte langsam nach Blut. Die Ohrläppchen brannten, der Puls donnerte wie eine Trommel. Näher konnte man diesseits des Grabes Eden wohl kaum kommen, stöhnte jemand.

Nachdem die ersten Gefühlsstürme verflogen waren, begann man die Saunamodelle zu diskutieren. Alle waren sich darin einig, dass die Dampfsauna sowohl holzgeheizten Eisenöfen als auch Elektroaggregaten in jeder Hinsicht überlegen war. Vor allem Letztere wurden dem Gespött und Hohn preisgegeben und als Toaster und Coupéheizung bezeichnet. Einige erinnerten sich mit Schaudern an die trockenen, staubigen Wärmeschränke, in denen sie bei einigen Besuchen im südlichen Schweden hatten sitzen müssen. Einer erzählte von seinem Saunabesuch im Jormliens Fjällhotell, wo der Elektroofen norwegisch war und aussah wie eine altmodische Wäscheschleuder. Der Steinstapel war von der Größe einer Teetasse gewesen, hatte nur Platz gelassen für zwei Steine – wenn einer davon hochkant stand. Ein anderer erzählte voller Abscheu von einem Baujob, den er drei Monate lang in Gotland gehabt hatte. Nicht ein einziges Mal hatte er dort der Hygiene nachkommen können, da die Saunakultur nicht bis dort unten durchgedrungen war. Stattdessen lag man da in einer so genannten Badewanne und schwamm in seinem eigenen Schmutzwasser.

Großvater machte eine Pause mit den Aufgüssen und wies darauf hin, dass mehrere seiner Söhne selbst elektrische Saunaaggregate beim Bau ihrer Eigenheime installiert hätten und dass die Tornedalsche Kultur damit zu ihrem baldigen Untergang verdammt sei. Die benannten Söhne protestierten und erklärten, dass sie die Aggregate in Finnland gekauft hätten, deshalb seien sie von unübertrefflicher Qualität, ganz und gar vergleichbar mit Holzfeuerkollegen, und dass sie in der finnischen Saunazeitschrift *Saunalehti* fünf Saunaruten als Prädikat bekommen hätten. Großvater erklärte daraufhin mürrisch, dass die Elektrizität die lächerlichste Erfindung von allen sei, die aus dem südlichen Schweden heraufgekommen seien, sie würde Mensch und Vieh verweichlichen, die Muskelmasse bei den Arbeitern und Frauen verringern sowie die Kälteverträglichkeit verringern, das Sehvermögen im Dunkel verschlechtern, den Kindern Ohrschäden bereiten und sie unfähig machen, verdorbenes Essen zu sich zu nehmen, und somit auf dem besten Wege sein, die Tornedalsche Zähigkeit und Geduld auszurotten, da nunmehr alles in rasender Geschwindigkeit von Maschinen ausgeführt würde. Binnen kurzem würde wohl auch der Geschlechtsverkehr durch Elektrizität ersetzt werden, da das doch eine schweißtreibende, anstrengende Angelegenheit sei und all so etwas bekanntermaßen heutzutage als altmodisch angesehen wurde.

Großvater machte einen neuen Aufguss, ohne auf die Beteuerungen seiner Söhne zu hören, sie würden ganz gewiss aus hartem, finnischem Holz bestehen. Stattdessen sprach er von Weichlingen, und das seien sie alle geworden, und davon, dass das Tornedal von *knapsut* und *ummikot* erobert worden sei, und dass er vor allem bedauere, dass er sie nicht häufiger verprügelt habe, als sie noch klein waren. Aber jetzt war es zu spät. Niemand kannte mehr das Gefühl, wie es war, in einer Sauna zu sitzen, in der man selbst geboren worden war, in der der eigene Vater geboren worden war, der Vater seines Vaters, in der die Leichen der Familie gewaschen und gekleidet worden waren, in der der *kuppari* den Kranken Blut abzapfte, in denen die Kinder gezeugt wurden und sich eine Familiengeneration nach der anderen nach der Arbeitswoche reinigte.

Seine Stimme wurde brüchig, und er erzählte mit Tränen in den Augen, dass das Leben, meine Jungs, aus Kälte und Schmerzen, Betrug, Lügen und Geschwätz bestehe. Nehmt nur so eine Sache wie die Revolution, die er seit dem Streik 1931 erwartete, wann zum Teufel würde sie endlich kommen, war sie etwa in letzter Zeit in der Gegend gesichtet worden, he? Ein einziges Mal war seine Hoffnung geschürt worden, als er ins finnische Kolari gefahren war, um Lebensmittel einzukaufen und im Kundengewimmel bei Valinta Friberg Josef Stalin mit einem Einkaufswagen voller Fleisch erspäht hatte. Aber da hatte dieser offenbar nicht vorgehabt, in dieser Beziehung etwas auszurichten.

Eine Flasche wurde zu Großvater hochgereicht, damit er sich in der Hitze trösten konnte und gleichzeitig einen Schluck auf den Ofen kippen. Ein Hauch von Fuselöl wogte uns entgegen. Großvater reichte die Flasche weiter, wischte sich die Nase mit dem Unterarm ab und sagte, dass alles zusammen nur eine große Scheiße sei, und bald würde man ja sowieso sterben. Aber Kommunist, das war er immer noch, das wollte er ein für allemal klarstellen, und falls er jemals auf dem Totenbett anfangen würde, was von der Vergebung der Sünden und Jesus loszubrabbeln, dann wäre das nur Wahn und Senilität und sollte mit einem Pflaster auf dem Maul beantwortet werden. Dieses Versprechen forderte er allen hier und jetzt ab, im Beisein der Familie und von Zeugen. Denn die Todesangst war nichts im Vergleich mit der Furcht, kindisch zu werden und in der Krankenstube von Pajala bei weit offenen Türen zu liegen und vor sich hin zu faseln.

Dann goss er noch neunmal neun Kellen auf, bis die Männer jammernd herunterkletterten und erklärten, sie müssten dringend pinkeln, und nur die Allerhärtesten mit Brandblasen, groß wie Einkronenstücke auf den Schultern, sitzen blieben. Großvater stellte seine Vaterschaft all dieser Jammerlappen laut in Frage. Dann überreichte er die Kelle und sagte, dass sie die Endausscheidung untereinander ausmachen sollten, denn er hätte keine Lust mehr, sie zu quälen und den Geruch ihrer Drüsen ertragen zu müssen. Würdevoll kletterte er hinunter und begann sich im Warmwasserbottich zu waschen. Auf Art der Männer seifte er nur die drei wichtigsten Teile des Körpers ein: die Glatze, den Bauch und den Sack.

Jetzt begann das grausame Finale. Die beiden Familien sollten ihre Kräfte ein letztes Mal miteinander messen. Einari übernahm den Aufguss, während die anderen sich über die Kälte beklagten. Wie immer war der Kampf großenteils rein psychologisch. Alle zeigten mit überdeutlicher Körpersprache, wie wenig es sie betraf, dass die

Hitze sie kaum berührte, wie lange man problemlos noch ausharren konnte. Einari kippte den Eimer über den zischenden Steinen aus und bekam ihn gleich wieder gefüllt zurück. Ein neuer, brutaler Durchgang. Die Ersten der Finalisten torkelten hinunter und landeten keuchend auf dem Boden. Großvater kippte kaltes Wasser über sie. Der Dampf peitschte die Rücken, brannte in der Lunge. Noch einer gab auf. Die anderen blieben wie Baumstämme sitzen, mit glasigen Augen. Mehr Dampf, weitere Schmerzen. Jetzt gab Vater hustend auf, als wäre er kurz vorm Ersticken. Zurück blieb nur noch Einari, der weiter aufgoss, und der glatzköpfige Ismo, der dasaß und mit dem Kopf wackelte. Die Besiegten rotteten sich auf dem Boden zusammen, um bleiben zu können und den Ausgang mitzubekommen. Ismo schien kurz vor der Ohnmacht zu sein, hielt sich sonderbarerweise aber immer noch aufrecht. Bei jeder Kelle zuckte er wie ein wehrloser Boxer zusammen, der langsam, aber sicher zum Knockout getrieben wurde. Einari schnappte nach Luft und goss mit zitterndem rechtem Arm auf. Sein Gesicht war blaurot, der Oberkörper schwankte besorgniserregend. Eine neue Kelle. Und noch eine. Ismo begann gequält zu husten, der Speichel lief ihm übers Kinn. Beide schwankten ziemlich und legten schließlich zur Stütze die Arme umeinander. Plötzlich durchfuhr Einari ein Zittern, und er fiel steif zur Seite auf Ismo, der auch umfiel. Wie zwei Schlachttiere fielen sie donnernd auf die untere Pritsche, wo sie liegen blieben, immer noch die Arme umeinander geschlungen.

»Unentschieden!«, rief jemand.

Erst in diesem Augenblick rutschte ich gehäutet aus meiner dunklen Ecke auf der obersten Pritsche. Alle starrten mich an, ohne etwas zu begreifen. Schweigend hob ich die Siegerfaust.

Während der Jubel aufstieg, fiel ich auf dem Boden auf die Knie und übergab mich.

KAPITEL 12

– über einen hartgesottenen Sommerjob, einen Feuerhaken auf Abwegen und darüber, was geschieht, wenn man nicht seine Pflicht tut.

An einem grauen, verhangenen Maitag kam ein munterer, magerer Mann aus der Gegend von Korpilombolo nach Pajala gewandert. Er trug einen altmodischen Soldatenrucksack, sein Kopf war wettergegerbt und runzlig wie ein Runenstein mit gestutzten grausilbernen Haaren. In Naurisaho machte er Halt, spähte zu dem bleischweren Himmel hinauf und trank einige Schlucke aus einer Feldflasche. Dann klopfte er an der nächst gelegenen Tür an. Als sie geöffnet wurde, grüßte der Fremde in gebrochenem Reichsfinnisch mit einem exotischen Akzent. Der Mann stellte sich als Heinz vor, deutscher Staatsbürger, und er wollte gern wissen, ob es hier in der Gegend eine unbewohnte Hütte gebe, die möglicherweise den Sommer über zu vermieten war.

Es wurden ein paar Telefongespräche geführt, und bereits am Abend hatte Heinz ein schlecht isoliertes Rauchstubenhaus gleich vor dem Ort bekommen. Die Witwe, die darin gewohnt hatte, war in den letzten Jahren geisteskrank geworden und hatte über den ganzen Boden Blumenerde und Heu gestreut, sodass alles mit kochendem Seifenwasser geschrubbt werden musste, bevor der Deutsche damit zufrieden war. Man trug eine Matratze und Geschirr hinein, stellte das Notwendigste in den Vorratsraum, hängte Gardinen auf und kippte eine Fuhre Holz auf den Hof. Strom konnte gegen einen Aufpreis auf die Miete wieder angeschlossen werden. Heinz lehnte jedoch dankend ab, da es bereits Mai war und elektrische Beleuchtung nicht nötig sein würde, die Nächte würden schließlich bis in den August hinein hell bleiben.

Dagegen würde er gern die Sauna sehen. Sie stand am Waldrand, grau vom Alter und rußig um die Tür herum. Heinz schlug die Tür auf. Atmete tief ein. Ein wehmütiges Lächeln wuchs auf seinem Gesicht, als er den Dampfsaunageruch einatmete.

»*Sauna*«, murmelte er in seinem exotischen finnischen Akzent. »Ich bin seit mehr als zwanzig Jahren nicht mehr in der Sauna gewesen!«

Und schon am gleichen Abend konnten Niila und ich von unserem Versteck aus sehen, wie er nackt zum Tornefluss hinunterlief, sich zwischen die letzten treibenden Eisschollen warf und halb bis zur anderen Seite hinüberschwamm, bevor er umdrehte und zurückkam. Dann blieb er blaugefroren am Ufer stehen und machte mit zusammengeschrumpeltem Geschlecht gymnastische Hüpfübungen, bevor er wieder in die Wärme hineineilte.

Am nächsten Tag schaffte er sich aus den Beständen des Zolls eine ausrangierte Schreibmaschine an, einen alten Schrotthaufen aus Gusseisen. Er schleppte sie in den Vorraum, saß da und hämmerte stundenlang auf sie ein, mit Blick auf die Wiesen mit ihren keimenden, noch spärlichen Gräsern, und mit den neckenden Flötentönen des Großen Brachvogels in den Ohren.

Aber wer war er eigentlich? Was machte er hier? Bald kursierten Gerüchte über diesen sonderbaren Fremdling im Ort. Es hieß, Heinz wäre SS-Soldat in Finnland während des Krieges gewesen. Dort hätte er Finnisch und die Saunagänge schätzen gelernt. Während des weiteren Krieges war seine Kompanie gezwungen worden, sich vor der finnischen Armee zurückzuziehen, nordwärts durch das finnische Tornedal, wo die wilde Schönheit der Landschaft einen unauslöschlichen Eindruck bei ihm hinterlassen hatte.

Gleichzeitig hatte man alles verbrannt. Es hatte dazu den Befehl gegeben, der Krieg der verbrannten Erde. Jedes Rauchstubenhaus, jede Scheune in einem Ort nach dem anderen, sogar die Kirchen waren mit Benzin übergossen worden, bis die gesamte Gegend nur noch ein einziges Flammenmeer war. Das gesamte nördliche Finnland wurde zu Asche verbrannt. Heinz war dabei gewesen. Und jetzt war er zurückgekehrt, um seine Erinnerungen niederzuschreiben.

So erzählte man. Heinz hingegen blieb ziemlich für sich. Er machte schnelle Spaziergänge in kniekurzer Trainingshose, absolvierte seine ruckartige Morgengymnastik auf dem Vorhof, mit kichernden Kindern in den Büschen, und füllte sodann Seite um Seite während seiner disziplinierten Schreibstunden.

Das Einzige, was ihn störte, waren die Ratten.

Das Haus war voll von ihnen. Die Witwe hatte mehrere Katzen gehabt, aber seit sie eingewiesen worden war, hatten die Ratten freie Bahn. Sie hatten sich in dem Dreck eingerichtet, hatten Höhlen in die Bettmatratze genagt,

Gänge in den Zwischenboden und mehrere Generationen geboren. Heinz beklagte sich bei seinen Vermietern, die ihm eine alte Hofkatze liehen, aber die lief so schnell sie konnte wieder zu sich nach Hause. Rattengift verwarf Heinz, da viele der Ratten dann in ihren Verstecken unter dem Boden sterben und damit das ganze Haus mit ihrem Gestank verpesten würden.

Eines Abends in der ersten Sommerferienwoche spionierte ich Heinz hinterher, während er vor seiner Haustür saß und auf seine Schreibmaschine eindrosch. Sie ratterte fast wie ein altmodisches Moped. Ich schlich mich an der Hauswand entlang und näherte mich der Ecke, hinter der ich vorsichtig vorspähte. Er saß im Profil da. Eine lange, leicht gebeugte Nase, eine Brille mit Metallfassung, ein spärlicher Schwarm frisch geschlüpfter Mücken um seinen Kopf wie ein Heiligenschein alter Erinnerungen.

»*Tule tänne sinä*! Komm her, du!«, sagte er auf Reichsfinnisch, ohne sein Schreiben zu unterbrechen.

Ich erstarrte vor Schreck.

»*Tule tänne*!«, wiederholte Heinz, und das war ein Befehl. Er hörte auf zu hacken, zog sich die Brille herunter und wandte mir seine eisgrauen Augen zu.

Ich stolperte auf zitternden Beinen hervor. Stand da wie ein gemeiner Soldat, voller Scham, überrumpelt.

»Du kriegst fünfzig Öre pro Ratte«, sagte er.

Ich begriff nichts. Fühlte mich nur dumm und ängstlich.

»Hier sind zu viele Ratten«, fuhr er fort. »Kann man schwer schlafen bei all dem Gepiepse und Geraschel.«

Er musterte mich, um zu sehen, was er von mir halten sollte, stand dann von seinem knarrenden Stuhl auf und kam näher. Ich rührte mich nicht, es war fast ein feierliches Gefühl mitten in meiner Angst. Er gehörte zu den Männern, von denen ein Junge gelobt werden möchte. Mit einer geschmeidigen Bewegung zog er eine braune, nach Leder duftende Brieftasche heraus und aus ihr einen Zehn-Kronen-Schein. Den hielt er mir unter die Nase, ganz ruhig, als wäre es ein riesiger Schmetterling. Der Schein war neu und noch nicht gefaltet, solche sah man nicht oft. Wie konnte er unbeschadet durch ganz Schweden zu uns hier oben gelangen? Der alte König blinzelte im Profil. Grausilberne Farbe, haardünne Striche, Qualitätspapier mit dem Wasserzeichen wie ein blauer Fleck im Gegenlicht. Und dahinter wurde ich plötzlich etwas anderes gewahr. Eine elektrische Gitarre. Eine richtige, meine eigene elektrische Gitarre.

Ich nahm den Schein entgegen. Ich knüllte ihn nicht in die Tasche. Ich trug ihn vorsichtig zwischen Daumen und Zeigefinger, immer noch ohne jeden Knick.

Wie alle Dorfkinder kannte ich die Technik, wie man Ratten totschlug. Man legte eine rohe, geschälte Kartoffel an die Hauswand und stellte sich mit einem Knüppel bereit. Dann wartete man still und geduldig, bis die Ratte angekrochen kam. Und schlug sie dann tot. Wenn man ein frisches Rattenloch im Boden fand, konnte man ein paar Eimer Wasser hineinkippen. Dann waren die Ratten kurz vorm Ertrinken und kamen herausgerannt – und dann musste man nur noch zuschlagen.

Am ersten Tag tötete ich drei Ratten auf diese Art und am nächsten Tag zwei. Heinz bezahlte aus seiner großen Lederbrieftasche, schien aber nicht zufrieden zu sein. Die Methoden schienen ihm altmodisch und ineffektiv zu sein. Am gleichen Nachmittag kaufte er acht Bügelfallen im Pajala Eisenwarenhandel, mit Stahlfedern, die den Rücken der kleinen Kreaturen brechen sollten. Ich lernte sie zu spannen, ohne mir die Finger zu quetschen und mit Schwartenstückchen, Käserinde und was es sonst noch gab, zu bestücken.

Am nächsten Morgen fand ich sechs Rattenkörper. Die siebte Falle war unberührt, die achte war leer zugeschlagen. Ich warf die pelzigen Leichen an den Waldrand und spannte die Fallen von neuem. Als ich am Abend nachschaute, befanden sich vier Körper darin. Heinz betrachtete zufrieden die abgeschnittenen Schwänze, bezahlte mich großzügig und ermunterte mich, meinen Einsatz fortzusetzen.

In der folgenden Woche ging ich die Fallen morgens und abends durch, und der Tagesfang belief sich auf ungefähr zehn Körper. Ich stellte die Fallen regelmäßig an andere Stellen, spannte sie in der Speisekammer, im Vorratskeller, auf dem Dachboden, aber auch außer Haus unter der Eingangstreppe oder auf der Rückseite beim Holzstapel. Die Leichen waren sonderbar schlaff, kleine, weiche Felltüten mit zerbrochenem Rückgrat und plattgedrückten Rippen. Es kam auch vor, dass der scharfe Metallbügel das Fell kaputtschlug, sodass die Gedärme wie violette Algen über die Falle quollen. Dann gab es nur eins, sich abhärten und sauber machen. Seinen Job machen, auch wenn es eklig war.

Und es wurde tatsächlich nachts ruhiger im Haus. Aber niemals ganz still. Wie viele Ratten auch getötet wurden, es kamen immer neue dazu, ein neuer Wurf, neue Gäste zogen ein, sobald die alten Bewohner verschwunden waren.

Außerdem wurden die Leichen langsam zu einem Problem. Der Fuchs fraß so viele, wie er konnte, aber der

Rest begann langsam schlecht zu riechen. Nicht lange, da war der Waldrand von Krähen übersät. Sie kamen vor allem in der Morgendämmerung, schrien und stritten sich um die Rangordnung unter ihresgleichen und störten Heinz' Nachtschlaf noch mehr als die Ratten. Heinz gab mir einen Spaten aus dem Lager und ließ mich eine Grube außerhalb seiner Hörweite im Wald graben. In ihr konnte ich die Fallen ausleeren.

Der Sommer kam jetzt mit aller Macht. Die Lerche hing in der Luft wie ein zerfranster Propeller, die Stare flöteten und flatterten in den Espen, die Bachstelze zog zähe Regenwürmer aus den Kartoffelackern, während die Mehlschwalben sich auf die Hochspannungsleitungen setzten und sich Läuse aus ihren metallischen Flügelfedern zupften. Und unter der Erde vermehrten sich die Ratten mit Schwindel erregender Geschwindigkeit.

Mit der Zeit wusste ich immer mehr über das Verhalten der Ratten. Viele glauben, Ratten wären kleine, chaotische Knäuel, die voller Panik ziellos überall herumlaufen. Aber während ich die Fallen ums Haus herum aufstellte, entdeckte ich verschiedene Rattenpfade. Oftmals waren sie nur schwer zu erkennen, sie wanden sich wie kleine Tunnel in dem trockenen Vorjahresgras ganz dicht am Boden. Die Ratten haben ihre Wege, genau wie Ameisen oder Menschen, und bald fand ich heraus, dass es fast immer zu einem besseren Resultat führte, wenn die Fallen auf diesen Wegen standen. Die beste Art, neue Ratten daran zu hindern, das Haus zu besetzen, würde also sein, ihre Transportwege zu verminen.

Aber die Taktik hatte nur teilweise Erfolg. Die Bügelfallen hatten einen grundlegenden Konstruktionsfehler: Wenn sie zugeschlagen waren, blieben sie ungefährlich, bis sie wieder neu gespannt wurden. Und in dieser Zeit konnten die Ratten unbeschadet vorbeiströmen. Ich dachte eine Weile über das Problem nach, machte Heinz dann einen Vorschlag. Er klatschte mir begeistert Beifall.

Von einem Nachbarn liehen wir ein paar zerbeulte Eimer aus verzinktem Blech. Die grub ich an den strategischen Stellen mitten auf den Rattenwegen ein, so tief, dass der Rand auf gleicher Höhe mit der Erde war. Anschließend füllte ich sie zur Hälfte mit Wasser. Über den Eimer legte ich eine dünne Schicht harter Grashalme und Laub und versuchte das Ganze möglichst natürlich aussehen zu lassen.

Am nächsten Morgen schaute ich nach. Sechs Ratten waren in den ersten Eimer gefallen. Sie waren herumgeschwommen, ohne den Grund erreichen oder herausklettern zu können, und dann nach und nach vor Erschöpfung ertrunken. In dem zweiten Eimer lagen fünf Leichen. In dem dritten noch sieben. Der letzte Eimer hatte ein Leck, auf seinem Boden sprangen zwei zu Tode erschrockene Tierchen herum, die ich mit dem Absatz zertrat. Zwanzig Körper, eine phantastische Ausbeute! Die Bügelfallen brachten noch weitere vier; als ich also die Schwänze abgeschnitten und vorgezeigt hatte, bekam ich stolze zwölf Kronen von einem beeindruckten Heinz. Sein schmaler Mund verzog sich zu einem Lächeln, das sah ganz ungewohnt aus, wie ein Wolf, der versucht zu lachen. Die Rattenleichen warf ich in die Grube im Wald, der kaputte Eimer wurde ausgetauscht und weitere Eimer und andere Gefäße an den passenden Stellen eingegraben.

Die folgenden Wochen erbrachten ein traumhaftes Einkommen. Die Ratten platschten massenweise hinein, kratzten mit ihren Klauen an der Blechwand, bis sie nicht mehr konnten und ertranken. Die Leichen waren viel hübscher als die aus den Bügelfallen. Anfangs war zwar die Menge an sich schon eklig, ein paar Kilo waren jeden Tag wegzuschaffen. Aber man gewöhnt sich dran. Und es half, wenn ich an das Geld dachte, das daheim in meine Blechbüchse fiel, Geld, das mit immer größerer Geschwindigkeit zu einer Gitarre anwuchs.

Jetzt konnte Heinz sehen, dass der Krieg endlich ein Resultat brachte. Nur noch selten war das Knabbern eines kühnen kleinen Kämpfers zu hören, der es durch das Minenfeld geschafft hatte. Aber meistens verfing sich der Arme schon am nächsten Tag in einer Bügelfalle. Heinz konnte jetzt gut schlafen, die Schreibmaschine ratterte wie ein altmodisches Maschinengewehr, und der ganze Vorhof roch nach Dschungelöl, da die Mücken jetzt ernsthaft zum Angriff bliesen. Manchmal zog er eine Seite heraus und las mit seiner Wagnerstimme laut vor, um Rhythmus und Melodie des Textes zu erproben. Eine harte, kraftvolle Prosa von Strapazen und Truppenverlegungen, scharfe Bilder des Finnischen Kriegswinters, von Frost und nadelspitzen Tannennadeln in den Decken, hier und da kräftiger Soldatenhumor, sexuelle Not in schlecht riechenden Quartieren, ab und zu ein romantischer Abschnitt, in dem finnische weibliche Schönheiten bandagierte Kriegshelden verpflegten oder ein deutsches Soldatenkind abends in der verdunkelten Marketenderei streichelten.

Währenddessen fuhr ich mit immer effektiveren Mitteln in meiner Arbeit fort. Beispielsweise stellte ich fest, dass es gar nicht nötig war, die Wassereimer mit Gras zu bedecken. Die Ratten fielen so oder so hinein. Offenbar konnten sie gar nicht mehr bremsen, wenn sie die Wege entlanghuschten, sondern fielen einfach hinein, auch wenn die Öffnungen weithin sichtbar waren. Dagegen wurden die alten Rattenpfade nicht mehr aufrecht erhalten, nachdem ihre Benutzer gestorben waren. Dafür wurden neue gebildet, sodass man herumrennen und die ganze Zeit neue Eimer eingraben musste.

Die Leichengrube im Wald füllte sich mit rasender Geschwindigkeit. Ich deckte sie zu und grub eine neue. Bald war auch die voll. Die Gräber wurden von den Füchsen wieder aufgekratzt, die halbverrotteten Teile in alle Richtungen zerstreut. Bald waren die Rattenkörper voll mit Fliegenlarven, die unter der dünnen Haut brodelten. Die Hitze tat das ihre dazu, und wenn der Wind vom Wald her wehte, konnte man trotz der Entfernung einen süßsauren, ekelerregenden Gestank wahrnehmen.

Heinz wusste Rat. Er holte einen Benzinkanister hervor und füllte ihn. In regelmäßigen Abständen musste ich ihn in den Wald schleppen und in der Grube auskippen. Dann warf ich ein Streichholz hinein. Mit einem dumpfen Seufzer fing der Leichenberg Feuer und brannte mit einer fast unsichtbaren Flamme. Die Felle versengten mit einem feuchten Knacken, die Schnurrbarthaare krümmten sich zusammen und verschmolzen, die Maden kamen aus den Augenhöhlen gekrochen und schrumpften mit gekrümmten Beinen zusammen, die Fliegenlarven wanden sich hinauf, wurden aber gebraten und zu Flüssigkeit, die Puppen platzten, und halbfertige blinde Schmeißfliegen zappelten mit weichen Gelenken. Der Rauch war schwarz und ölig, es stank nach Fell, verbranntem Blut, und der Rauch setzte sich in den Kleidern fest, wenn man zu nahe dran stand. Er breitete sich zwischen den

Baumwipfeln aus wie ein bedrohliches Geisteswesen, ein Kriegsgott, ein anschwellender Todesbote, der langsam davonzog und sich auflöste, bis nur noch der Geschmack fetter Asche im Mund übrig blieb. Als alles verbrannt war, schaufelte ich wieder Erde und Moos auf die Grube und stapelte schwere Steine oben drauf, bis nicht einmal die Füchse meinen konnten, es wäre der Mühe wert.

Man musste nur ans Geld denken. Dann wurde alles einfacher. Die Schwänze zählen, sie in einem Bündel sammeln und das Bargeld von dem ehrenwerten Herrn quittieren, der abends auf seiner Treppe vor der Hütte saß und an seinem Kaffee schnupperte. Das war ganz einfach ein Sommerjob. Nicht schlimmer beispielsweise, als das Klo auf Pajalas Campingplatz zu schrubben.

Nach der Abendernte setzte ich mich immer in mein Zimmer und schaltete das alte Tonbandgerät ein, mit dem ich die besten Schlager der Schlagerparade eingefangen hatte. Mit wollüstigem Schauder hörte ich die merkwürdigen, phantastischen Geräusche, die eine elektrische Gitarre hervorbringen konnte, beißendes Jammern, Wolfsgeheul, Zahnarztbohrer oder das Brüllen eines frisierten Mopeds auf der Straße durch die Stadt. Ich imitierte sie geschickt mit meiner alten akustischen Gitarre. Gleichzeitig fiel hinten an der Hütte die erste Ratte ins Wasser. Fing an zu schwimmen. Schwamm. Und schwamm.

An einem Morgen Mitte Juli stieß ich auf eine Rattenstraße, die breiter war als jede, die ich bisher gesehen hatte. Sie verlief vom Wald bis zum Kartoffelacker an einem Graben entlang, gut getarnt durch buschiges Gestrüpp. Hier und da schlossen sich andere Wege vom Rauchstubenhaus und vom Klo aus an, bis sie zusammen eine beeindruckende

Landstraße bildeten. Eine gut festgetrampelte Rattenrinne, die Hauptader der Ratten. Ich folgte ihr mit wachsender Spannung. Vorbei an der alten Scheune, die immer noch halb voll war mit altem Heu. Hier blieb ich stehen. Von der Scheune ging ein weiterer Rattenweg ab. Fast ebenso groß. Ich war mir sicher, dass es den vorher nicht gegeben hatte. Der Weg lief um einen Stein herum, in eine Mulde hinunter, auf der anderen Seite wieder hinaus. Und da, ein paar Meter vor dem Kartoffelacker, vereinigten sich die beiden Wege. Bildeten zusammen eine riesige, mehrspurige Autobahn.

Ich begriff, dass es um die Kartoffeln ging. Das Kraut stand hoch und grün, es war die Familie der Witwe, die das Feld weiterhin bestellte, auch nachdem sie ins Krankenhaus gekommen war, und unten in der Erde schwollen die Knollen an, gelb und zart. Die Ratten fraßen die ganzen Nächte hindurch die Kartoffeln. Stopften sie in sich hinein, nagten, schmatzten, und schlichen sich dann pottsatt zurück in ihre Verstecke.

Es war keine Zeit zu verlieren. Innerhalb einer halben Stunde hatte ich ein rostiges Benzinfass organisiert und verbrachte den größten Teil des Nachmittags damit, es mit einer Bogenfeile zu zersägen. Dann hieß es nur noch graben. Mitten auf der Autobahn. Die Erde schaufelte ich in eine Schubkarre und kippte sie im Wald aus. Nach viel Mühe und Schweiß konnte ich das Benzinfass in das Loch versenken und rundherum mit Erde feststopfen. Dann trug ich einen Eimer Wasser nach dem anderen vom Brunnen heran, bis das Fass gut halb voll war.

Inzwischen war es Abend geworden. Die Schreibmaschine war verstummt, der Hauseingang lag verlassen da. Ich klopfte mit den Rattenschwänzen in der Hand an und traf auf einen Heinz, der voll mit Packen beschäftigt war. Sein Rucksack stand mitten im Raum, Kleider hingen über Stühlen und Tischen. Heinz zog das Geld im Vorbeisausen heraus und erklärte mir, dass er für ein paar Wochen nach Finnland fahren würde, um dort in einem Archiv zu forschen. Er müsste die Anordnung der Häuser in einer Stadt vor dem Brand studieren und einige Einwohnerlisten durchgehen. Als Autor war er sehr genau mit den Details, was eigentlich jeder Schriftsteller sein sollte, womit aber seiner Meinung nach sehr geschlampt wurde, besonders unter den jüngeren Romanschreibern. Während der Zeit könnte ich mich doch wohl ums Haus kümmern?

Ich versprach es und erfuhr, wo der Schlüssel liegen würde. Gleichzeitig schwindelte mir ein wenig. Mir tat der Kopf vorn in der Stirn weh, und in den Achselhöhlen hatte ich so ein steifes Gefühl. Vielleicht zog ja ein Gewitter auf. Als ich wieder hinaustrat, sah ich tatsächlich, wie sich eine rollende Wolkenbank von Finnland her näherte. Sie sah aus wie ein Rauchpilz von der Rattengrube, aber viel breiter und mächtiger. Ein dumpfes Grollen wie von einer Front russischer Panzer war zu hören. Heinz kam heraus und stellte sich neben mich. Überraschenderweise legte er seinen Arm um meine Schulter, fast väterlich. Die Luft schien stickiger zu werden, schwerer zu atmen. Der Schweiß trat mir auf die Stirn. In der Dunkelheit unter den Wolkenmassen waren Blitze wie schnelle Fische zu sehen.

»Da!«, zeigte Heinz.

Eine Rauchsäule stieg mehrere Kilometer entfernt auf. Ein Baum, ein Gehölz? Oder ein Haus? War das ein Haus, das brannte? Und für einen Moment verwandelte sich die Gewitterwolke in Feuerqualm, ganz Finnland stand in Flammen, in einem flammenden Inferno ins Nichts verwandelt. Heinz stand unbeweglich da. Seine eisgrauen Augen waren auf die Ferne gerichtet, aufgerissen. Sie sahen aus wie Münzen. Dann strich er sich leicht mit den Fingerspitzen über den Schnurrbart. Ein Haar löste sich. Er hielt es zwischen Daumen und Zeigefinger, der Blick kehrte ins Jetzt zurück. Das Haar war steif und gekrümmt wie ein abgebranntes Streichholz. Er wickelte es schweigend um den Finger. Ließ es dann los, ließ es unter die Erinnerungen fallen.

Gerade als der Regen einsetzte, bekam ich meine ersten Schüttelfrostanfälle. Ich radelte nach Hause und warf mich auf die Küchenbank, zog die Knie hoch, um nicht gegen die Sprossen zu stoßen. Als das Gewitter mit seinem Lärm einsetzte, schloss Mutter alle Fenster und Türen und zog alle Stecker heraus. Die Wolkenbank ergoss seinen schaurigen Inhalt über uns. Der Regen trommelte gegen die Dachpappe, zog graue Gardinen vor die Fensterscheiben. Ein neues Donnerdröhnen. Ich zog Decke und Tücher über mich, fror und schwitzte abwechselnd. Mutter kam mit Wasser und einer Tüte mit doppelkohlensaurem Natron, da die Heilkraft von doppelkohlensaurem Natron Wunder wirkte und sich weit über das hinaus erstreckte, was auf der Packung stand. Trotzdem stieg das Fieber im Einklang mit dem Donner. Das Unwetter presste seine nassen Füße auf den Ort, bis mein Kopf kurz vorm Zerplatzen war. Merkwürdige Bilder kamen heraus, Hexenwesen mit leuchtenden Rändern, die langsam in die Luft sprangen. Sie hatten Messer und schnitten einander Scheiben aus dem Fleisch, flach wie bei Anziehpuppen. In einem langsamen Tanz verstümmelten sie einander und verschmolzen mit den Teilen, sodass sie sich ständig veränderten, ihr Fleisch sich mit dem der anderen vermischte. Die Szene bereitete mir Übelkeit, Ekel, aber es war unmöglich, sie wegzudrängen. Als würde jemand anders mit meinem Gehirn denken, als wäre ich nur ein Eindringling.

Mutter versuchte die Ruhe zu bewahren, aber die Besorgnis war ihr anzusehen. Sie verbarg sie hinter einer schroffen Miene, indem sie ihre Unterlippe vorschob, sodass man die glänzende Schleimhaut sah. Sie hatte das Alter erreicht, in dem die Haut im Gesicht anfängt zu hängen, wie ein etwas zu groß geratener Pullover. Wenn sie lachte, strammte sich die Haut in unzähligen Falten, dass sie einem Haublock ähnelte, und andere Gesichtsausdrücke benutzte sie nicht. Was schön an ihr war, das war ihr Haar, rotbraun und dick fiel es bis auf die Schultern. Wenn sie es bauschig bürstete und ihr eine Locke übers Auge fiel, konnte sie aussehen wie ein Filmstar.

Ich fror, dass ich zitterte. Mutter ging ins Wohnzimmer und machte Feuer im offenen Kamin, obwohl es doch mitten im Sommer war. Eine Weile hörte ich, wie sie Birkenrinde zerriss und mit dem Schürhaken klapperte. Dann wurde es merkwürdig still.

Ein glänzendes Licht fiel in die Küche. Als wäre die Sonne hinter den Wolken hervorgekommen. Aber draußen fiel immer noch der Regen. Mühsam richtete ich mich auf. Schaute verwundert und entdeckte, dass der Schein aus dem Wohnzimmer kam.

»Was ist das?«, rief ich, bekam aber keine Antwort. Auf fieberschwachen Beinen stolperte ich dorthin. Vor dem Kamin stand Mutter wie ein Fechter, den Schürhaken weit ausgestreckt. Das Licht kam von der Feuerstelle. Gelbweiß, grell.

»Zurück, Mama!«, rief ich.

Mutter trat einen Schritt zurück, den Feuerhaken weiter schützend von sich gestreckt. Aber das Licht folgte ihr. Aus den Flammen schwebte eine leuchtende Kugel. Sie knisterte wie weißes, glühendheißes Eisen und schwankte leicht, als schwimme sie in der Luft. Die Kugel blieb mit einem Zittern stehen, kurz vor dem Feuerhaken. Ich sah, wie Mutter anfing zu leuchten. Ein blauer Schein um ihre Haut. Ihre Haare richteten sich auf und begannen zu Berge zu stehen.

»Lass los! Lass den Feuerhaken los!«

Aber sie schien wie hypnotisiert zu sein. Wich nur Schritt für Schritt zurück, während sie den Feuerhaken hin und her schwenkte. Die Kugel folgte ihr. Sie schwenkte das Eisen immer schneller, doch die Kugel folgte ihr wie magnetisch angezogen.

»Lass doch los, Mama, verdammt noch mal!«

Stattdessen begann sie mit dem Haken zu kreisen. Schwang ihn wie ein Hammerwerfer in dem Versuch, das Fremde abzuschütteln. Aber es folgte ihr. Und nahm an Geschwindigkeit zu. Nahm Fahrt auf, dass es in der Luft zischte. Kleine Blitze flammten um den Schaft herum auf. Die Kugel saß weiterhin an der Spitze fest. Sie keuchte, glotzte und kreiste immer wilder. Bald umgab sie ein Kreis, eine Glorie, ein elektrischer Zirkel. Sie konnte nicht aufhören. Drehte und drehte, dass es sauste, summte, bis das ganze Zimmer von blauen Flammen funkelte. Sie wurde schneller. Und immer schneller. Bis es schneller nicht mehr ging.

Da ließ sie los. Der Feuerhaken und die Kugel flogen geradewegs hinaus. Knallten durch die Wand, krawummmm! Ein Dröhnen, dass die Ohren sich ringelten, Holzspäne flogen uns ums Gesicht. Und dann Schweigen.

Ich war zu Boden geworfen worden. Schwindlig hob ich den Kopf, schüttelte Dreck aus dem Haar. Mutter saß mit ausgestreckten Beinen auf ihrem Po, den Mund zu einem kleinen O geformt. Wir stellten fest, dass wir überlebt hatten. Unsicher kamen wir auf die Beine und stapften zur Wand.

Dort war ein Loch. Eine gähnende Öffnung in der Hauswand, als hätte jemand eine Faust direkt dort hindurchgeschlagen. Von dem Schürhaken war keine Spur zu sehen. Er lag weder drinnen noch draußen auf dem Rasen, und lange Zeit glaubten wir, er hätte sich in irgendeiner Form dematerialisiert.

Aber im Herbst wurde er überraschenderweise wieder gefunden. Tief im Gestrüpp der nachbarlichen Johannisbeersträucher, zwei Häuser weiter, rostig und verdreht wie ein Korkenzieher.

Ich maß sorgfältig den Abstand. Achtundneunzig Komma fünf Meter. Hammerwerferrekord für Frauen.

Das Unwetter verzog sich, aber ich lag weiterhin unter den Decken. Das Fieber hielt zwei lange Tage an und verwandelte sich anschließend in einen migräneähnlichen Kopfschmerz. Die Gelenke fühlten sich steif an, die Augen waren überempfindlich für Licht, der Hals war rau und schuppig. Der Körper schien schwer wie ein Schiffsrumpf, der torpediert worden war und nun langsam auf den Meeresgrund sank. Ich konnte kaum einen Arm heben, und ich hatte Probleme mit dem Schlucken. Wie üblich in Tornedal vermieden wir es so lange es nur ging, zum Arzt zu gehen, da das der sicherste Weg war, möglichst bald die eigene Beerdigung zu erleben. Papa ging stattdessen zu einem Nachbarn, der ein Arztbuch auf Finnisch hatte und die Diagnosen Hirnhautentzündung, Masern, Nesselfieber, Gehirnkrebs, Mumps und Jugenddiabetes stellte. Dann kam der Husten und Rotz, und es war offensichtlich, dass es sich um eine Sommergrippe handelte. So eine anständige mit schmerzenden Nebenhöhlen, aber im Großen und Ganzen ungefährlich. Niila kam zu Besuch, kehrte aber gleich in der Tür um, als er den Pestgeruch schnupperte.

Draußen kam jetzt die Hochsommerhitze. Die Gewitterfront hatte ein Loch ins Luftmeer gerissen, es gereinigt und den Weg für die Kontinentalwärme aus Sibirien frei gemacht. Jetzt erhob sich der Hochdruck über uns wie ein riesiges Zirkuszelt mit einem knallblauen Dach und stillstehender Hitze. Die Mücken schlüpften in Millionenschwärmen in den Sümpfen, das Linienboot fuhr ununterbrochen über den Fluss zum Badestrand bei Esisaari, und Altenburgs Casino hatte seinen rotgelben Saloon auf der Wiese aufgeschlagen, mit Schießständen, einarmigen Banditen und allen möglichen anderen Verlockungen, die eine Gefahr für das Taschengeld der Dorfkinder darstellten. Der Casinodirektor stolzierte mit nacktem Oberkörper herum, behaart wie ein alter Bär, mit einem Cowboyhut auf seiner grauen Haarmähne und lockte:

»Zehn Lose für einen Fünfer! Zehn Fünfer für ein Los!«

Während ich daheim lag, der Schweiß in Fluten rann und ich darum bat, eine Kanne Wasser ans Bett gebracht zu bekommen. Ich trank und trank, konnte aber nur dunkelgelbe Tropfen pissen. Mein Gesicht war angeschwollen und von grünem Schleim aufgepumpt, den ich ausrotzte, bis meine Nase Schürfwunden hatte. Ab und zu versuchte ich auf der Gitarre zu spielen, war davon aber sofort vollkommen durchgeschwitzt und benommen. Stattdessen dämmerte ich dahin. Lauschte der Hummel, die sich zu mir herein verirrt hatte und jetzt gegen das Fliegennetz stieß, dumpf summend, während die Mücken mit ihren Rüsseln von der anderen Seite durch die Maschen stachen.

Langsam legte sich die Erkältung. Eines Tages, als die Sonne frühmorgens schon brannte, setzte ich mich auf und tastete nach der Wasserkanne. Gierig trank ich aus ihr und wischte mir die Tropfen aus den Mundwinkeln.

Da fiel es mir ein. Das, was sich im Hinterkopf befunden hatte, was ich in meinem Fieber und Husten verdrängt hatte.

Mit einem Schauder zog ich mich an. Hörte, wie Papa im Schlafzimmer schnarchte. Leise schlich ich mich hinaus in das starke Morgenlicht. Ich versuchte auszurechnen, wie lange ich wohl krank im Bett gelegen hatte, wie viele Tage vergangen waren. Mit einer unangenehmen Vorahnung radelte ich zu der Hütte des Deutschen.

Schon auf der Landstraße war der Geruch wahrzunehmen. Übelkeiterregend. Süßlich. Er wurde stärker, je näher ich kam. Süßer und beißender. Ich hielt die Hand vors Gesicht. Sah den Kartoffelacker mit seinem hochstehenden Kraut. Die Scheune und die Rattenstraße. Den Benzinkanister.

Dreißig Meter vor dem Haus war ich kurz vorm Ersticken. Ich holte tief Luft und rannte das letzte Stück.

Ein grauer Brei. So viele, dass die Leichen übereinander lagen.

Ich beugte mich hinunter, sodass mein Schatten auf die Körper fiel. Ein Aufzucken. Eine dicke Wolke von Fliegen stieg auf. Erschrocken wich ich zurück. Konnte aber noch sehen, wie es sich da unten bewegte. Wogte wie ein Meer. Ein schwankender Teppich von Larven.

Geschockt stolperte ich auf die Wiese hinaus. Ein Würgen durchfuhr meinen Körper. Ich hustete und lief, bis ich hinfiel. Spuckend fiel ich kopfüber in ein paar Löwenzahnblätter, versuchte mich zu übergeben, schaffte es aber nicht.

Schließlich gelang es mir doch, mich zu fassen und meine Schuhe wegzuschleudern. Riss mir die Strümpfe von den Füßen, sie waren feucht vom Fußschweiß. Dann band ich sie mir über Mund und Nase. Der Geruch war muffig, aber es war mein eigener. Mit verzweifelter Energie kam ich wieder auf die Beine.

Ich holte die Schubkarre hervor und begann sie mit Erde zu füllen. Ich wollte das Massengrab dort zudecken, wo es lag. Das war die einzige Möglichkeit. Sie alle begraben. Mit Erde bedecken und versuchen zu vergessen.

Als die Karre voll war, schob ich sie hin und füllte meine Lunge mit Sauerstoff. Dann rauf mit dem Strumpf und die Sache erledigt. Nicht nachdenken. Nur in Aktion treten, so schnell wie möglich.

Wenn da nicht eine Sache wäre.

Das Geld.

Denn so war es nun einmal, wenn man es nüchtern und sachlich betrachtete, was gewiss nicht so einfach war. Die Tonne war voll mit Geld. Da lagen Fünfundzwanzig-Öre-Münzen in Hülle und Fülle. Die ich jetzt begraben wollte.

Ich stellte die Schubkarre wieder ab. Zögerte. Dann,

mit dem Mut der Verzweiflung, holte ich eine Harke aus dem Schuppen. Nach einem tiefen Atemzug stürzte ich zur Tonne. Stieß die Harke in die Brühe, dass die Fliegen davonspritzten. Rührte herum und konnte ein paar Leichen heraussieben. Die Haut platzte auf, und die Fliegenlarven fielen wie weiße Tropfen aufs Gras. Fast erstickt lief ich weg, um wieder Atem zu schöpfen. Holte die Schafschere und zog mir ein paar schmutzige Arbeitshandschuhe über. Dann zwang ich mich, zurückzugehen.

Aus der Nähe waren alle Details zu sehen. Nein, das klappte nicht. Das war einfach zu viel.

Ich lag kopfüber am Waldrand und fühlte, wie das Fieber zurückkehrte. Das Geld! Man musste einfach immer nur ans Geld denken! Siebzig Körper waren das mindestens. Oder vielleicht sogar achtzig. Mal fünfzig Öre machte vierzig neue, klingende Kronen.

Es war halt eine Arbeit. So musste man es sehen, ein Sommerjob.

Also wieder zurück. Schnipp, fünfzig Öre. Schnipp, eine Krone. Runter mit der Leiche in den Mülleimer, und dann weg und tief Luft holen.

Eine Krone. Scheiße, eine Krone, o Scheiße, Scheiße.

Wieder rein mit der Harke. Schnipp, eins fünfzig.

Schnipp, zwei Kronen. Zwei fünfzig.

Wenn nur der Gestank nicht wäre.

Vier Kronen. Fünf. Sechs fünfzig.

Mein Gott, das dauerte, war es nicht bald zu Ende …

Es ging schrecklich langsam. Einige waren frischer, noch steif. Andere zerfielen in ihre Einzelteile. Kleine Pfoten mit gespreizten Klauen, gelbe, blitzende Nagezähne. Zwischen den Ratten lag auch die eine oder andere Feldmaus, groß wie eine Katze und grotesk aufgeschwollen.

Sie schwammen in verdrehten Körperstellungen, waren in ihrem schrecklichen Todeskampf erstarrt.

Der größte Teil des Vormittags war vorbei, als endlich die erste Mülltonne voll war. In kurzen Etappen schleppte ich sie in den Wald. Der Inhalt schwappte und blubberte. Ich leerte den Dreck in die Leichengrube. Kehrte zur Tonne zurück.

In den kleineren Wasserfallen gab es weniger Opfer, aber sie waren ebenso verrottet. In den Bügelfallen waren die Körper von den Fliegen fast aufgefressen worden und schon so gut wie eingetrocknet. Ich kämpfte den größten Teil des Tages und merkte, wie die Kleider von dem Gestank klebten. Leerte den Mülleimer hinten in der Waldgrube aus. Noch ein Eimer. Und wieder zurück, schnipp, schnipp. Es kitzelte mich im Handschuh, und ich schüttelte ein paar Fliegenlarven aus. Die Fliegen umschwärmten mein Gesicht, ließen sich überall nieder. Wenn ich wenigstens eine Mütze gehabt hätte. Eine Mülleimerfuhre nach der anderen. Weg und tief Luft holen. Immer tiefer ging es in die Tonne.

Zum Schluss war nur noch ein grauer, klebriger Leichensaft auf dem Boden. Ich fischte noch einmal mit der Harke, und das war mein Glück, denn da lagen vier abgerissene Schwänze, zwei Kronen, und als ich näher hinsah, fand ich noch einen, fünfzig Öre, eine Belohnung für meine Beharrlichkeit.

Als Letztes holte ich die Schubkarre herbei, kippte die Erde in die Tonne und drückte die Oberfläche mit dem Spaten fest. Nun war kaum noch eine Spur von dem Massaker zu sehen. Nur ein kahler Erdfleck, auf dem schon bald Gras wachsen würde.

Das Fieber überfiel mich wieder, als ich schwindlig den

Benzinkanister holte. Jetzt fehlte nur noch der letzte Schritt.

Die Leichengrube im Wald war überfüllt. Die letzten Eimer waren auf dem sonnentrockenen Gestrüpp gelandet. Die Fliegen fuhren in dicken Wolken auf, ließen sich aber gleich wieder wie eine Wolldecke nieder und legten ihre Eier in die sonnenwarme verrottete Grube. Der Geruch war schlimmer, als ich ihn mir je hätte vorstellen können, ein Hefeteig des Todes, aufgedunsen durch Milliarden von Mikroben, die sich in ihm fortpflanzten.

Ich lief erneut davon, um Luft zu schnappen. Schraubte den Deckel vom Kanister und schnupperte an der Öffnung. Das Benzin reinigte die Nase, süß und kräftig. Ich konzentrierte mich auf den letzten Streich, den einzigen, der noch zu tun war, bevor alles geschafft sein würde. Bevor ich alles hinter mir lassen und vergessen konnte.

Vom Schwindel gepackt kippte ich das Benzin über die Leichen, begoss sie, tränkte sie. Wie eine heilige Handlung, wie ein Versuch, etwas zu sühnen, etwas zurechtzurücken. Ich entzündete einen Span und warf ihn. Mit einem tiefen, sorgenvollen Husten begann der Haufen zu brennen. Eine fast unsichtbare Flamme erhob sich steif und knisternd. Die nächststehenden Büsche wurden angesengt, das Gestrüpp auf dem Boden fing Feuer. Ich trat die Flammen aus. Da merkte ich, dass ich mir Benzin auf die Hosenbeine gespritzt hatte, die Flammen kletterten bis zu den Kniekehlen hoch. Mit einem Schrei warf ich mich hin und riss mir die Hose vom Leib. Sie verhakte sich an den Schuhen, die auch brannten. Fieberhaft trat ich sie von den Füßen und löschte die Flammen, indem ich mit den Handflächen draufschlug.

An der Grube hatte das Feuer das trockene Bodengestrüpp erfasst. Die nächststehenden Büsche standen bereits in Flammen. Ich brach einen Blätterzweig ab und versuchte die Flammenzungen niederzupeitschen, aber in der Trockenheit verbreiteten sie sich unbeirrt. Bald hatten sie den ersten Baum erreicht. Verzweifelt versuchte ich die Katastrophe aufzuhalten. Und da ging plötzlich eine Böe durch den Wald, eine sanfte Brise, die ins Flammenzentrum wehte. Es schien, als söge das Feuer den Sauerstoff gierig auf, als wäre es der Atem des Feuers selbst, ein Wind, der immer kräftiger wurde, während sich die Flammen durch das Blattwerk nach oben arbeiteten. Und tief drinnen, im Herzen der Vernichtung, blubberte das Krematorium.

Ich stand wie gelähmt da. Mit überraschender Geschwindigkeit verbreiteten sich die Flammen im Wald, warfen ihre Fackeln von Baum zu Baum. Wieder versuchte ich mit meiner Laubrute zu peitschen, kämpfte voller Panik, doch mit jeder Minute wurde die Katastrophe nur größer.

»Die Feuerwehr!«, dachte ich und wollte Hilfe holen. Aber ich konnte nicht, irgendetwas hielt mich zurück, ich schlug und peitschte mit brennenden Augen. Unerschüttert breitete sich das Feuer bis zum Waldrand aus, eine rasende Kriegsfront. Die Scheune begann zu schwelen und war bald nicht mehr zu retten. Und in der Windrichtung lag auch das Haus. Der Funkenregen fiel immer dichter. Spitze Feuernadeln regneten herab. Und bald fanden sie Halt auf dem Teerdach.

Es war der Krieg, der gekommen war. Ein wildes Tier, das wuchs und wuchs und nicht mehr zu bändigen war. Und ich war derjenige, der die Schuld daran hatte, es war alles mein Fehler.

In dem Moment stand Heinz da. Mit aufgerissenen Augen. Voller Panik.

»Mein Manuskript!«, schrie er und riss die Haustür auf. Das Dach stand in Flammen, und der Rauch quoll dicht heraus, aber er bückte sich nur. Er wollte hinein, er tastete sich vor. Mit leeren Händen und tränenden Augen war er zum Rückzug gezwungen. Dennoch versuchte er es erneut, und jetzt war auch Feuer in dem Rauch, jetzt konnte man einen gelben Schein sehen. Und diesmal kam er mit einem Papierbündel im Arm heraus. Er drückte es fest an den Körper wie ein Kind, drückte es sich an die Brust und sank hustend aufs Gras nieder.

Ich ging zu ihm hin. Rußig und stinkend, nur in Unterhose. In der Hand hielt ich die Schnur mit den abgerissenen Schwänzen. Sie waren immer zu zehn Stück gebündelt, leichter zu zählen. Einfach zu kontrollieren.

»Einhundertvierundachtzig Stück«, stammelte ich. »Zweiundneunzig Kronen.«

Heinz starrte mich mit leerem Blick an. Dann packte er die Schnur mit den stinkenden Schwänzen und warf sie wütend in das Flammenmeer.

»Das ist deine Schuld!«

Keine lederbraune Brieftasche. Kein Geld. Keine Gitarre.

Verzweifelt riss ich ihm das Papierbündel aus der Hand und schmiss es in die Hitze. Und dann lief ich davon, lief so schnell ich nur konnte.

Heinz sprang mit einem lang anhaltenden Brüllen auf. Er versuchte sich hineinzukämpfen, diesmal aber vergebens.

Als die Feuerwehr endlich eintraf, saß er auf dem Brunnendeckel, der alte Soldat, und weinte.

KAPITEL 13

– in dem ein Musiklehrer mit dem Daumen mitten in der Hand eintrifft, und wir eine überraschende Begabung aus Kihlanki kennen lernen.

In der Siebten bekamen wir einen neuen Musiklehrer. Er hieß Greger und stammte aus Schonen, ein langer, breitlippiger Bauernbursche, der alle rechten Finger in einer Riemenscheibe verloren hatte. Nur der Daumen war noch da, groß wie eine gekrümmte Kartoffel. Nach dem Unfall hatte er sich umschulen lassen und war jetzt als frisch examinierter Musikfritze in Pajala gelandet. Es war schwer zu verstehen, was er sagte. Ansonsten war er ein fröhlicher Kerl mit sonderbarem Humor. Ich werde nie die erste Stunde vergessen, er kam mit der Faust in der Jackentasche herein und begann zu rollen:

»Hierrr kommt einerrr mit dem Daumen mitten in derrr Hand!«

Mit genau geplantem Schockeffekt zog er seine verstümmelte Hand hervor. Wir rissen die Augen vor Entsetzen auf. Er drehte die Hand um, und wir sahen, dass der Daumen und die behaarten Knöchel in einem bestimmten Winkel aussahen wie ein männliches Geschlechtsorgan. Nur ekliger und knochiger, mit einer übernatürlichen Gelenkigkeit.

Greger brachte eine unbekannte Neuheit mit nach Pajala, ein Zwölfgang-Rennrad. Das gehörte zu den extremsten und unnützesten Dingen, die man je gesehen hatte, mit steinhartem Ledersattel und zigarrenschmalen Reifen, und ihm fehlten Schmutzfänger und Gepäckträger. Es sah fast unanständig aus, geradezu nackt. Er brauste darauf in einem roten Trainingsanzug wie eine Rakete die Straßen entlang, erschreckte alte Frauen und Kinder und war der Grund für UFO-Artikel im Haparandabladet. Außerdem machte er die Hunde verrückt. Es musste etwas mit seinem Geruch zu tun haben, etwas Schonisches in seiner Darmflora. Sobald er vorbeizischte, wurden sie wahnsinnig. Sie rissen sich los und verfolgten ihn Kilometer um Kilometer, kläfften wie die Idioten in einer immer größer werdenden Herde. Einmal kam er nach einer Trainingsfahrt nach Korpolombolo zurückgeradelt mit zwei Norbottenspitzen, einem Jagdhund, einem Jämtlandhund, zwei graumelierten Spitzen plus einigen Promenadenmischungen hinter sich. Alle mit vor Mordlust weit aufgerissenen Augen. Greger hielt an der Polizeistation an und wurde sofort von dem kohlrabenschwarzen Labrador angefallen, der eine Art Führungsfunktion in der hysterischen Herde einnahm. Greger wartete den richtigen Moment ab. Dann kickte er mit seinen schmalen Fahrradschuhen gegen die Nase des Köters, sodass dieser jaulend zu seinen Kumpels kugelte. Würdevoll betrat er anschließend die Station. Der Diensthabende musste die ganze Bande am Brückengeländer anleinen, außer dem Labrador, den sich der Tierarzt ansehen musste. Den Rest des Tages kamen schweigsame Männer aus den umliegenden Dörfern, um ihre Köter abzuholen. Greger war danach eine berühmte Person.

Eine andere Diskussion ging darüber, wie schnell man eigentlich auf so einer Konstruktion fahren konnte. Eines Nachmittags erzählte Staffan aus der Neunten, dass er auf der Straße nach Kenigshållet am vorhergehenden Abend getestet hatte, wie schnell sein frisiertes Moped fahren konnte. Er war gebückt mit brüllendem Motor dagesessen, und er versicherte, dass das Moped zweiundsechzig Kilometer die Stunde schaffte. Da war Greger von hinten aufgetaucht. Mit kräftigem, federleichtem Tritt war er vorbeigezogen und hinter der nächsten Anhöhe verschwunden.

Ein ökonomisch eingestellter Vittulajänkkäjunge organisierte daraufhin eine ungewöhnliche Wette. Greger sollte mit dem Schulbus um die Wette nach Kaunisvaara fahren. Der Bus war zwar nicht gerade für seine atemberaubende Schnelligkeit bekannt, aber immerhin. Der Junge handelte mit den Quoten und nahm sich schamlos seine Provision von den Einsätzen, und trotzdem gelang es ihm, die Leute zum Wetten zu bewegen und Greger zu überreden, mitzumachen.

Der Wettkampf fand an einem Mittwoch Ende September statt. Der Bus hielt wie üblich auf der Rückseite der Centralskolan, und die Schüler strömten hinein. Der Fahrer, der nichts von der Wette wusste, drückte aufs Gas und bemerkte gleichzeitig, wie ein rotgekleidetes Wesen ihn auf der Fahrerseite überholte.

Das nächste Mal, dass der Rotgekleidete zu sehen war, war in Mukkakangas. Er stand neben einem Streifenwagen der Gällivarepolizei, während der Bus vorbeifuhr. Einer der Polizisten schrieb etwas in sein Notizbuch, der andere schlug mit einem Stock auf einen angreifenden Jagdhund ein.

In Höhe von Jupukka war Greger wieder gleichauf. Der Bus hatte reichlich Fahrt, aber der Rotgekleidete lag im Windschatten und ließ nicht locker. Als es einen Abhang hinunterging, rauschte er vorbei, während die Kinder vor Aufregung quiekten. Der Fahrer rieb sich die Nase vor Verwunderung und traute seinen Augen nicht.

Acht Kilometer später stand der Rotgekleidete am Straßenrand und wechselte den Reifen des Hinterrads. Ab und zu schlug er mit der Fahrradpumpe nach einem ihn anspringenden Rotfuchs.

Danach wurde er nicht mehr gesehen. Die Schüler versammelten sich an der Heckscheibe und starrten durch den Schmutz nach draußen. Aber die Fahrbahn war leer. Moore und Wälder zogen vorbei, Kaunisvaara kam immer näher. Schließlich tauchte das Straßenschild vor ihnen auf, und alle mussten einsehen, dass es zu spät war.

Da war ein Punkt zu sehen. Eine rote Gestalt. Ein Fahrzeug, das sich näherte, aber viel zu langsam. Gleichzeitig tauchte vor dem Bus ein tuckernder Traktor auf. Ein Rentner saß hinterm Steuer. Da er ja hier zu Hause war, fuhr er mitten auf der Straße, der Bus musste bremsen und hupte. Der Traktor zog eine Spur zur Seite. Der Bus setzte mit nur wenigen Zentimetern Spielraum zum Überholen an. Die Straße wurde von den Fahrzeugen vollkommen blockiert. Und von hinten kam der Rotgekleidete immer näher.

Der Traktor tuckerte schneller.

»Das schafft Greger nie!«

Das Ortsschild war bereits da. Kaunisvaara. Und die Fahrbahn blockiert, unmöglich, den Bus zu umfahren.

»Da!«, schrie Tommy aus der Siebten.

Unten im Graben. Etwas Rotes, das sich vorschob. Durch Schlamm und Steine. Am Bus entlang. Und vorbei, im gleichen Moment, in dem das Ortsschild passiert wurde.

Einen Moment lang waren alle wie vom Blitz getroffen. Versuchten zu begreifen, was sie gesehen hatten. Und dann brach der Jubel im Bus aus.

»Der aus Schonen hat gewonnen!«

Ein fetter Spitz warf eine alte Frau mit einem Beereneimer um und raste hinter dem Rotgekleideten her, wie von Sinnen kläffend.

Greger hatte noch eine andere merkwürdige Fähigkeit. Er konnte Tornedalfinnisch. Alle waren davon ausgegangen, dass er als ein Mann aus Schonen ein *ummikko* war, der Muttersprache der Ehre und der Helden nicht kundig, aber jetzt kam die Bestätigung für das Gegenteil von mehreren unabhängigen Quellen. Männer und Frauen versicherten, dass sie mit diesem knarrenden Außenstehenden lange, anregende Gespräche in *meän kieli* geführt hätten.

Greger war ein lustiger Kerl, und nach Art der Südländer hatte er ein anormal ausgeprägtes Kontaktbedürfnis. Nachdem er diverse schweigende Kilometer auf seinem Rennrad abgerissen hatte, musste er also anhalten und sich mit den Ortsansässigen unterhalten. Verblüffte Männer und Frauen konnten plötzlich ohne jeden Grund in Anttis, Kardis, Pissiniemi, Saittarova, Kivijärvi oder Kolari angehalten werden. Vor ihnen stand ein verschwitztes Marsmännchen und plapperte, dass die Spucke spritzte. Die Worte waren unbekannt, aber man erwiderte sicherheitshalber auf Finnisch, dass man nichts kaufen wolle.

Dann stellte man fest, dass man sonderbarerweise verstand, was er sagte. Das war ziemlich unwirklich. Dieses dröhnende Rotwelsch mit Geräuschen, wie sie nur ein Betrunkener hervorbringen konnte! Und wenn man mit *joo varmasti* antwortete oder *niinkö* sagte, so verstand der Fremde das bis auf den i-Punkt.

Das Geheimnis wurde von einem älteren Zöllner gelüftet, der in seiner Jugend ein paar Jahre Dienst in Helsingborg geschoben hatte. Als einer der wenigen Tornedalbewohner beherrschte er daher sowohl das Tornedalfinnisch als auch das Schonisch. Zufällig kam er bei Conrad Mäkis Landhandel in Juhonpieti vorbei, als Greger gerade dort stand und mit ein paar Rentnern schnatterte. Der Zöllner stellte sich daneben und hörte diskret, aber genau zu. Hinterher berichtete er allen Interessierten auf eine objektive und detaillierte Art von seinen Beobachtungen. Und nach alter Gewohnheit schrieb er dann sogar noch seine Zeugenaussage nieder, die ich selbst habe lesen können, ganz vorschriftsmäßig von ihm selbst unterzeichnet und bezeugt von zwei unabhängigen Personen.

Ganz offensichtlich war, dass der Konversant G (also Greger) während des gesamten Gesprächs ein Schonisch der breiigen Art gesprochen hatte, abgesehen von wenigen tornedalschen Kraftausdrücken (siehe Anlage I) mit meistens falscher Aussprache. Die Konversanten A, B und C (zwei alte Kerle und eine Frau) hatten sich während des gesamten Gesprächs ebenso offensichtlich an Tornedalfinnisch gehalten. Das Merkwürdige dabei war, dass das Gespräch ganz logischen Bahnen folgte, und die beiden Parteien offenbar einander verstehen konnten. Gesprächsthemen waren in chronologischer Reihenfolge:

1. Regen und Kälte der letzten Zeit.
2. Das Wachsen der Kartoffeln im Spätsommer, die geschmacklichen Vorteile der Mandelkartoffel gegenüber der runden Kartoffel und inwieweit der viele Regen Kartoffelfäule bewirken könnte.
3. Die Heuernte des Sommers, die Anzahl der Reuter und ihre Qualität und inwieweit der späte Frühling Einfluss auf den Nahrungsgehalt des Heus hatte.
4. Der Tierbestand im Ort, die Fütterung von Milchkühen früher und heute, die Mechanisierung der Landwirtschaft und ob Traktoren wohl auf schwedischer oder finnischer Seite preiswerter waren.
5. Eine große Anzahl kürzlich gefundener verkrüppelter Karotten, die aussahen wie Pimmel, und ob das eine Laune der Natur sein könnte oder eine Warnung unseres Schöpfers, die gegen die Tanzveranstaltungen der Jugend gerichtet war.
6. Die Hoffnung auf Wetterverbesserung sowie Abschiedsfloskeln.

In wissenschaftlicher Mission hatte der Zöllner Greger angehalten, als dieser gerade wieder davonfahren wollte und ihn in neutralem Ton nach der Uhrzeit gefragt:

»*Mitäs kello on*?«

»Gleichfalls«, hatte Greger freundlich erwidert.

Aus all diesen Dingen zog der Zöllner folgende Schlüsse:

Greger beherrschte kein Finnisch (abgesehen von den falsch ausgesprochenen Schimpfwörtern, Anlage I, wie gesagt). Ebenso wenig verstanden die Rentner Schonisch.

Das geheimnisvolle Einverständnis zwischen ihnen konnte zwei Gründen zugeschrieben werden: Gregers Körpersprache, die auffallend lebendig und deutlich war, sowie seinen offenbar umfassenden Kenntnissen der Landwirtschaft.

Der Sohn des Zöllners war Sprachforscher in Umeå und begann eine Arbeit zu dem Thema: *Bilingual understanding in a northern Scandinavian multicultural environment*, fing dann aber an zu saufen und bekam sie nie fertig.

Greger lachte nur laut los, als das Gespräch darauf kam. So sind sie nun einmal, die Leute aus Schonen. Albern und immer zum Lachen bereit.

Gleich am ersten Schultag machte Greger Inventur im Instrumentenlager: ein Klassensatz mit Klanghölzern aus Birke, zwei Tambourine, von denen das eine gerissen war, zwei Triangel, ein Holzxylophon, bei dem das Fiss und das A fehlten, eine Maracasse, aus der die Samen herausfielen, eine Gitarre mit drei Saiten und ein abgebrochener Filzschläger. Außerdem gab es einen Klassensatz von »Jetzt wollen wir singen I« und eine Hand voll »Vaterländische Gesänge« von Olof Söderhjelm.

»O Scheiße, was für ein Schrott!«, brummte Greger.

Und bevor jemand es richtig begriff, hatte er einen Betrag aus dem Schulbudget losgeeist, während wir nicht einmal ahnten, dass es so etwas gab, und eine Batterie, einen elektrischen Bass, eine elektrische Gitarre und Verstärker gekauft. Plus einen nagelneuen Plattenspieler. In der folgenden Stunde erwies er sich als ein unerwartet tüchtiger Gitarrist. Die gesunde breite linke Hand rutschte wie eine behaarte südamerikanische Vogelspinne auf dem Griffbrett auf und ab, während der einsame rechte Daumen die Akkorde und Flageoletts schlug, die leicht wie nichts klangen. Dann ging er zum Blues über und tat so, als sänge er wie ein Schwarzer, was ganz einfach war, da er ja aus Schonen kam. Er zog ein klagendes Gitarrensolo mit dem Daumennagel als Plektrum hoch. Die Klasse sperrte Mund und Ohren auf.

Als es schließlich zur Pause klingelte, blieben Niila und ich noch im Raum.

»So werde ich nie spielen können«, erklärte Niila mit finsterer Miene.

Greger legte die Gitarre hin.

»Hände ausstrecken!«, befahl er.

Niila tat, wie ihm geheißen. Greger streckte seine eigenen auch vor und betrachtete seine Finger.

»Zählen«, befahl er.

Und Niila zählte. Sechs Finger.

»Und wie viele hast du?«

»Zehn.«

Nun ja, so konnte man es auch sehen.

Nachdem Greger unser Interesse bemerkt hatte, bekamen wir die Erlaubnis, während der Pausen zu üben. Niila zupfte mit großen Augen auf der elektrischen Gitarre, verwundert darüber, wie leicht es war, die Saiten runterzudrücken. Ich selbst schnappte mir den elektrischen Bass. Er fühlte sich ungewohnt schwer an, hing wie ein Mausergewehr am Schulterriemen. Dann stellte ich die beiden Verstärker an. Niila fragte unruhig, ob man einen Stromschlag an den Fingern kriegen könnte. Ich erklärte, dass es bestimmt keine Gefahr in dieser Richtung gebe, da die Saiten ja einzeln isoliert seien.

Dann fingen wir an zu spielen. Es war ein kribbliges,

ein wunderbares Gefühl, und es klang einfach teuflisch. Aber von diesem Augenblick an wurde das Spiel irgendwie wirklicher. Von einer selbst gezimmerten Holzplanke in der Garage über die schreckliche Akustik im Keller waren wir jetzt zu den richtigen Dingen gelangt. Blitzender Lack, verchromte Drehknöpfe und Tasten, leise surrende Lautsprechermembranen. Das war einfach großartig. Das war ernst.

Die erste Aufgabe bestand darin, den Takt zu halten. Zuerst jeder für sich, was schwierig genug war. Anschließend zusammen, was noch viel schwieriger war. Die nächste Aufgabe war, den Akkord zu wechseln. Möglichst gleichzeitig. Dabei weiterhin im Takt zu bleiben. Und wieder zurück.

Diejenigen, die selbst spielen, wissen, wie es war. Es dauerte lange, bis man es als Musik bezeichnen konnte.

Greger lauschte immer mal wieder und gab uns freundschaftliche Ratschläge. Sein größter Verdienst war seine unglaubliche Geduld. Wie in der Mittagspause, als er uns beibrachte, zusammen anzufangen. Er zählte uns immer wieder vor, aber ich fing immer auf Drei an und Niila auf Vier. Einmal war es auch andersrum. Schließlich, als wir endlich beide auf Vier anfingen, erklärte Greger, dass man auf Eins anfangen sollte. Auf die zweite Eins. Die nie laut ausgesprochen wurde.

»Eins, zwei, drei, vier – (jetzt!).«

Niila meinte, er wäre noch nie eine große Leuchte in Mathe gewesen. Worauf Greger seine behinderte Hand hoch hielt und Niila aufforderte, die Fingerstümpfe zu zählen.

»Vier Finger sind weg, die müssen schweigen«, erklärte Greger freundlich. »Also fängt die Musik im Daumen an!«

Sonderbarerweise funktionierte das. Zum ersten Mal legten wir zur rechten Zeit los. Und noch heute kommt es vor, dass ich Gregers Fingerstümpfe vor mir sehe, wenn ich jemanden ein Lied anzählen höre.

Wir übten den ganzen Herbst über. Nutzten jede freie Minute. Die Pausen, die Freistunden und nach der Schule. Und endlich, während einer Mittagspause, gelang es uns doch noch, eine einigermaßen bluesartige Tonfolge zustande zu bringen.

Greger horchte und nickte befriedigt.

»Spielt weiter«, ermahnte er uns.

Dann öffnete er die Saaltür. Herein kam ein schüchterner Junge mit länglichem Gesicht und einem langen, in die Augen hängenden Pony. Er schaute uns gar nicht an. Öffnete nur einen länglichen Kasten, den er bei sich hatte. Die Innenseite war mit rotem Samt ausgekleidet. Mit seinen langen Fingern zog er eine rotweiße Elektroplanke heraus, verband sie mit einem der Verstärker und drehte die Lautstärke hoch. Dann legte er ein Solo zu unserer Tonfolge hin, das uns fast das Herz aus dem Brustkorb riss, ein schreiendes Solo voller herzzerreißender Trauer. Es dröhnte, dass die Fensterscheiben zitterten. Das Geräusch war ganz anders, als wir es gewohnt waren, gebrochen, schneidend, jammernd. Wie ein verzweifelter Mensch. Mit einer kleinen Schachtel mischte er die Töne auf der Gitarre, dass das Aufheulen noch lauter wurde. Dann legte er ein Solo hin. Ein knisterndes, brüllendes Gitarrensolo, tierisch männlich, unfassbar, dass es von diesem mageren Dreizehnjährigen kam. Seine Finger flogen zwischen den Saiten hin und her, das Plektrum peitschte gewaltige Tonkaskaden hervor, die Ohren konnten gar nicht mehr folgen, nur das Herz, der Körper, die

Haut. Zum Schluss tat er etwas, was ich noch nie zuvor gesehen hatte. Er machte die Gitarre los und hielt sie an den Lautsprecher, und sofort fing sie an von allein zu spielen, schneidende Flüstertöne, Wolfsgeheul und Flöten, alles zugleich.

Dann lachte der Bursche. Weich, fast mädchenhaft. Er strich sich den Pony aus der Stirn und stellte den Strom ab. Sein Gesicht mit den eisblauen Augen sah sehr finnisch aus.

»Jimi Hendrix«, sagte er knapp.

Wir zogen die Gardinen auf. Gut zehn Schüler drückten ihre Nasen an der Fensterscheibe platt, dicht gedrängt, Schulter an Schulter. Der Lärm war in der ganzen Schule zu hören gewesen.

Greger sah uns verträumt an.

»So langsam klingt das nach was, Jungs! Übrigens, das ist Holgeri.«

Ich drehte mich zu Niila um und murmelte mit einer schaurigen Vorahnung:

»O Scheiße, wie sie den fertig machen werden.«

»Was?«, fragte Greger.

»Ach, nichts.«

In der Oberstufe brach das Mobbing ernsthaft aus. Die Pajala Centralskola war zu dieser Zeit ein schrecklicher Ort für jemanden, der sich von den anderen in irgendeiner Weise unterschied. Was man nicht glauben konnte, wenn man von außen kam. Eine spärlich besuchte Schule in einem ruhigen Ort. Nur gut ein paar hundert Schüler. Eine schweigsame Stimmung auf den Fluren, man konnte sie fast scheu nennen.

Die Wahrheit war jedoch, dass es gefährliche Schüler

gab. Sie hatten bereits in der Mittelstufe angefangen zu wüten, aber erst jetzt entfalteten sie sich in ihrer ganzen Pracht. Vielleicht war das die Pubertät. Zu viel Geilheit, zu viel Angst.

Einige hatten ihr Vergnügen daran, in den verborgenen Ecken der Flure blaue Flecken zu stempeln, sie stießen mit ihren knochenharten Knien gegen Schenkel oder Pobacken. Die Weichteile. Wenn man sich umdrehte, fast kotzend vor Schmerz, standen sie nur grinsend da. Manchmal hatten sie auch Nähnadeln in der Hand versteckt und piksten mit denen durch Kleidung und Haut, wenn man vorbeiging. Üblich waren auch Schläge auf die Oberarmmuskeln, die dann noch Stunden später höllisch wehtaten.

Die Mobber nahmen Witterung auf. Sie konnten direkt riechen, wenn jemand anders war, sie pflückten die Sonderlinge, die Künstlerischen, die allzu Intelligenten heraus. Eines ihrer Opfer hieß Hans, ein schweigsamer Junge, der gern mit Mädchen zusammen war. Es gelang seinen Verfolgern, sein gesamtes Leben zu kontrollieren, ihn so in Angst und Schrecken zu versetzen, dass er sich nicht mehr traute, allein einen Flur entlangzugehen. Er versuchte sich zwischen den Klassenkameraden zu verstecken, sich wie eine schwache Antilope in der Mitte der Herde zu halten. Erst viele Jahre später konnte er nach Stockholm ziehen und zu seiner Homosexualität stehen.

Ein anderes Opfer war Mikael. Auch er war schüchtern und introvertiert, nicht in der Lage zurückzuschlagen. Er war anders, das war zu spüren, er war in seinem innersten Inneren fest davon überzeugt, dass er jemand war. Bei einer Gelegenheit umkreiste ihn die Bande in der Metallwerkstatt, als der Lehrer nicht im Raum war. Mit Uffe, dem Sadisten der Klasse an der Spitze, begannen sie Würgegriffe an Mikael zu üben. Uffe drückte ihm langsam seine Snusfinger immer fester um den Hals, bis der Junge wie eine Kröte quakte. Die Klassenkameraden standen dabei und sahen zu, aber keiner protestierte. Stattdessen betrachtete man das Ganze eher neugierig. Sah es so aus, wenn man erwürgt wurde? Guckt nur, wie seine Augen hervortreten! Bald wollten auch andere Jungs es versuchen. Sie mussten ihr Opfer nicht einmal festhalten, es saß gelähmt vor Angst wehrlos da. Guckt mal, gleich kotzt er, am besten, man lässt los. Sonst noch jemand? Versucht es ruhig. Guckt mal das Zäpfchen, was für eine Angst er hat! Drück da, weiter unten, da wirkt es besser. Hust, hust, uuhhhuuäähh… Versuch du es doch auch mal, er traut sich sowieso nicht zu petzen! Da ist sein Hals, verdammt ist der dünn!

Die Lehrer ahnten wohl, was sich da auf den Fluren abspielte, trauten sich aber nicht einzugreifen. Mehreren von ihnen wurde selbst übel mitgespielt. Eine Lehrerin aus Südschweden wurde systematisch fertig gemacht und rannte immer wieder weinend aus den Unterrichtsräumen. Die Schüler verhöhnten sie lachend. Sobald sie sie sahen, weigerten sie sich, ihre Arbeitsbögen auszufüllen, versteckten ihre Bücher, kamen mit sexuellen Anspielungen, da sie unverheiratet war, legten ihr Pornobilder in die Tasche und Ähnliches. Immer mehr Schüler machten mit, als sie sahen, dass es funktionierte. Ganz normale Jungs und Mädchen. Klassenkameraden. So aufgeregt, dass sie innerlich zitterten. Es kam schon vor, dass die Luft im Klassenzimmer nicht mehr zu atmen war.

Sobald ich Holgeris Solo gehört hatte, war mir klar, dass es schlecht um ihn stand. Er gehörte genau zu der Spezies, die sich die Mobber heraussuchten, schwache Jungs, die sich zu sehr hervortaten. Ich hatte ihn schon vorher in den Schulfluren gesehen, aber nicht ernsthaft wahrgenommen. Er war ausweichend, aber nicht unfreundlich. Einer dieser vielen schweigsamen Schüler aus der Provinz, die am liebsten für sich blieben, die in kleinen Grüppchen in der Flurecke standen und sich murmelnd auf Finnisch unterhielten. Sie fühlten sich in der Kreisstadt Pajala nie zu Hause. Holgeri erzählte mir, wie schwer es jedes Mal in den ersten Wochen nach den Sommerferien war. Den ganzen langen Sommer über hatte er Finnisch gesprochen, und plötzlich musste sich sein Gehirn auf Schwedisch umstellen. Das dauerte ein paar Wochen, ihm fielen bestimmte Worte nicht ein, er machte Fehler, deshalb war es am besten, ganz zu schweigen.

Holgeri kam aus Kihlanki, und wir unterhielten uns immer mal wieder, während wir auf den Schulbus warteten. Meistens redeten wir über Musik. Ich wollte wissen, wo er Gitarre spielen gelernt hatte, und er erzählte, das hätte er bei seinem Vater gelernt. Dieser war seit einigen Jahren tot, was genau passiert war, wollte Holgeri mir nie erzählen. Aber woran er sich am deutlichsten aus seiner Kindheit erinnerte, das waren die Stunden, in denen er auf dem Schoß seines Vaters saß, während dieser Liikavaaralieder spielte und mit ungenierter Stimme in dem euphorischen Stadium des Rausches sang, wie er sich den Speichel aus dem Schnurrbart wischte, den er immer mit der Nagelschere stutzte, und dann dem Sohn einen Taler schenkte. Und als der Vater starb, hing die Gitarre da. Holgeri hatte sie heruntergenommen, vorsichtig an den

Saiten gezupft und gemeint, die Stimme seines Vaters zu hören, irgendwo aus den tiefen Wäldern, in denen er sich nunmehr herumtrieb.

Die Mutter wurde aufgrund ihrer Nerven frühzeitig pensioniert, und der Sohn war alles, was sie noch hatte. Und als Holgeri sich eine Elektrogitarre mit Verstärker wünschte, bekam er sie, obwohl sie kaum genug für Schuhe und Kleider hatte.

Genau wie ich hatte er viel Zeit vor dem Radio verbracht. Mit selbst ausgedachtem Fingerspiel hatte er Soli zu den Stücken gespielt und war in seiner Fantasiewelt zu einem großen Star geworden, dem Genie, vor dem das Publikum verstummte. Was einige Probleme in der Band brachte. Niila mühte sich mit seiner Begleitgitarre ab, hatte aber immer noch große Probleme beim Akkordwechsel. Holgeri war rein technisch viel geschickter, dafür aber anscheinend taub für das, was die anderen taten. Seine Einsätze kamen zu früh oder zu spät und passten selten zu dem Stück. Ich versuchte ihm das auf freundliche Art zu sagen, aber er hörte gar nicht zu oder lächelte nur verträumt. Holgeri war eine dieser Personen, denen es schwer fällt, etwas ganz einfach zu machen. Er schien die Musik sozusagen zu klöppeln. Wollte man einen Ton von ihm, kam ein Akkord heraus, war man auf einen Akkord vorbereitet, wurde es zu einem Riff, gefiel einem der Riff, explodierte er in einem Solo oder verwandelte es zu Schlingen in Paralleltonarten. Es war unmöglich, ihn zu fassen zu kriegen. Niila verabscheute Holgeri zunächst, in erster Linie natürlich aus Neid, aber gleichzeitig sah er ein, dass wir ihn nicht entbehren konnten.

Manchmal setzte sich Holgeri abends auf seine Bettcouch daheim in Kihlanki und holte die Gitarre des toten Vaters hervor. Mit seinen Teenagerfingern strich er die Akkorde wie große Schmetterlinge hervor. Sie flatterten über die Stühle und Flickenteppiche, stiegen am Herd hoch, auf dem die Kartoffeln kochten, schlugen eine Kurve über den Wandkalender, die Pendeluhr, den gewebten Wandteppich, die Zeitungsseiten mit der Königsfamilie und dem Fanbild von Honken Holmqvist, schnupperten über den Brotteller und die Töpfe, machten einen Sturzflug hinab zum Nachttopf und dem Besen, strichen an Schultasche und Gummistiefeln vorbei, wieder hinauf zur Mutter in ihrem Schaukelstuhl, drehten eine Runde um ihr klirrendes Musterstricken und das Wollgarn, dann weiter zu den Topfpflanzen, den Begonien und Sansiveria, kletterten an der Fensterscheibe hinauf, warfen einen kurzen Blick auf die Schnittwiese, die Birken und die kuhwarme Abendsonne, vorbei an der mechanischen Nähmaschine, dem Furnierradio, dem Kleiderschrank mit den schiefen Türen und dann wieder zurück in die Gitarre, in den dunklen Klangraum, in dem sich andere Schmetterlinge drängten, die hinauswollten.

Die Mutter sagte nie etwas dazu, weder lobte sie ihn, noch störte sie ihn. War nur körperlich da. Eine Körperwärme.

KAPITEL 14

– über ein schauerliches Zusammentreffen in der Kläranlage von Pajala und wie wir überraschenderweise zu einem weiteren Bandmitglied kamen.

Trotz Laestadius' Ermahnungen, trotz der Warnungen der Ärzteschaft und trotz vieler abschreckender Beispiele in der Familie und unter Bekannten begannen mehrere meiner Schulkameraden am Wochenende zu saufen. Das Tornedal gehört zu dem Wodkagürtel, der sich über Finnland bis tief nach Russland hinein erstreckt, und in der Oberstufe zählte es zu den interessantesten Freizeitbeschäftigungen, besoffen zu werden. Es gab viele erlöste Anfängeralkoholisten, die während der Schulpausen das Evangelium des Fünfundsiebzigprozentigen predigten, und wenn einer es mal versucht hatte, wollten alle anderen ihm nacheifern.

Es war zu dieser Zeit, dass die Kaunisvaarajungs das Gerücht verbreiteten, sie würden am meisten Schnaps in ganz Norrbotten vertragen. Der Beweis war unerschütterlich: Im vergangenen Jahr hatten sie Reisen nach Gällivare und nach Kiruna gemacht und dort ganze Kompanien von Grubenarbeitersöhnen aus alkoholgetränkten

Streckenarbeiterfamilien unter den Tisch getrunken; und wenn nicht einmal die dagegen ankamen, dann war die Sache ja wohl klar.

Den Kaunisjungs schwollen darauf die Kämme. Falls jemand es bezweifele – sie könnten es mit jedem aufnehmen.

Nach reiflicher Überlegung griffen zwei Paskajänkkabrüder ein. Da sie davon überzeugt waren, sowohl etwas von der Sache zu verstehen, als auch Dinge organisieren zu können, riefen sie eine Gemeindemeisterschaft im Saufen aus.

Das Gerücht verbreitete sich in den Jungsbanden der Gemeinde. Die Regeln waren ganz einfach, es war eine Jugendmeisterschaft, man durfte höchstens in die Neunte gehen. Über Schulfreunde, Cousins, Pokerrunden und nicht zuletzt via Sportvereinen wurde die Staffel weitergetragen. Da jeder Ort nur einen Teilnehmer stellen durfte, wurden zunächst eisenharte lokale Wettkämpfe ausgetragen. Und dann endlich war an einem Freitagabend Anfang Oktober die Zeit für das Finale gekommen.

Der Wettkampf sollte in Pajalas alter Kläranlage stattfinden. Sie lag zu der Zeit unten am Flussufer, nicht weit von der Kirche entfernt, in einem roten Klinkergebäude, umgeben von einem leichten, aber deutlichen Scheißegeruch. Gerade aus diesem Grund war dieser Ort zum zentralen Punkt für die Maischeproduktion der Jungs des Viertels geworden. Durch eine Dachluke hatten sie sich auf den Dachboden geschlichen und eine ruhige Ecke gefunden, in der die Kanister in aller Ruhe gluckern konnten, während der Hefegeruch von den Kloakenodeurs überdeckt wurde.

Da ich die Paskajänkkäbrüder kannte, half ich bei den

Vorbereitungen mit, gegen das Versprechen, dass Niila und ich den Wettkampf bezeugen durften. Wir schleppten Kanister und füllten Wasser hinein, während das Rezept selbst von den versierteren Personen zusammengestellt wurde. Backhefe und Zucker, und in einigen Gefäßen außerdem Kartoffeln und Rosinen. Das Ganze musste ein paar Wochen gären, um das angemessene Aroma und die richtige Stärke zu bekommen. Destillieren war nichts für die Paskajänkkäjungs. Drei aus dem Viertel hatten zwar schon mal HiLaGu-Schnaps hergestellt, getauft nach den Vornamen der Beteiligten mit selbstverfertigten Etiketten und allem, aber der Fuselgehalt hatte die Nackenhaare zum Sträuben gebracht. Der eher technisch interessierte ältere Bruder hatte auch schon mal einen Versuch mit einer Anordnung gemacht, die heimlich in der Fachschule zusammengeschweißt worden war. Er hatte sie auf eine Kochplatte in der Garage gestellt, aber aufgrund einiger undichter Verbindungen hatten sich die Ethandämpfe entzündet, und der ganze Kram war explodiert. Im Krankenhaus erklärte er die umfassenden Brandwunden damit, dass der Kartoffeltopf vom Herd gefallen sei und der Hefegeruch in seiner Kleidung komme vom Nudelwasser seiner Mutter, das er über sich gekippt habe, um die Haut abzukühlen. Als Erinnerung daran wurde er danach nur Leipä, Brotlaib, genannt und hatte einen roten, rauen und haarlosen Unterarm.

Die Brüder waren sich nach diesem Unfall einig gewesen, dass das Destillieren albern sei, eine unnötige, lächerliche Prozedur, die den Geschmack verschlechterte und die wertvollen B-Vitamine zerstörte. Ein richtiger Mann konnte ja wohl Maische ab, und das war die Grundbedingung für die Teilnahme.

Man wartete bis zum Abend, nachdem die nichts Böses ahnenden Kläranlagenarbeiter nach Hause gegangen waren. Im Schatten der Abenddunkelheit kletterten ungefähr zehn Jungs durch die Dachluke und versammelten sich in dem nach Scheiße riechenden, schmutzigen Vorratsraum im oberen Stock. Alle Teilnehmer ließen sich im Kreis auf dem Boden nieder. Misstrauisch beäugten sie einander.

Der Korpilombolojunge hatte Pickel auf der Stirn und sah mit seinem in die Augen hängenden schwarzen Pony sehr melancholisch aus. Der Junosuandojunge kicherte die ganze Zeit mit vorstehender Unterlippe, wie es Leute aus diesem Teil der Gemeinde oft taten. Der Tärendökerl hatte ein Grübchen im Kinn und eine tropfende Kartoffelnase. Der Muodoslompolovertreter hatte eine braungelockte Schafsfrisur und spuckte vor lauter Nervosität die ganze Zeit aus. Pajalas Abgesandter war also Leipä mit niedrigem Haaransatz und eisblauem, leicht schielendem Blick. Außerdem nahmen noch ein paar Jungs aus den umliegenden Dörfern teil. Der Junge aus Lainio war blass und sah christlich aus mit scheuen, großen Tieraugen. Der Torinenjunge hatte riesige Waldarbeiterhände an seinen unproportional zarten Pubertätsunterarmen und eine so grobporige Nase, dass sie aussah, als wäre sie von Kriebelmücken bedeckt. Kaunisvaaras Auserwählter, der Jüngling, der mit seiner Favoritenstellung prahlte, war einer der besten Skilangläufer der Gegend, ein schmallippiger, vorgebeugter Dickkopf, der sich schon als Vierzehnjähriger einen elften Platz im Malmlauf erstritten hatte und ein Lungenvolumen besaß, das einem aufgepumpten Traktorreifen entsprach. Außerdem waren noch eine Hand voll Beobachter dabei, die überprüfen wollten, dass alles mit rechten Dingen zuging.

Leipäs kleiner Bruder, er hieß Erkki und ging in die Achte, öffnete feierlich den ersten Kanister. Er war ziemlich klein, aber mit kräftigem Körperbau, bekannt für seine dummdreiste Schlagtechnik. Beim Anblick der schäumenden Flüssigkeit wurde er so scharf drauf, dass er beantragte, als Nachzügler beim Wettkampf teilnehmen zu dürfen. Alle lehnten das ab, da Pajalas Teilnehmerquote bereits erfüllt war. Erkki fing daraufhin an, seine Waldsamenwurzeln zu betonen, und zählte seine Ahnen einen nach dem anderen auf, um dann in einem eher provozierenden Tonfall zu fordern, dass Leipä seine Abstammung bezeugen sollte. Schließlich einigte man sich auf einen Kompromiss. Erkki sollte als Repräsentant der Waldsamen von Sattajärvi teilnehmen, und seine Aufgaben als Wettkampfaufsicht sollten von mir und Niila übernommen werden.

Sofort begannen wir mit der Verteilung des Getränks. Ich schenkte aus dem Kanister ein, während Niila die Becher reichte. Alle tranken unter kompaktem Schweigen zügig aus. Die nächste Runde folgte sogleich. Ein eifriges Schlürfen und Schlucken. Becher Nummer drei. Als auch der geleert war, wurde eine Pause fürs Rülpsen und Nachschieben von Snus angeordnet. Alle schielten ihre Nachbarn an und murmelten, eine dünnere Pissmaische müsste man lange suchen, so was tränken die Babys in ihrer Heimatstadt schon in der Nuckelflasche. Die Schlachtenbummler und die Beobachter bettelten um eine Geschmacksprobe und bekamen sie. Ich selbst nahm einen Schluck und bekam eine rohe Kartoffel in den Hals. Es schmeckte nach Hefeteig und war höllisch stark.

Jetzt fingen die Leute ungeduldig an, mich an meine Aufgabe hier in diesem Jammertal zu erinnern, also zog ich den nächsten Kanister heran und öffnete ihn. Im Namen der Gerechtigkeit versuchte ich die Becher so gleich wie möglich zu füllen, während Niila kontrollierte, ob auch alle austranken. Die Stimmung wurde immer besser. Plötzlich brach ein eifriges Brabbeln auf Tornedalfinnisch aus. Am glücklichsten war wohl Erkki, der nur gnadenhalber dabei sein durfte, er fing an, allen persönlich mit Handschlag zu danken, bis Leipä ihn bat, doch die Schnauze zu halten und die Wettkampfkonzentration nicht weiter zu stören.

Wie immer brachte der Rausch die überraschendsten Persönlichkeitsveränderungen mit sich. Der Korpilombolojunge strahlte plötzlich wie ein Honigkuchenpferd und erzählte schweinische Witze von Schulreferendaren. Der aus Junosuando bekam eine scharfe Falte zwischen den Augen und redete von der großen Nazidichte in den 30er-Jahren in gewissen nahe gelegenen Orten, bis der Junge aus Tärendö endlich den Wink verstand und aggressiv die Dorftrottelstatistik von Junosuando hervorhob. Lainio schüttelte plötzlich seine Schüchternheit und Frömmigkeit ab und schlug eine Partie Ein-Kronen-Poker vor. Kaunisvaara wollte spöttisch wissen, seit wann die Laestadianer denn solchen Hobbys frönten. Muodoslompolo setzte eine geheimnisvolle Miene auf und deutete etwas von einer Abstammung von inkognito reisenden französischen Sprachvirtuosen des 18. Jahrhunderts an. Torinen erklärte, dass, so weit er gehört hatte, die Gegend von Muodoslompolo eher für seine blutigen Familienfehden und seine bis zur Vollendung entwickelte Inzucht bekannt sei. Leipä bat wiederum alle, das Maul zu halten, woraufhin alle ihre Kommentare zu *Pajalan piksipokat* abgaben und über so ein modernes Gefasel wie Gemeindezusammenlegungen, was besagte Zentralsnobs aus Pajala in den Glauben versetzte, etwas zu sein.

Nach zwei weiteren Bechern wurde die Stimmung noch gereizter. Gleichzeitig wurden die Argumente unbekümmerter und die Aussprache ungenauer. Der einzige noch Frohgesinnte war Korpilombolo, der plötzlich aufstand. Er entschuldigte sich vielmals, aber er müsse einfach abbrechen, weil er so eine unbändige Lust aufs Bumsen habe, und wollte gern wissen, ob wir nicht ein vorurteilsfreies Mädchen in Pajala kannten. Erkki beschrieb ihm genau den Weg zu einer pensionierten, unverheirateten Mathematiklehrerin und wünschte ihm verschmitzt viel Glück. Die Übrigen hatten beschlossen, sich zu prügeln, aber vorher musste man noch pissen und wütend werden. Doch nach dem Pinkeln wurden alle von einem quälenden Flüssigkeitsmangel überwältigt, dem Niila und ich sofort abhelfen mussten.

Die Augenlider hingen jetzt auf halbmast. Die Zunge wurde immer größer im Mund. Die Maischefurze erfüllten den Raum mit ihrem sauren Sumpfgas. Junosuando und Tärendö wechselten ein paar ungenaue Faustschläge, fielen einander anschließend in die Arme und schliefen übereinander liegend ein. Muodoslompolo musste laut über den Anblick lachen, bis er sich einen leeren Maischekanister schnappte und hineinkotzte. Lautstark forderte er, der Wettkampf solle fortfahren, bis auch er einschlief, im Sitzen, mit schaukelndem Kopf. Kaunisvaara schnaufte voller Verachtung über diese Anfängermanieren.

Ein paar weitere Runden folgten. Lainio schien selbst überrascht zu sein, dass er so lange mithalten konnte, da doch seine gesamte Familie tiefgläubig war und er selbst erst vor kurzem zu saufen angefangen hatte, sodass er eigentlich noch gar nicht die Übung hatte. Torinen verließ sich in aller Ruhe auf seine Erbanlagen und begann alle Alkoholiker seiner Familie aufzuzählen, er kam auf ein paar Dutzend, bevor er seitwärts umfiel und so liegen blieb.

Niila schleppte noch einen Kanister herbei. Leipä und Kaunisvaara beäugten sich wie zwei windelweich geprügelte Boxer und tranken gleichzeitig aus. Lainio tat es ihnen gleich, genau wie Erkki, der nicht unter dem Wettkampfdruck stand, sondern immer noch in erster Linie mittrank, weil es ihm schmeckte. Leipä hatte inzwischen teilweise seine Sprache verloren und konnte nur noch Vokale ausstoßen. Kaunisvaara dagegen hatte Probleme mit dem Sehen und verpasste den Becher, wenn er ihm nicht direkt vor das eine Auge gehalten wurde. Aber er nutzte seine verbale Oberhand und begann Pajalas Streiklieder zu singen – fast ohne zu nuscheln. Lainio wünschte allen Kommunisten dagegen, sie sollten in Sibiriens schönen Winter heimkehren, und er behauptete außerdem, dass Lenin und Stalin miteinander Geschlechtsverkehr getrieben hätten, und dass Marx garantiert mitgemacht hätte, wenn er noch nicht begraben gewesen wäre. Dann betonte er noch einmal überrascht, wie unerwartet viel Spaß es machte, zu sündigen, und dass er schon viel früher damit angefangen hätte, wenn er das gewusst hätte. Anschließend, zufrieden mit dem Abend, lehnte er friedlich seinen Kopf an die Wand und schlief ohne Abendgebet ein.

Die Schlachtenbummler merkten, dass der Augenblick der Entscheidung nahte, und fingen deshalb mit ihren Schlachtrufen an. Drei stammten aus Kaunisvaara, Nachkommen der streikenden Arbeiter und Stalinisten. Sie waren schweigsam, wenn sie nüchtern waren, aber jetzt brüllten sie, dass ein kommunistisches Saufgelage sowohl größere Aufsässigkeit als auch schärfere Argumente besaß und dass man sich nirgends so phantastisch und fröhlich besaufen konnte wie bei den Festen der Roten Jugend. Einer der Pajalafans war aus Naurisaho und einer aus Paskajänkkä, und nachdem diese beiden erklärt hatten, sie seien Sozialdemokraten, stieg die Stimmung deutlich. Während Leipä und Kaunisvaara noch einen Becher hoben, drohten die Jungs aus Kaunisvaara in der üblichen Reihenfolge mit Prügeln, zuerst in schönen tornedalfinnischen Gleichnissen, dann im Klartext und schließlich mit Drohgebärden und starrem Blick. Die Sozialfaschisten sollten nach ein paar revolutionären Hammerschlägen nur noch Blut pissen. Die Pajalajungs wollten darauf höhnisch wissen, was die Revolutionäre denn in der Lokalgeschichte anderes ausgerichtet hätten, als einen Bus in der Gegend von Kengis zertrümmert und mit den Revolvern in abseits gelegenen Waldhütten herumgewirbelt zu haben. Die Kaunisvaarabande schrie darauf, dass so nur Zungen plapperten, die sich ins Arschloch der Obrigkeit geschlängelt hätten, und dass die lokale Arbeitergewalt heute genauso motiviert sei wie früher. Im letzten Moment stellte sich Erkki zwischen die beiden Gruppen und erklärte gewitzt, aber nuschelnd, dass er sich schon lange zum Kommunismus hingezogen fühle, aber auch viel Vergnügen bei den Jungen Falken gehabt habe, besonders, wenn sie zu Saft und Torte einluden, und dass er sich deshalb immer noch nicht so recht für eine politische Richtung entscheiden könne. Worauf beide Gruppen sofort versuchten, ihn zu krallen, um ihn auf ihre Seite zu ziehen, während ich alle Becher füllte.

Leipä war gezwungen, sich an die Wand zu lehnen, um nicht umzufallen. Kaunisvaara sah inzwischen auch mit dem einen Auge alles doppelt und musste außerdem noch das Augenlid mit dem Zeigefinger offen halten. Beide waren verstummt. Die Schmerzgrenze war überschritten, das Gift verspritzte jetzt nur noch Tod und Lähmung. Kaunisvaaras Arm donnerte schwer nach unten, das Auge fiel zu. Alle verstummten. Aber gerade als alle glaubten, die Sache wäre entschieden, sagte er klar und deutlich, dass ihm jemand helfen müsse, weil sein Arm ihm nicht mehr gehorche. Einer seiner Kumpel hielt ihm den Becher an die Lippen und kippte den Inhalt ins Dunkle. Leipä dagegen antwortete nicht mehr auf Ansprache, da jetzt auch sein Gehör ausgesetzt hatte, doch die Zeichensprache verstand er immer noch. Er konnte den Becher noch anheben, aber die Schluckbewegungen nicht mehr ausführen, und war deshalb gezwungen, nur langsam nachzugießen, damit es von allein die Kehle hinuntergluckerte. Ich schlug vor, den Sieg zu teilen. Worauf die Kaunisvaarafans sich lauthals empörten, dass so eine Feigheit nicht tragbar sei und dass kein Pajalaintrigant ihnen ihre selbstverständliche Meisterschaft rauben könnte.

Ich verteilte neue Becher. Sie wurden in gleicher Weise geleert. Ich stellte, inzwischen ernsthaft beunruhigt, fest, dass beide bewusstlos waren und dass der Sieg geteilt werden müsse. Die Kaunisschlachtenbummler zogen die Augenlider ihres Helden hoch und zeigten mir, dass die Pupillen überhaupt nicht nach oben verdreht waren, ganz im Gegenteil brannten sie immer noch vor Wettkampfeifer. Leipä wurde die Frage ins Ohr geschrien, ob er weitermachen wolle, und gebeten, in diesem Fall den Mund zu öffnen. Er riss den Mund auf, und die Teilnehmer absolvierten eine weitere Runde.

Als auch dieser Becher geleert war, war auch das letzte Lebenszeichen erloschen. Zupackende Wiederbelebungsversuche wurden auf beiden Seiten unternommen. Leipä rutschte in eine unbequeme Haltung zusammen und der Kaunisvaarajunge sabberte mit ausgestreckter Zunge. Auf meinen Rat hin wurden beide in die stabile Seitenlage gedreht, wobei entdeckt wurde, dass sie beide einen nassen Hintern hatten.

Erkki bat heftig nuschelnd um Nachschlag. Genau wie bei seinem Bruder schlug sich der Suff vor allem auf die Sprache nieder, aber ich konnte trotzdem verstehen, was er wollte, und bediente ihn. Er trank aus und behauptete daraufhin in einem Finnisch mit vielen fremden Lauten, dass die Gemeindemeisterschaft im Saufen von den Waldsamen aus Sattajärvi errungen worden sei.

Die Schlachtenbummler aus Kaunisvaara und aus Pajala starrten mich an. Ich wiederum starrte Niila an. Dieser nickte und erklärte, dass dies stimme. Erkki hatte einen Becher mehr als alle anderen getrunken. Erkki kicherte und erklärte breiig, dass er noch nie in seinem ganzen Leben so blau gewesen sei. Und ob nun Sozi oder Kommunist, darüber musste noch nachgedacht werden, aber jetzt müsse er erst einmal pissen.

Niila und ich halfen Erkki durch die Dachluke hinaus. Die Kaunisvaarafans saßen niedergeschlagen da, fingen an, ihren Kummer im Schnaps zu ertränken, und sprachen über die letzten Herbstselbstmorde. Die Pajalajungs stellten fest, dass Leipä gekotzt hatte, und säuberten ihm den Mund, damit er nicht erstickte. Ein süßsaurer Geruch verriet, dass der Maischedurchfall bereits eingesetzt hatte. Der gefallene Kaunisvaara sah beunruhigend blass aus, schien aber von seinem starken Skiläuferherz Hilfe zu bekommen. Die anderen schnarchten wie die Schweine mit offenen oder geschlossenen Augen, glücklicherweise nichts vom nächsten Tag ahnend.

Vor dem Klärwerk stellte Erkki sich hin und malte die Herbstnacht mit dampfendem Pinselstrich. Ich gratulierte ihm herzlich und hatte plötzlich eine Idee. Ich erklärte feierlich, dass Erkki als Jugendmeister hiermit den Überraschungspreis entgegennehmen könne, nämlich einen Platz als Drummer in der viel versprechendsten jungen Rockband des Ortes.

Niila öffnete den Mund, sagte aber nichts, nachdem ich ihm in die Seite geknufft hatte. Erkki erklärte, dass er ein Schlagzeug höchstens mal auf einem Foto gesehen habe. Ich beruhigte ihn und versicherte, dass er ja wohl einen Trommelschläger in der Hand halten könne, wenn er seinen Pimmel steuern könne. Erkki fing an zu lachen, dass der Strahl an mehreren Stellen abbrach, und damit war die Sache klar.

Am folgenden Montag in der Mittagspause war dann der genaue Zeitpunkt, an dem unsere Rockband gegründet wurde. Es wurde aus mehreren Anlässen ein äußerst erinnerungswürdiger Tag. Obwohl zwei Tage seit dem Wettkampf vergangen waren, hatte Erkki immer noch einen Kater. Was aber nichts gegen seinen Bruder Leipä war, der zwischen den Brechreizanfällen immer wieder

Abstinenzversprechen abgab und sie tatsächlich mehrere Wochen lang hielt. Der Kaunisvaarajunge bekämpfte seine Übelkeit mit einem eisernen Trainingsprogramm, bei dem er in den Gummistiefeln seines Vaters, die er mit Steinen als Gewicht im Schaft beschwert hatte, über die großen Moore lief, mehrere Lasten abwechselnd auf dem linken und rechten Arm schleppend; außerdem fuhr er mit abmontiertem Sattel auf dem Fahrrad nach Pajala, damit er sich nicht unnötig ausruhen konnte, wobei er nur jedes zweite Mal atmete, um seine Lunge zu stärken.

Erkki wollte zunächst einen Rückzieher machen, als ihm klar wurde, dass das Trommelspiel mit zwei Schlägern vonstatten ging. Das waren doppelt so viele, wie er erwartet hatte. Aber schließlich ließ er sich doch widerstrebend hinter dem Schlagzeug der Schule nieder, packte die Schläger wie Äxte und begann dann grobschlächtig unter den Pauken abzuholzen. Sie wurden wie von einem Tornado gefällt, das Stativ, die Becken und der ganze Mist. Erkki blieb sitzen. Schaute eine Weile starr in die Luft. Und behauptete dann felsenfest, dass sein Kater besser geworden sei. Verwundert brachte er alles wieder in Ordnung und machte einen zweiten Versuch mit dem gleichen zerstörerischen Resultat. Und jetzt verschwanden die Kopfschmerzen fast völlig. Sehr merkwürdig. Wenn er nur noch eine Weile weiterspielen konnte, würden sicher auch das Zittern und Schwitzen sich legen.

Ich versuchte mit dem Bass einen Puls unter seinen unergründlichen Rhythmus zu legen, Niila und Holgeri verklebten das Luftloch mit den Gitarren. Über die Tonart sagten wir lieber nichts, irgendwie waren wir nicht auf derselben Wellenlänge. Erkki schien uns andere gar nicht zu bemerken, seine Augen schielten, er streckte die

Zunge raus und machte sonderbare Mundbewegungen. Schon von Anfang an hatte er also das idiotische Aussehen, das so viele Drummer kriegen, wenn sie spielen, obwohl sie ansonsten ganz normal aussehen.

Ohne Vorwarnung hörte Erkki plötzlich mitten in Holgeris Gitarrensolo auf und zog sich den Gürtel enger. Wir kamen aus dem Takt und brachen ebenfalls ab. Erkki erklärte, dass die Sache mit der Rockmusik das Tollste sei, was er je ausprobiert habe, inklusive der Saufkunst und der Selbstbefleckung. Er konnte sie aber nicht mit den behaupteten Freuden des Geschlechtsverkehrs vergleichen, da diese Erfahrung noch nicht gemacht worden war, aber vermutlich waren diese sowieso unbedeutend, da er schon immer den Verdacht gehabt hatte, dass von der Fotze doch viel zu viel Aufhebens gemacht wurde.

Ich bat ihn, es noch einmal zu versuchen, aber diesmal in einem gleich bleibenden Rhythmus. Erkki zögerte, fing dann aber doch wieder an. Das Ergebnis war noch schlimmer, ein teuflischer Lärm. Holzspäne splitterten von den Trommelstöcken ab, die Bespannung bekam Dellen, die Stativschrauben lockerten sich, dass die Teile auseinander fielen. Ich schaute Niila an. Er schüttelte den Kopf. So einen arhythmischen und überwältigenden Lärm hatten selbst wir niemals auch nur annähernd zustande gebracht. Holgeri hatte bereits seine Gitarre abgestöpselt und war dabei einzupacken. Niila machte es ihm nach. Ich selbst versuchte auf eine Idee zu kommen, wie wir Erkki los wurden, ohne dass dieser sauer wurde. Ich konnte behaupten, der Siegerpreis gelte nur einen Tag lang. Das wäre das Beste. Alles andere war ein Missverständnis.

Aber Erkki kam uns zuvor. Er stand auf, bevor ich etwas sagen konnte, und sprang mit einem »Bis bald!« durch die Saaltür hinaus.

Kurz danach hörte ich draußen ein höhnisches Lachen. Tief und triumphierend. Ich sah durch die Türöffnung, wie Erkki von Uffe und seinem Kumpel Jouko festgehalten wurde. Mehrere seiner Bewunderer standen dabei. Ein paar von ihnen stürzten sich auf Holgeri und drückten ihn mit einem Würgegriff nach unten.

»Na, ihr blöden Kaninchen!«, fauchten sie.

Ich wurde von der Angst überwältigt. Mein Magen verkrampfte sich, die Adern zogen sich vor der Attacke zusammen. Die Ungewissheit war immer das Schlimmste. Nie zu wissen, wie weit sie diesmal gehen würden. Wie viele blaue Flecken? Wie viele Schmerzen? Wie lange würde es dauern, bis Greger kam?

Draußen war ein Schrei zu hören. Laut und schrill. Was zum Teufel machten sie mit Erkki? Sie hatten doch wohl keine Messer?

Eine Sekunde lang wollte ich nur noch sterben. Dann sah ich, wie sie über den Boden krochen. Jouko zwinkerte in einem fort, während Blut aus seiner fleischroten, gespaltenen Augenbraue schoss. Uffe ruderte herum und fegte sabbernd die Reste seiner Vorderzähne zusammen.

Die Handlanger wichen zurück, weiß vor Schreck. Erkki stolperte zurück in den Saal, das Blut tropfte ihm von der Unterlippe und dem Kinn.

»Die fassen uns nicht wieder an«, erklärte er ruhig.

KAPITEL 15

– in dem sich nach dem samstäglichen Saunagang das Zungenband löst und was jeder junge Mann wissen sollte.

In unserer Familie gingen wir jeden Samstagabend in die Sauna, eine Tradition, die sicher bis in heidnische Zeiten zurückzuverfolgen war. In den letzten Jahren wollte meine Schwester allein in die Sauna, das forderte sie, seit sie einen Busen gekriegt hatte, und wenn sie fertig war, gingen ich, Mutter und Vater hinein. Wir nahmen *löylyä* und schwitzten, dass der Schmutz sich löste, und dann wuschen wir uns mit Seife, um den Talg abzureiben, und schrubbten alte Hautschuppen ab, bürsteten uns den Rücken und wurden rot wie gehäutete Hasen. Das Einzige, worauf man in der Sauna achten musste, war, nicht zu pupsen. Auch das war eine Regel, die schon seit vielen Generationen bestand, und es war das Beste, es lieber nicht zu versuchen, wenn man nicht rausgeworfen werden wollte.

Und zum Schluss gab es noch einmal Dampf, sodass sich auch die letzten Seifenreste auflösten, und wenn man sich dann mit frischem Wasser abspülte, war man sauberer, als das überhaupt möglich war.

Aber an diesem Abend kam alles ganz anders. Hinterher begriff ich, dass Vater alles vorher geplant hatte, da lag etwas in der Luft. Nervosität. Wir setzten uns in den Umkleideraum, in dem in der Ecke die Waschmaschine stand. Mama beeilte sich, es war offensichtlich, dass sie uns allein lassen wollte. Im Metallofen brannte und knackte ein Feuer, um es gemütlicher zu machen. Ein vorwitziger Kiefernspan sprühte Glutfunken auf den Boden, die Vater mit seiner bloßen Fußsohle austrat. Wir grillten jeder unsere Wurst und aßen sie voller Genuss, gierig nach dem Salzverlust von dem ganzen Schwitzen. Vater trank sein Saunabier und mixte sich dann Wodka und Limonade. Die ganze Zeit hatte er noch kein Wort gesagt.

Normalerweise wäre ich gegangen und hätte Vater allein gelassen. Ich wusste, dass es ihm gefiel, allein zu sein, und er gern stundenlang in die Flammen schaute, mit schwermütigen Gedanken in seinem ugrischen Gehirn. Aber diesmal hatte ich so ein Gefühl. Es war dieser intuitive Kontakt, der sich gern zwischen Vater und Sohn entwickelt, wenn man nicht die ganze Zeit redet. Man wird zu zwei Männern, registriert den Schweißgeruch des anderen, lauscht seinem Atem. Man spannt seine Muskeln an, lässt sie wieder locker und hört die leisen Geräusche der Verdauung durch Haut und Blut hindurch. Man wird organisch. Ganz klar. Streicht sich die runzligen Alltagsphrasen aus der Stirn.

Vater räusperte sich, schwieg aber weiter einige Minuten. Räusperte sich wieder, um seine Zunge zu kneten. Trank. Ich schob einen neuen Holzscheit in die Flammen. Sah, wie der Dampf das kalte Glas hinunterlief.

»Du bist ja nun kein kleines Kind mehr…«, setzte er schließlich auf Finnisch an.

Ich gab keine Antwort. Dachte nur, dass ich noch keinen Bartwuchs hatte, dafür wurde ich aber immer aufmüpfiger und hatte enorm wachsende Füße, was wohl die ersten Zeichen der Pubertät waren.

»Du hast dich sicher schon mal gewundert... dir so einige Fragen gestellt...«

Überrascht schielte ich zu ihm hinüber und sah, wie seine Kiefermuskeln klopften.

»Hast dir selbst so einige Fragen gestellt... übers Leben... über die Menschen... Jetzt, wo du größer geworden bist, sollst du wissen...«

Er machte eine Pause, trank wieder einen Schluck und vermied es mich anzugucken. Ich dachte, dass jetzt Sexualkunde käme. Kondome.

»Aber das muss unter uns bleiben. Ist vertraulich. Nur unter uns Männern.«

Jetzt schaute er mich zum ersten Mal an, mit ziemlich verschleiertem Blick. Ich nickte. Er richtete seinen Blick wieder aufs Feuer.

»Mein Vater, also dein Großvater, war ein richtiger Hengst in seiner Jugend. Deshalb habe ich zwei Halbgeschwister«, erklärte er kurz und knapp. »Sie sind in meinem Alter und haben selbst Kinder. Hier in der Pajalagegend hast du also fünf direkte Cousins und Cousinen, von denen du nichts weißt, genauer gesagt sind es drei Cousinen, und du musst wissen, wer sie sind, um Inzucht zu vermeiden.«

Er zählte sie auf. Eine von ihnen ging in meine Parallelklasse und war richtig süß.

»Nun zur nächsten Sache. Es gibt zwei Familien in der Gemeinde, die uns übel mitgespielt haben, und die du für alle Ewigkeit hassen musst. In dem einen Fall geht das auf eine Meineidsache 1929 zurück, im anderen geht es um irgendwelche Torfrechte, die ein Nachbar dem Vater deines Großvaters 1902 abgeluchst hat, und diese beiden Unrechtstaten sollst du mit allen Mitteln rächen, sobald du die Gelegenheit dazu hast, bis diese Teufel endlich gestanden und bezahlt haben, und außerdem auf den Knien um Verzeihung gebeten haben.«

Vater fasste die verwickelten Geschehnisse im Laufe der Zeit zusammen. Da gab es Klagen und Gegenklagen, falsche Zeugnisse, Bestechung von Amtspersonen, es gab Handgemenge, Drohbriefe, Beschädigungen von Eigentum, Erpressungsversuche und einmal sogar einen viel versprechenden Jagdhund, der gekidnappt und wie ein Rentier im Ohr markiert worden war. Die Gehässigkeiten waren gar nicht alle aufzuzählen, mit denen uns diese Verrückten verfolgt hatten, und obwohl wir uns nach allen Kräften gerächt hatten, lagen wir immer noch reichlich im Hintertreffen. Das Gemeine war, dass die Feindesfamilien falsche Propaganda über uns verbreiteten und die kleinen Gegenaktionen, die uns geglückt waren, bei weitem übertrieben. Deshalb sollte ich mich bei Tanzveranstaltungen und anderen öffentlichen Zusammenkünften, bei denen Racheschläge in Büschen und dunklen Ecken auf eine äußerst unangenehme Art ausgeteilt werden konnten, in Acht nehmen.

Er nannte mir den Namen der Familien und erklärte genauestens ihre verschiedenen Zweige und Angeheirateten, da sich in gewissen Fällen der Nachname geändert hatte, aber das Blut war immer noch von der gleichen giftigen Sorte wie früher. Auch hier hörte ich den Namen eines Schulkameraden, eines mageren Jungen in der Neunten aus einem der Dörfer, der sich bis dahin offenbar nie um mich gekümmert hatte. Vater erklärte, dass es ja so war, dass sie extra so auftraten, sie machten nach außen hin einen in keiner Weise bösartigen Eindruck, bis man sich in Sicherheit wiegte und ihnen den Rücken zukehrte. Mehr als einer der Unsrigen hatte seine Gutgläubigkeit mit Stichwunden und Brüchen bitter bereuen müssen, das konnte Vater bezeugen.

Ich merkte mir alles gut, und Vater hörte mich noch einmal ab, damit ich auch nichts aus reiner Dummheit vergessen oder verwechseln würde. Er trank und war eine Weile wütend und brachte mich dazu, mit ihm zu murren, zu schnauben und gemeine Pläne zu schmieden. Er schlug mir eine Karriere in der Kommunalverwaltung vor, da man dort auf einer Machtposition verdammt viele Teufeleien aushecken konnte, und außerdem war es unmöglich, einen dort wegzukriegen, und durch raffinierte Tricks konnte man seine Angehörigen mit reinholen, bis es in der Gemeinde keinen Platz mehr für diese Meineidigen und Landdiebe gab.

Vater mischte sich keinen Punsch mehr, sondern trank jetzt direkt aus der Flasche. Dann ging er zu Informationen allgemeineren Charakters über. Als bald ausgewachsener Arbeiter musste ich wissen, wer die Streikbrecher beim Streik 1931 und beim Flößerstreik bei Alanen Kihlankijoki 1933 gewesen waren, wer vor allem in Tärendö und Anttis, aber auch in Pajala selbst Nazi gewesen war, wer die Verräter im Zweiten Weltkrieg gewesen waren, unter ihnen mehrere, die sich immer noch Sozialdemokraten nannten und die ihre kommunistischen Arbeiterbrüder ins Konzentrationslager Storsien geschickt hatten, um dort erschossen zu werden, falls Hitler in Schweden einfallen würde. Ich erfuhr außerdem, wer später um Verzeihung gebeten hatte und wer nicht, und dass die Angehörigen Letzterer gern an diese Sache erinnert werden konnten, wenn sich die Gelegenheit bot.

Das war ein Gewimmel von Familien, die auseinander zu halten waren, und eine ganze Anzahl meiner Schulkameraden war darin verwickelt. Vater wollte, dass wir alles noch einmal durchgingen, was wir auch gewissenhaft taten. Dann fuhr er mit eher allgemeiner Arbeitergeschichte fort, so die Frage, warum besonders nachtragende Sozialisten heute noch die Zeitungen Haparandabladet und Norrbottenskuriren nicht anfassten, warum man im Konsum einkaufte und nicht bei ICA oder warum Zöllnern, Förstern, Volksschullehrern und Laestadianern immer noch mit Misstrauen begegnet wurde.

Dann kam er in die Abteilung Kuriosa und holte die Geschichte der Korpelabewegung heraus, zählte die Namen aller darin verwickelten Familien auf und berichtete unter lautem Lachen, wie sie auf eine Kristallarche warteten, die sie nach Palästina bringen sollte, sich gegenseitig die Fotzen und Arschlöcher einpinselten, schlimmer als in einer Waldarbeiterkoje hüpften und fluchten, und zu bumsen essen sagten, mit einem Rentiergeweih auf dem Schädel miteinander spielten und einander wie die Pferde ritten und wie sie Maische tranken, bis sie im Polizeiwagen die Hosen vollschissen, und überhaupt so viel Spaß hatten, wie man es mit den geringen Mitteln spärlich besiedelter Gebiete nur haben kann.

Ich starrte ihn voller Verwunderung sprachlos an und wagte einzuwenden, dass er ja wohl seine Scherze mit mir trieb, denn das war das erste Mal, dass ich davon etwas hörte.

Aber Vater erklärte, das hier wäre nur die bereinigte

Version, den Rest würde er mir verraten, wenn ich in ein sexuell reiferes Alter gekommen wäre.

Ganz Tornedal schien sich vor meinen Augen zu verändern. Der Ort füllte sich mit dünnen, unsichtbaren Angelschnüren, die sich kreuz und quer unter den Menschen ausbreiteten. Ein kräftiges, riesiges Spinnengewebe aus Hass, Anziehung, Angst und Erinnerung. Ein Netz, das vierdimensional war und seine klebrigen Fäden sowohl nach hinten als auch nach vorn in der Zeit ausdehnte, hinunter zu den Toten in der Erde und hinauf zu den noch Ungeborenen im Himmel, und das mich mit seinem Kraftfeld auch beeinflussen würde, ob ich es nun wollte oder nicht. Es war kräftig, es war schön, es erschreckte mich. Ich war ein Kind gewesen, und jetzt lehrte mein Vater mich zu sehen. Wurzeln, Kultur, weiß der Teufel, wie es genannt wurde, aber es war meins.

Als Letztes behandelte Vater die Schwächen unserer eigenen Familie. Es gab Trinker unter uns. Deshalb bot er mir jetzt noch nichts an, ich sollte lieber warten, bis ich volljährig war, bevor ich mich mit dem Alkoholgift vergnügte, da die Kunst des Rausches sehr verzwickt war und eine gewisse Reife erforderte. Und wenn ich meinte, es schmecke gut, sollte ich mich umso mehr in Acht nehmen. Der Alkohol hatte ja die Eigenschaft, Wärme und Freude im Körper zu verbreiten, während er für normale Personen gleichzeitig streng und schlecht schmeckte. Aber Vater hatte viele Alkoholiker sagen hören, dass sie den Alkoholgeschmack selbst gern mochten, und das war vermutlich der Grund, warum sie im Sumpf stecken blieben.

Außerdem wurden einige in unserer Familie gewalttätig, wenn sie tranken. Auch das war nur schwer vorauszusehen, bevor man es selbst versucht hatte, aber es war wichtig zu wissen, da schlechte Laune im Rausch oft der Grund für Strafen und schlecht heilende Schnittwunden war und die Leute ins Kittchen in Haparanda brachte. Meine ersten Räusche sollte ich deshalb sicherheitshalber in aller Einsamkeit erleben, eingeschlossen in mein Zimmer. Und wenn ich mich dann von einer unwiderstehlichen Lust zum Prügeln überwältigt fühlte, musste ich für alle Zeiten dem Alkohol in sozialen Zusammenhängen entsagen. Dann gab es nur noch die Möglichkeit, schon in jungen Jahren zu üben, nüchtern zu Tanzveranstaltungen zu gehen, was unglaublich schwer, aber doch nicht unmöglich war.

Danach fing er an, die Geisteskranken der Familie aufzuzählen. Einige hatte ich bereits kennen gelernt, einer saß in der Psychiatrie in Gällivare und ein anderer in Piteå. In Medizinersprache hieß es Schizophrenie, und es wurde angenommen, dass sie vererbt wurde. Die Krankheit brach aus, wenn man so um die achtzehn Jahre alt war, und hatte bestimmte Ursachen. Unglückliche Liebe war eine, und Vater warnte mich, mich vor anstrengenden Frauen mit Sexualangst in Acht zu nehmen. Er ermahnte mich außerdem, nie das schöne Geschlecht zu sehr zu nötigen, falls es nicht wollte, sondern lieber seinem eigenen Rezept zu folgen und eine aufgeschlossene Bauersfrau mit großem Hintern zu nehmen.

Die zweite Ursache für den Wahnsinn waren zu viele Grübeleien. Vater ermahnte mich streng, nicht zu viel zu denken, nur das Notwendigste, da Grübeleien eine schlechte Angewohnheit waren, die immer nur schlimmer wurde, je länger man dabei blieb. Als Gegenmittel konnte er harte körperliche Arbeit empfehlen; Schneeschippen, Holzhacken, Skilanglauf und Ähnliches, da die Gedanken sich gern einfanden, wenn man sich auf dem Sofa hingelümmelt hatte oder sich auf andere Art ausruhte. Frühes Aufstehen war auch empfehlenswert, besonders am Wochenende und bei Kater, weil sonst gerade dann die schlimmsten Gedanken sich in den Vordergrund schoben.

Besonders wichtig war es, nicht über die Religion nachzudenken. Gott und der Tod und der Sinn des Lebens, das waren gefährliche Themen für eine junge, verwundbare Seele, ein Dickicht, in dem man sich verirren konnte und das die schwerwiegendsten Geisteskrankheiten verursachte. Derartige Überlegungen konnten ruhig bis ins Alter verschoben werden, weil man dann abgehärtet und solider konstruiert war und nicht so vieles andere zu tun hatte. Der Konfirmationsunterricht sollte also als eine rein theoretische Veranstaltung angesehen werden, eine Anhäufung von Texten und Ritualen, die auswendig gelernt werden mussten, in die man sich aber auf keinen Fall vertiefen durfte.

Das Gefährlichste aber, vor dem er auf das Schärfste warnen wolle, der einzige Faktor, der ganze Kompanien armer junger Seelen in den Nebel des Wahnsinns getrieben habe, das war das Bücherlesen. Diese schlechte Angewohnheit war in der letzten Generation immer üblicher geworden, und Vater war ungemein dankbar, weil ich selbst bis jetzt derartige Tendenzen nicht gezeigt hatte. Das Irrenhaus war überfüllt mit Leuten, die zu viel gelesen hatten. Einmal waren sie wie du und ich gewesen, körperlich kräftig, ohne Ängste, zufrieden und im Gleichgewicht. Dann hatten sie angefangen zu lesen. Meist aus irgendeinem Zufall heraus. Eine Erkältung mit ein paar

Tagen Bettruhe. Ein schöner Buchumschlag, der die Neugier weckte. Und plötzlich war die Unsitte geboren. Das erste Buch führte zum nächsten. Und zum nächsten und wieder nächsten, Glieder einer Kette, die geradewegs in die ewige Nacht der Geisteskrankheit führte. Man konnte ganz einfach nicht aufhören. Das war schlimmer als Drogen.

Gut möglich, dass man in aller Vorsicht mit Büchern umgehen konnte, aus denen man etwas lernte, wie Nachschlagewerke oder Reparaturhandbücher. Das Gefährliche war die Belletristik, da wurden die Grübeleien geboren und ermuntert. O Scheiße! Derartige Gewohnheiten schaffende, gefährliche Produkte dürften nur in staatlich kontrollierten Geschäften gegen Vorzeigen des Ausweises verkauft werden, rationiert, und nur an Leute in reifem Alter.

Jetzt rief Mutter die Kellertreppe hinunter, dass das Essen fertig sei. Wir wickelten uns die Handtücher um und rasten hoch. Vater stolperte und schlug sich den großen Zeh, schien aber keinen Schmerz zu spüren.

Und ich war kein Junge mehr.

KAPITEL 16

– in dem ein böser Mann die Bekanntschaft
mit Harschschnee macht, worauf seiner Ehefrau ein
kühles Getränk angeboten wird.

Niilas Vater Isak versuchte die Pubertät seiner Söhne zu bremsen, indem er sie schlug. Je größer sie wurden, umso mehr Prügel. Isaks Alkoholmissbrauch geschah in immer kürzeren Abständen und erstreckte sich auf immer längere Zeiträume. Nüchtern war er launisch, reizbar und schwermütig. Er vertrieb sich die Zeit damit, Regeln für das Benehmen in jeder Ecke des Hauses aufzustellen und jedes Mal, wenn er einen Sünder entdeckte, diesen systematisch zu strafen.

Isak sah sich selbst als ungemein gerecht an. Oft klagte er in Art der Diktatoren darüber, wie schwer seine Aufgaben doch seien, wie undankbar seine Familie und welche Katastrophen auf das Haus einbrechen würden, wenn er einmal nicht mehr wäre, was, wie er annahm, schon sehr bald der Fall sein würde. Wie alle Alkoholiker dachte er viel über den Tod nach. Er sehnte sich nach ihm, drohte mit ihm und fürchtete ihn mehr als alles andere. Die Gedanken wurden immer stärker, je niedergeschmetterter er war. Oft saß er am Küchentisch über einer ausgebreiteten Zeitung und reinigte seinen Elchstutzen. Kontrollierte den Mechanismus, nahm die Teile auseinander und ölte sie, hob den Lauf vors Auge und verfolgte die Spirale der Rifle bis ins Unendliche. Wenn ein Angehöriger vorbeikam, machte er gern Andeutungen dahingehend, wie das Erbe verteilt werden sollte, welches sein Lieblingspsalm war, welches Bibelwort seiner Meinung nach zu einer Todesanzeige passte. Die Kinder versuchten sich an den Gedanken zu gewöhnen, aber dennoch war es jedes Mal gleich unheimlich. Wenn er länger als üblich fort war, hatten sie immer plötzlich etwas im Keller, in der Garage oder auf dem Dachboden zu tun. Sie wollten wissen, ob es vollbracht war, sprachen aber miteinander nicht darüber. Wenn er sie mit der flachen Hand oder seinem Gürtel prügelte, verschwanden seine Augen, sie verdunkelten sich zu Löchern in einem Schädel. Er war nicht mehr von dieser Welt, er war schon teilweise vermodert, zur Hälfte bereits bei Gott oder beim Satan. So stark war sein Pflichtgefühl und sein Gerechtigkeitsempfinden, dass er weiterschlug, obwohl er weinen musste, seine Kinder mit tränenerfüllten Augen schlug, sie aus einer nebulösen Hitze heraus schlug, die er Liebe nannte.

Wenn er trank, kam er dem Leben näher. Die Gesichtsfarbe wurde frischer, die trockenen Flussbetten befeuchteten sich und begannen wieder Wasser zu führen. Er konnte lachen, die ersten Gläser genießen, Lust auf Frauen, Essen und Geld bekommen. Gleichzeitig wuchs sein Neid. Er richtete sich auf seine Söhne, die immer stärker wurden, je mehr sie wuchsen. Am schlimmsten behandelte er Johan, den ältesten Sohn, der als Erster an der Reihe war, erwachsen zu werden. Isak war neidisch darauf, dass Johan bald eigene Frauen haben würde, junge, zarte Liebhaberinnen, darauf, dass der Schnaps diesem jungen Körper nicht schadete, darauf, dass Johan bald eigenes Geld verdienen würde, anfangen würde zu leben und die Versuchungen der Welt genießen, während er selbst von kalten Würmern gefressen würde. In den Träumen kam Johan auf ihn zu, riss ihm den Mund auf und drückte ihm seine morschen Vorderzähne ein, bis sie sich in das lose Fleisch schoben. Der Junge ging die ganze Zahnreihe durch, bis nur noch der Gaumen da war, flach und blutig wie die nageldurchschlagene Handfläche Christi.

Die Pubertät war stärker als der Tod. Sie war ein Keim, der durch den Asphalt hindurch wuchs, ein Brustkorb, der die Hemden sprengte, ein Brennen im Blut, das den Branntwein übertraf. Tief in seinem Herzen wollte Isak seine Söhne am liebsten töten. Aber der Gedanke war so verboten, dass er ihn in Prügel verwandelte, in reichlich Prügel, in eine langsame, hinausgezögerte Hinrichtung. Und dennoch wuchsen sie.

An einem frühen Spätwintersamstag, als Johan sechzehn und Niila dreizehn waren, wurden sie von ihrem Vater in den Wald geschickt. Sie sollten ein paar aufgestapelte Baumstämme auf dem harten Frühlingsharschschnee zu einem Waldfahrzeug bringen, ein wenig aussortiertes Holz für den Hausgebrauch, das Isak billig hatte kaufen können. Er hatte einen Schneescooter geliehen und brauste schwankend durch die Wildnis zwischen Baumstümpfen und Grasbuckeln hindurch, während die Söhne im Scooteranhänger dahinholperten und sich die windgepeitschen Wangen rieben. Man konnte sehen, dass sie sich im Motorengeknatter etwas zumurmelten, während sie auf Vaters Rücken schielten, aber man konnte nicht hören, was sie sagten.

Es wurde ein sonniger Tag. Das Licht rieselte durch die Baumkronen hindurch, funkelte und glänzte in den Spiegelprismen des Schnees. Die Frühlingswinde hatten Bartflechten und Rindenflocken heruntergeweht, die langsam in den Harschschnee einschmolzen. Der Nachtfrost hatte die Oberfläche zu einer festen Platte gehärtet, die mit dem Daumen zersägt und in großen Schciben hochgehoben werden konnte. Darunter lag der Schnee wie luftiges Puder, so locker, dass man bis zu den Schenkeln einsinken konnte.

Isak trat gegen den eingeschneiten Holzstapel, holte einen Spaten heraus und befahl Johan zu schaufeln. Und das aber schnell, wenn sie nicht bis zur Mittagswärme fertig wären, nur weil die Söhne trödelten, würde es nicht besonders lustig für sie werden, o nein, ganz und gar nicht.

Johan nahm schweigend den Spaten und lehnte ihn fest gegen den Holzstapel. Dann zog er sich die Handschuhe aus und schlug entschlossen eine eisenharte Faust geradewegs auf Vaters rechte Augenbraue. Isak verlor das Gleichgewicht und fiel platt auf den Rücken. Sein Gebrüll hallte in der großen Stille wider. Johan schlug weiter, auf die Nase, das Kinn, das Jochbein. Niila warf sich wie verabredet auf Vaters Beine und begann auf das Zwerchfell zu schlagen. Ohne Waffe, nur mit den Knöcheln der Fäuste, harte, kräftige Jungsfäuste, die in einem fort schlugen. Isak wand sich wie ein Aal und schrie. Sein Körper wurde durch die Harschschneeschicht nach unten gedrückt, versank im Pulverschnee. Er ruderte mit den Armen, bekam Schnee in den Mund. Das Blut lief zäh und rot, seine Augen schwollen zu. Aber die Jungs machten weiter. Isak trat, verteidigte sich, kämpfte jetzt um sein Leben. Er packte Niila am Hals und drückte zu. Johan bog Vaters kleinen Finger nach hinten, bis dieser schrie und loslassen musste. Durch das Schneeloch verschwand er nach unten, zappelnd wie ein Ertrinkender in dem kalten, weißen Schaum. Neue Schläge, immer härtere, ein Stück Eisen unter starken Hämmern, ein rot glühendes Teil, das mit jedem Schlag schwächer brannte, dunkler wurde, grauer und steifer.

Schließlich rührte sich der Vater nicht mehr. Die Jungen standen keuchend auf und kletterten auf den Harschschnee hinauf. Der Alte blieb unten in seinem Schneeloch liegen und sah die Silhouetten seiner Söhne sich gegen den Himmel abzeichnen. Sie schauten auf ihn hinab wie auf ein Grab und unterhielten sich flüsternd wie zwei Priester. Schneeflocken schmolzen und kühlten die Totenmaske des Alten.

»Ergibst du dich?«, schrie Johan jetzt mit der Piepsstimme des Stimmbruchs.

»Schmort in der Hölle!«, röchelte Isak und spuckte Blut aus.

Da sprangen sie wieder in die Grube. Fingen von neuem an. Sie schlugen ihren Vater, dass der Schweiß spritzte, zerschlugen das alte Alkoholikergesicht, trieben dem Wrack alle Lebenskraft aus, zerbrachen ihn ein für alle Mal.

»Ergibst du dich?«

Und nun weinte der Vater. Er schluchzte und heulte Rotz und Wasser tief in seinem Grab und konnte sich nicht mehr bewegen. Und die Söhne kletterten nach oben und machten das Kaffeefeuer fertig, schmolzen Schnee in dem rußigen Kessel. Und nachdem der Kaffee gekocht hatte und das Pulver sich gesetzt hatte und der Duft sich ausbreitete, dass die Unglückshäher hinter den Baumstämmen hervorschauten, holten sie den Alten aus dem Loch und platzierten ihn auf dem Rentierfell. Sie schoben ein Stück Würfelzucker zwischen die zerschlagenen Lippen und reichten ihm den dampfenden Humpen. Und während der Vater jämmerlich schlürfte, erklärte Johan ihm ruhig, dass sie ihn das nächste Mal, falls er wieder eine Hand gegen ein Familienmitglied heben würde, totschlügen.

Die nächsten Tage warteten sie auf die Rache. Abends schlossen sie die Tür zu ihrem Zimmer ab, um nicht im Schlaf überrascht zu werden, sie versteckten das Endstück des Elchstutzen und achteten darauf, dass keine Messer offen herumlagen. Die Mutter pflegte ihren Mann in den ersten Tagen, in denen er im Bett liegen musste, fütterte ihn mit Brei und Blaubeersuppe und wechselte die Verbände. Sie fragte die Söhne mit dem Blick, aber nicht mit der Stimme, und registrierte, dass sie es vermieden, ins Zimmer zu kommen. Isak selbst schwieg. Er starrte auf die Trockenrisse in der weißgestrichenen Decke, ein Wirrwarr dünner schwarzer Linien, die sich wanden, verzweigten und wieder aufhörten. Sie bildeten Straßen in abgelegener, unbekannter Landschaft. In seinen Qualen begann er an den Wänden entlangzuwandern. Er kam an Häusern und Höfen vorbei, lernte die Bevölkerung dort kennen und die Namen der Orte. Er folgte den Wasserzügen und versuchte sein Anglerglück, durchquerte Wälder voller Wild und Beeren, bestieg niedrige Berge und bewunderte die Aussicht. Zum Schluss suchte er sich einen Platz aus, an dem er wohnen wollte, und zimmerte sich aus von Hand geschlagenen Fichten ein Haus. Dort wollte er in aller Einsamkeit leben. Dort gab es Fleisch und Fisch, dort gab es Holz für das Feuer. Die Winter waren lang, genau wie er es gewohnt war, und die Sommer blendend hell. Nur zwei Dinge waren anders als in der alten Welt. Zum einen gab es hier keine Mücken. Nicht einmal in den ausgedehnten Morästen, wo die Moltebeeren wie goldene Fäuste schwankten, nicht eine einzige Mücke, keine Kriebelmücke, Bremse oder Pferdebremse, eine wunderbare Waldwelt ganz ohne Bisse und Stiche.

Und zum anderen gab es hier keine Sünden.

Isak war tief in seiner Seele gerührt, als ihm das klar wurde. Er hatte endlich das Paradies gefunden. Wie sehr er auch suchte, er fand nichts Böses. Die Natur gebar und verzehrte, aß und wurde gegessen in einer ständigen Wellenbewegung von Hunger und Tod. Aber es war ein unschuldiger Kampf, vollkommen unverdorben. Die Natur atmete um ihn herum, in ihm, durch ihn. Er musste nicht mehr verzweifelt sein. Konnte aufhören, krampfhaft darum zu kämpfen, die Wasseroberfläche zu erreichen. Brauchte sich nur zu öffnen wie ein Hohlraum und sich von der guten, würzigen Luft durchwehen zu lassen.

Und auf diese unerwartete Weise begegnete Isak zum zweiten Mal in seinem Leben Gott.

Aber die Zeit heilte ihn, und er wurde wieder gemein, etwas anderes wäre wohl auch nur verwunderlich gewesen. Doch er hörte auf, von Selbstmord zu reden. Und er prügelte nicht mehr, da er die Drohung seiner Söhne ernst nahm. Stattdessen sah er jetzt überraschenderweise einen Sinn im Älterwerden. Jahre später, nachdem die Söhne das Haus verlassen hatten, versuchte er die alte Gewohnheit wiederaufzunehmen, indem er seine Frau schlug, fand sie aber so verändert vor, dass sie zurückschlug.

Stattdessen widmete er sich in seinem Alter anderen Beschäftigungen: die Müllabfuhr zu ärgern, die TÜV-Leute zu beschimpfen, Gebietsgrenzen neu zu vermessen sowie Schadensersatzforderungen und Klagen gegenüber verschiedenen Behörden zu erheben. Aber er wurde nie besonders geschickt in seiner Rechthaberei, und seine Angehörigen ließen sich nicht in seine Machenschaften verstricken.

Eine Kluft ging durch die gesamte Familie. Die Landschaft veränderte sich, bekam neue Konturen. Niilas Mutter, die ihr ganzes Leben lang mit Abwiegelungsmanövern beschäftigt gewesen war, bekam plötzlich Luft und Raum. Da sie das nicht gewohnt war, wurde sie deprimiert. Sie fühlte sich einsam und wertlos. Die Kinder kamen allein zurecht, ohne sie als Punchingball und Makler. Der Krieg war vorüber, aber wie sollte man nun leben?

Jetzt, wo sie Zeit hatte, sich um sich selbst zu kümmern, war ihr Körper plötzlich voller Gebrechen. Ihre Stimme erklang überraschend und zögernd im Haus, ein eintöniges Knirschen wie von einem alten Rad. Sobald sie den Mund öffnete, füllte sich das Zimmer mit jammernden, müden Staubflocken, die sich übereinander legten, bis sie bis zur Taille reichten und man sich nur noch mit Mühe darin bewegen konnte. Die jüngeren Kinder, die Mädchen und der kleine Bruder, waren nur schwer zu bändigen. Endlich durften sie wachsen, und sogleich versuchten sie sich dieser muffigen Luft so oft wie möglich zu entziehen. Mutter pustete ihre grauen Zwiebelhäute über die Kinder, die diese von sich rissen und lieber dem Leben die Zunge rausstreckten. Sie wechselte die Taktik und erklärte ihnen, sie würden sie krank machen, es sei ihre Schuld, dass sie litt. Sie sagte das immer wieder, Tag ein, Tag aus, bis sie sich nicht länger dagegen wehren konnten. Ein Faden nach dem anderen des Spinnengewebes klebte um sie herum, bis jeder Schritt zäh und schwer war. Sie kämpften und bissen mit ihren Milchzähnen. Aber sie kamen nicht los.

Johan, der nun eine Art Hausvorstand geworden war, konnte nicht verstehen, was da geschah. Isak weigerte sich, sich mit den hysterischen Kleinen zu befassen, und erklärte nur, dass die Menschen halt so würden, wenn die Erbsünde durch Züchtigung nicht getilgt werde. Das ganze Haus schien schimmlig und rissig zu sein. Die Lebensfreude sickerte durch die Risse in den Bodendielen hindurch, wo sie langsam versauerte. Alle sehnten sich nach Prügeln, so merkwürdig das auch war. Prügel und anschließend Erlösung.

Schließlich trat Johan vor seine Mutter.

»Jetzt suchst du dir einen Job«, sagte er.

Sie bekam ganz weiße Wangen und wollte wissen, warum er sie in den Tod schicken wolle, so schmerzgebeugt und erschöpft sie war.

»Jetzt suchst du dir einen Job!«, wiederholte er.

Sie weigerte sich, alle würden sie auslachen, wer wollte schon eine ungebildete alte Frau?

»Putzen«, sagte er, »Schulkantine, Krankenpflege.«

Sie gab keine Antwort, fiel auf die Küchenbank und atmete stoßweise röchelnd in einem Asthmaanfall. Die Kinder hörten auf, sich auf dem Boden zu prügeln, Isak hielt im Schaukelstuhl inne. Die Mutter wand sich im Krampf, bekam keine Luft. Niila sprang auf, um den Notarzt zu holen, aber Johan hielt ihn zurück. Langsam holte er eine Milchpackung aus dem Kühlschrank. Er ging zu seiner Mutter und goss ihr die Milch über den Kopf. Sie floss ihr übers Gesicht, über die Brust, übers Kleid und die faltigen Strümpfe. Fett und reichlich. Aber kalt.

Mutter zappelte wie ein Kleinkind, wuchs schnell, fand ihre Kraft und kam wütend auf die Beine. Dann schlug sie Johan zum allerersten Mal, eine kraftvolle, schallende Ohrfeige.

»Jetzt suchst du dir einen Job«, sagte er zum dritten Mal.

Sie spürte die Kraft in ihrer Hand pulsieren, konnte immer noch die Bewegung des Schlags in Arm und Schulter spüren, bis in die großen Muskelfasern des Rückens. Überrascht drehte sie ihren Körper hin und her und schaute sich errötend um. Die Schmerzen waren weg.

KAPITEL 17

– in dem die Maifeuer entzündet,
Waffen besorgt und Prämien auf zwei junge
Waldwächter ausgeschrieben werden.

Je älter man wurde, umso besser verstand man, wie Pajala funktionierte. Die ganze Stadt bestand aus verschiedenen Ortsteilen, jeder mit seinem eigenen inoffiziellen Namen, wie Naurisaho, Strandvägen oder Centrum. Eine Neubaugegend wurde passenderweise Texas getauft, die Häuser um das alte Klärwerk herum liefen wegen des Geruchs unter Paskajänkkä, Scheißmoor, und mein eigenes Viertel hieß also Vittulajänkkä, Fotzenmoor.

Jedes Viertel hatte seine Jungsbande und seine Anführer. Unter den Banden herrschte alles, vom freundlichen Willen zur Zusammenarbeit über Konkurrenz, Säbelrasseln bis hin zum offenen Krieg, jeweils abhängig vom Zeitpunkt. Ein empfindliches Machtgleichgewicht, wie man so sagt. Manchmal gingen zwei Viertel gemeinsam auf ein drittes los. Manchmal hieß es einfach alle gegen alle.

Als Junge in einem der kinderreichsten Viertel war man Bandenherausforderungen gewohnt. Da hieß es nur, sich zur Verfügung zu stellen. Es konnte sich dabei um prestigevolle Rasenhockeyspiele an Winterabenden auf den Straßen der Stadt handeln. Dazu fand man sich an den hellsten Flecken unter einer Straßenlaterne ein. Die Schneeklumpen als Torpfosten, die Schneewälle als Bande, Links- oder Rechtsschläger, die man im Eisenwarengeschäft gekauft oder vom großen Bruder geliehen hatte, ein Tennisball oder ein zerfetzter Puck, kein Schutz, kein Schiedsrichter, aber zehn, fünfzehn Rotzbengel mit dem unerhörten Willen zu siegen.

Bis zum 2:2 ging es so einigermaßen. Eifriges Forechecking, halsbrecherische Solodurchbrüche, die Andeutung eines Passspiels, aber öfter allgemeine Rauferei und anschließend die verbissene Suche nach dem Puck im Schnee. Einige waren Uffe Sterner oder Stisse oder Lillprosten. Oder Phil Esposito, der im kanadischen Fernsehen ein Loch in eine Metallplatte geschossen hatte.

Und da sehen wir den ersten Lippenriss. Ein Mittelstürmer mit zu langem Schläger, sodass der Schaft, der hinten rausragt, einem anderen ins Maul stößt. Die Milchzähne sind noch da, dafür aber viel Blut. Nach einer dramatischen Abstimmung Auszeit.

Dann ein hässliches Foul, ohne jede Tarnung. Ein Schubsen in den Schnee. Unmittelbar gefolgt von einem Racherempeln. Angespannte Diskussionen. Ein Torschuss, der für ungültig erklärt wird, weil jemand den Pfosten verschoben hat. Proteste. Gegenklagen. Schläger in den Sack. Ein Junge heult. Strafschlag, erneutes Knuffen. Hätte um Haaresbreite mein Gesicht verloren. Ellenbogenrempeln. Ein Stoß in den Schneewall. Bein stellen. Gezeter.

Und dann liegen plötzlich zehn Jungs im Schneewall und prügeln sich und schreien sich an, den Mund voller

Schnee, während ein einsamer Junge am anderen Tor den Puck über die Linie hin und her schiebt, sodass man hundert zu drei gewinnt, bevor er allein die schneefunkelnde Winterstraße entlang nach Hause trottet.

Eine andere Bandenbeschäftigung war das Maifeuersammeln. Es begann gleich nach Silvester, wenn die Weihnachtsbäume hinausgeworfen wurden. Plötzlich war die Stadt voller kleiner Jungs mit sperrigen Kiefernstapeln auf ihren Tretschlitten. Der Wettbewerb fand in erster Linie zwischen Paskajänkkä und Strandvägen statt, da beide Viertel am Fluss lagen, wo man so große Feuer, wie man nur wollte, machen konnte. Das war nämlich das Ziel. Das größte zu haben.

Auf die Tannenskelette wurde eigentlich so ziemlich alles gestapelt, was brennbar war. Leere Kartons aus den Geschäften, Bauholz, Autoreifen, Plastikeimer, Möbel, Milchkartons, abgebrochene Skier, Hartfaserplatten, Schuhe, ja sogar Schulbücher. Hin und wieder wurden Spione zum Nachbarhaufen geschickt, um zu berichten und zu vergleichen.

Es kam vor, dass man von den Haufen der anderen klaute.

Es kamen auch Gewalttätigkeiten vor, aber nicht so oft wie bei den Rasenhockeyspielen. Eher wurden hier versteckte Drohungen, Sturheit oder List eingesetzt.

Man konnte beispielsweise den Scheiterhaufen höher aussehen lassen, wenn man ihn geschickt stapelte. Das konnte im Extremfall zu mörderischen Scheiterhaufen führen, die wie schwankende Wolkenkratzer zusammenfallen und die nächststehenden zwanzig Zuschauer verbrennen konnten. Unverständige Erwachsene brachten derartige Stapel aber meistens vor dem Entzünden zum Einsturz.

Es kam auch vor, dass einige Jungs einer Bande, die hoffnungslos unterlegen war, den Konkurrenzhaufen ein paar Tage vor der Valborgmesse am 13. April in Brand steckten. Aber das war so gemein, dass das Siegerfeuer keinerlei Sympathien mehr hatte.

Dann stand man endlich im Schnee um die brennenden Müllberge herum, warf Knallkörper und sah die Arbeit von Monaten in Rauch aufgehen. Das war die Belohnung. Plus die beiden Raketen, die sich die Bande zusammengekratzt hatte und die am Ende, wenn der Himmel so dunkel wie möglich geworden war, abgefeuert wurden. Sie stiegen wie glühende Blumenstängel auf und breiteten sich jeweils in einer glitzernden Traube aus. Und das war der Frühling. Nun war er endlich gekommen.

Wenn man etwas älter war, war es absolut cool, ein Luftgewehr zu haben. Mehrere Monate lang musste ich betteln, bis mein Vater mir eine Büchse kaufte, gebraucht und zerkratzt. Sie war so undicht, dass der Pony sich hob, wenn man schoss, und der Diabolo mochte kaum den Lauf verlassen. Aber mit Isolierband und nachdem ich die Feder nachgespannt hatte, verbesserte sich das Ergebnis, doch eine Mordwaffe wurde es nie. Nach der Schule übte ich auf eine Scheibe an der Garagenwand zielen. Die Kimme konnte man nicht richten, also musste man etwas nach oben und nach links halten. Vater versuchte es einmal, wurde aber sauer, weil er nie die Scheibe traf, und gab seiner Weitsichtigkeit die Schuld.

Durch die Luftgewehre wurden die Jungsbanden wilder und großkotziger. Man trieb sich in Horden herum, verschwitzte, aufgeblähte Jungs mit schmutzigen Hosenknien, man pinkelte kreuzweise, ritzte Fotzen in die Scheunenwände, lernte neue Schimpfwörter und fluchte, so gut man konnte. Es war geil, zusammen zu sein. Man fühlte sich stark. Und wenn man schließlich auf eine andere Bande traf, ebenso aufgeputscht und bewaffnet, konnte das Ergebnis nur eins sein: Luftgewehrkrieg.

Um die Einmischung Erwachsener zu vermeiden, verlegte man den Krieg lieber in die weit gestreckten Waldgebiete auf der anderen Seite des Flusses. Ich wollte schrecklich gern mit dabei sein, wusste aber nicht, ob ich einen Platz bekommen würde. Ich hatte gerade erst in der Siebten angefangen und wurde von den älteren Schülern Kaninchen genannt, ich hatte kein Moped, und mit meinem Gewehr war kein großer Staat zu machen. Niila dagegen gelang es, sich von einem Cousin ein ostdeutsches Maschinengewehr mit erschreckender Durchschlagkraft zu leihen. Es konnte quer durch eine Hartfaserplatte schießen, während meines kaum eine Kuhle hinterließ.

Eines Nachmittags beschlossen wir, die Front zu besuchen. Wir schwangen uns auf unsere Räder und rollten über die alte Brücke. Bald ließen wir Fluss und Stadt hinter uns, und ein Kiefernwald voller Gestrüpp begann. Wir kamen am Sägewerk vorbei, bogen ab auf einen holprigen Waldweg und versteckten unsere Räder in einem Weidengestrüpp. Der Wald war unheimlich leise. Irgendwo in der Nähe fand der Krieg statt, aber alles wirkte ruhig und still. Es roch nach Herbst. Feuchte Pilze breiteten ihre braunen Kappen aus, zitternd von den Würmern. Ich schnappte mir ein paar überreife Blaubeeren und sog den wässrigen Saft ein.

Plötzlich war ein trockener Knall zu hören, und Niilas Schirmmütze flog vom Kopf. Bevor der Heckenschütze erneut laden konnte, schrie ich, dass wir verdammt noch mal Freiwillige seien. Da kam ein Junge von einem Baum heruntergeklettert und murmelte entschuldigend, dass sein Finger gegen den Auslöser gekommen sei und die Hauptstreitkräfte weiter hinten seien. Wir folgten einem kleinen Pfad und kamen bald an ein Lagerfeuer, an dem gut zehn Jungs Kaffee tranken und Snus reinschoben. Die meisten waren ein oder zwei Jahre älter als wir, einige hatten Tarnkleidung und Mützen vom Zivilschutz. Sie spuckten braun aus und betrachteten uns kritisch. Der General, ein kräftiger Junge aus Paskajänkkä mit flaumigem Schnurrbart, zeigte auf eine Kiefer mit Zapfen, die zehn Meter entfernt stand. Ich zielte und hielt dann nach oben und links. Ein Kiefernzapfen sprang beim ersten Versuch ab. Niila, der noch nicht hatte üben können, schoss beim ersten Mal daneben. Auch der zweite Schuss war eine Niete. Der dritte ebenso. Die Jungs kicherten und meinten, er solle zur Hölle fahren. Der vierte Schuss ging daneben. Niila begann zu schwitzen. Der General wurde wütend und fauchte, er solle nach Hause zu seiner Mama gehen. Niila lud schweigend nach. Pumpte. Pumpte. Und pumpte immer weiter, ohne sich von dem Hohngelächter beeindrucken zu lassen. Dann schoss er direkt ins Feuer. Das knallte. Dann spritzten zwei braune Strahlen aus dem durchbohrten Kaffeekessel heraus.

Die Jungs standen mit offenen Mündern da. Sie starrten Niilas Gewehr an. Dann den Kaffee, der zischend in die Glut lief. Dann erbot sich ein Junge, Niila nach Strich und Faden zu verdreschen, wartete aber noch ab, da Niila schon wieder geladen hatte und von neuem pumpte.

»Ich bringe morgen einen neuen Kessel mit«, erklärte Niila seelenruhig.

Der General spuckte ins Feuer. Schließlich nickte er. Wir waren angeworben worden.

Anschließend lagen wir im Ufergestrüpp, die ganze Bande, stumm und regungslos, die Augen an der Kimme. Sie kamen in zwei Booten, in langen, schlanken, tornedalschen Flusskähnen. Sechs Jungs in dem einen, sieben in dem anderen. Alle waren bewaffnet und zielten auf das Waldufer, bis auf die beiden, die sich um den Motor kümmerten. Sie hatten den Hinterhalt nicht entdeckt, hielten sich aber sicherheitshalber bereit. Kamen immer näher. Gingen mit dem Gas runter, wichen Steinen aus.

Die eine Regel war, nie ins Gesicht zu schießen. Dafür gern auf den Arsch oder die Schenkel. Da brannte es am meisten und verursachte große blaue Flecken. Wir schielten zum General. Er lag immer noch vollkommen unbeweglich da. Der Feind war nun so nahe, dass man den Text auf den Reklamemützen lesen konnte. Die Außenbordmotoren wurden abgestellt, die Boote schlossen auf und glitten langsamer werdend ans Ufer. Der Junge im Bug stand auf, um mit dem Fuß abzubremsen.

Da schoss der General. Direkt in den Schenkelmuskel des Jungen. Wir Übrigen donnerten die erste Salve los. Ein bleischwerer Wespenschwarm verließ seinen Bau und fand brennend sein Ziel. Die Opfer schrien vor Schreck und Schmerzen auf, verflucht, was wir feuerten! Sie schossen zurück, ohne besonders viel zu treffen, bis sie endlich wieder ihre Motoren in Gang bekamen. Eine Salve nach der anderen. Stechende Schlangenbisse am ganzen Körper. Sie suchten hinter der Reling Schutz, warfen sich flach zu Boden. Langsam glitten die Boote davon, fuhren weg. Und wir mussten lachen, wir brüllten vor Lachen, sodass wir uns im Moos kugelten.

Sie gingen ein paar hundert Meter weiter stromaufwärts an Land. Mehrere hinkten. Wir lachten nur noch lauter und zogen uns dann für weitere Attacken in den Wald zurück.

Wir hatten schon so eine Art Strategie, zumindest anfangs. Aber bald war es nur noch ein Schießen und Wegrennen, und dazwischen im Sumpfporstgras Deckung suchen. Ich versuchte bei Niila zu bleiben. Fühlte mich durch seine Feuerkraft ein wenig beschützt. Aber er zielte wie ein halbblinder Alter und traf fast nie, was nach Meinung aller das reine Glück war. Wir lagen da und keuchten nach einem Sprint, die Hände vor dem Mund, um die Geräusche zu dämpfen. Wunderten uns, wo unsere Kumpel blieben. Spähten ins Walddunkel, hörten jemanden rennen und Schüsse. Aus der anderen Richtung Schreie, wilde Flucht.

»Wir müssen dahin«, zischte ich.

Da klopfte Niila mir auf den Rücken. Nur wenige Schritte von uns entfernt standen vier feindliche Jungs mit erhobenem Gewehr. Sie grinsten und zielten auf uns, während wir auf die Beine kamen. Ich warf mein Gewehr ins Moos. Niila umklammerte seins.

»Lass die Knarre los, bevor wir dir die Eier wegschießen!«, befahl der Längste von ihnen.

Niila hatte die Augen vor Angst weit aufgerissen. Sein Unterkiefer mahlte. Ich löste vorsichtig seinen krampfhaften Griff um den Kolben. Da hörte ich ihn flüstern:

»Schieß du…«

»Leg das Gewehr auf den Boden!«, schrie der Lange mit Stimmbruchsstimme, er hatte genügend amerikanische Krimis im Fernsehen gesehen.

Ich nickte unterwürfig. Beugte mich langsam mit Niilas Waffe in der Hand hinunter. Und dann, bevor jemand reagieren konnte, schoss ich dem Stimmbruchstypen direkt in die Lende.

Er brüllte wie ein Tier. Fiel kopfüber zu Boden. Schüsse wurden auf uns abgefeuert, während wir im Zickzack wegliefen. Ich spürte einen brennenden Schmerz im Hintern. Niila, dem es gelungen war, auch mein Gewehr zu schnappen, schrie auf und fasste sich an die Schulter. Aber wir waren frei, wir jubelten voller Triumph und stürzten zwischen den Bäumen davon, dass die Äste uns ins Gesicht schlugen.

Nach dieser Tat stieg unser Ruf beträchtlich. Dem Jungen musste die Kugel mit der Spitze eines Fahrtenmessers herausoperiert werden. Es wurde auf Niila und mich eine Prämie ausgesetzt. Eine Stange finnische Zigaretten für denjenigen, dem es gelang, uns zu fassen.

Gefangene zu machen, war eines der größten Vergnügen in dem Krieg und gleichzeitig vielleicht auch das Schwierigste. Einmal gelang es Niila und mir, uns an einen der Strandvägenjungs heranzuschleichen, als er sich gerade hingehockt hatte, um zu scheißen. Der Ruf von Niilas Maschinengewehr hatte sich schnell verbreitet, und Niila versicherte ihm ziemlich überzeugend, dass er das Arschloch des Jungen punktieren würde, wenn er sich nicht freiwillig ergab. Bleich und zitternd zog unser Opfer seine Hosen hoch, ohne dass er sich hatte abwischen können. Dann führten wir ihn in unser Stammlager. Der Jubel war gewaltig. Ihm wurden mit seinen eigenen Schnürbändern die Hände auf den Rücken gebunden, und dann wurde er an eine Kiefer gefesselt, bevor die obligatorische Folter begann. Sie bestand daraus, dass der General mit einem Schnappmesser vor seinem Gesicht herumfummelte, ihn bedrohte und erschreckte. Es ging um Schwänze, die gekürzt, und Ameisenhaufen, die gefüttert werden sollten, und anderes, was er in Groschenromanen gelesen hatte. Wenn der Junge anfing zu heulen, hatte es geklappt. Weiter ging man selten. Sonst könnten sich die anderen mit noch schlimmeren Dingen rächen, wenn man selbst geschnappt wurde.

Einmal wurde der Anführer des Gegners gefangen genommen. Wir fesselten ihm seine Hände über dem Kopf und warfen das Seilende über einen dicken Ast. Dann zogen wir das Seil so stramm, dass er auf Zehenspitzen stehen musste, und ließen ihn zurück, seinen eigenen dreckigen Strumpf in den Mund gestopft. Es war wohl geplant, dass er sich nach einer Weile selbst befreien sollte. Aber das schaffte er nicht. Als es Abend wurde, wunderte sich seine Mutter, wo er denn blieb. Nach einigen Telefongesprächen zählten seine Kumpel eins und eins zusammen. Es wurde schon langsam dunkel. Unsere Bande wurde befragt, sie gab eine Wegbeschreibung, und bald war eine Hand voll Jungs mit Taschenlampen auf dem Weg.

Das Problem war, den Platz wiederzufinden. In der zunehmenden Herbstdunkelheit war es schwer, sich zurechtzufinden, und außerdem konnte der Junge wegen des Strumpfs ja nicht schreien. Alle Bäume sahen gleich aus, die Pfade verschwanden, und die Konturen wurden unklar. Es fing an zu wehen, und das Rascheln und Sausen ertränkte jedes andere Geräusch. Dann fing es auch noch an zu regnen.

Man fand den Anführer ein paar Stunden später. Die Hose vollgepisst. Als man das Seil löste, fiel er zu Boden. Das Erste, was er sagte, als der Strumpf rausgezogen worden war, war ein Todesurteil gegenüber einer Anzahl namentlich genannter Jungs.

In den folgenden Tagen wurde eine vorübergehende Waffenruhe eingehalten, um die Gefühle zu beruhigen. Dann geriet ich selbst in einen raffinierten Hinterhalt. Wie eine Antilope wurde ich von der Herde getrennt und bekam in den Hintern gefeuert, bis ich das Gewehr wegschmiss und schrie, dass ich mich ergebe. Verdammt, wie weh das tat! Dunkellila Flecken über den ganzen Schenkel. Trotzdem weigerte ich mich zu heulen, während die Jungs sich darum stritten, wer von ihnen die Stange Zigaretten kriegen sollte. Ihr Anführer drückte mich zu Boden und sagte, dass ich jetzt das Gleiche erleben sollte wie er. Grinsend warf er ein Seil über einen kräftigen Kiefernast. Dann zog er mir einen Strumpf aus und pisste auf ihn, bis er vollkommen durchtränkt war. Ich hatte einen ganz trockenen Hals, mir war schwindlig vor Angst. Versuchte mich auf die Folter vorzubereiten. Was sie sich auch für mich ausdenken mochten, ich durfte nicht anfangen zu heulen. Musste dem widerstehen, musste hart bleiben, wie weh es auch tun mochte. Verdammt, das müsste doch wohl zu schaffen sein!

In dem Moment war in der Ferne Lärm zu hören. Eine der Wachen schrie, sie würden angegriffen. Der Führer zögerte, er hörte, wie sich der Kampfeslärm näherte.

»Lauf!«, befahl er und bedrohte mich mit dem Gewehr. Alle anderen taten es ihm gleich. Ich hielt den Atem vor Schmerzen an und stürzte davon. Ich rannte davon, warf mich von einer Seite zur anderen. Die Schüsse donnerten in meinen Körper, brannten wie Brandwunden.

»Daneben, daneben!«, grölte ich, mit Tränen im Hals, und schaute voller Angst nach hinten.

In dem Moment schoss der Anführer. Ich fiel. Fiel der Länge nach hin, landete auf dem Rücken im Moos. Als ich danach versuchte, die Augen zu öffnen, entdeckte ich, dass ich blind war.

»Aufhören zu schießen!«, schrie jemand.

Der Angriff wurde abgebrochen. Schritte näherten sich. Mein Schädel dröhnte wie eine Trommel. Schmerzen, Dunkelheit. Ich befühlte mein Gesicht. Warm und feucht.

»Scheiße!«, stieß jemand hervor. »Holt Wasser!«

Immer mehr versammelten sich um mich, ich hörte, wie sie vom Laufen keuchten.

»Ich bin blind«, sagte ich und hätte am liebsten gekotzt.

»Das ist ins Auge gegangen! O Scheiße, überall Blut!«

Ein klitschnasses Stück Stoff wurde gereicht, ich versuchte mich damit abzuwischen. Setzte mich auf und spürte, wie das Blut tropfte. Wischte wieder ab. Tastete vorsichtig.

Voller Panik klimperte ich mit den Augenlidern, aber alles war nur ein Nebel. Ich rieb stärker. Die Sehschärfe wurde eine Spur besser. Ich wischte das Tuch übers Gesicht, dass das Wasser spritzte und tropfte. Blinzelte. Hielt mir ein Auge zu. Dann das andere. Welche Erleichterung, ich konnte sehen! Gleichzeitig fühlte ich eine Erhebung unter der Haut.

Die Kugel hatte genau zwischen den Augen getroffen. Es war das Blut gewesen, das mich blind gemacht hatte.

Der Kampf wurde für den Rest des Tages abgeblasen. Niila gelang es, den Diabolo mit einer in die Glut gehaltenen Sicherheitsnadel herauszuholen, und zu Hause erzählte ich, ich wäre von dem Kieselstein eines vorbeifahrenden Lastwagens getroffen worden. Die Wunde heilte mit der Zeit, aber die Narbe habe ich immer noch.

Danach hörte ich auf mit dem Luftgewehrkrieg.

KAPITEL 18

– über Musikgeklimper und andere mehr oder weniger männliche Aktivitäten.

Unser erster öffentlicher Auftritt fand während einer Morgenandacht in der Schulaula von Pajala an einem ausgekühlten, graufeuchten Februartag statt. Das Ziel der Morgenandachten war hochtrabend: Jeden Freitag Morgen wurden die Oberstufenschüler für zwanzig Minuten zusammengetrommelt, um ihnen Moral einzubimsen, ihr geistiges Niveau zu erhöhen und den Zusammenhalt in der Schule zu stärken. Das war vermutlich so eine Idee aus dem südlichen Schweden, die sich via irgendwelche Schulleiterkonferenzen verbreitet hatte, aber mit der Zeit fast zu einem *seura*, einer Gebetsstunde geworden war. Die Rolle des Predigers wurde von dem rechtschaffenen und besorgten Fachlehrer für Berufsberatung Henrik Pekkari ausgeübt oder von dem samtäugigen Rektor Sven-Erik Klippmark, der alle Sünder, die Wände bekritzelt, Snus ausgespuckt, ihren Spind eingetreten, Flaschen zertrümmert, auf Bänke gemalt oder in anderer Weise die Rechnung für die Steuerzahler der Kommune erhöht hatten, bekehren wollte. Aber er wäre sicher besser damit gefahren, wenn er sein Tornedalfinnisch angewandt und den kleinen Teufeln mit Prügel, Rute und lebenslangen Behinderungen gedroht hätte, da das die Erziehungsmethoden waren, die die meisten kannten.

Ab und zu hatte es auch schon mal musikalische Einlagen gegeben. Der Kantor Göran Tornberg hatte tapfer eine Bachprälude auf dem Klavier gespielt, die träge Unaufmerksamkeit des Publikums scheinbar nicht bemerkend. Der Mädchenchor der Schule hatte einen Kanon gesungen, während die silberhaarige Chorleiterin Birgitta Söderberg die eindeutig sexbetonten Pfiffe der Jungs aus der neunten Klasse zu übersehen versuchte. Ein Junge aus Peräjävaara hatte mit dem Überlebensinstinkt eines Selbstmörders Trompete gespielt, und das hatte so falsch geklungen, dass sogar die Lehrer in die Lachsalven hatten einfallen müssen. Aber er überlebte und wurde später Musiklehrer.

Der Freitag kam, die gähnenden Jungs aus der Neunten setzten sich ganz nach hinten, rülpsten laut und schossen Gummibänder ab. Der Rest der Schüler füllte den Raum von hinten nach vorn. Die Bühne war von einem Vorhang verdeckt. Greger hatte von der Schulleitung die Erlaubnis erhalten, die Morgenandacht ganz nach seinen eigenen Vorstellungen zu organisieren, nachdem er angedeutet hatte, es handle sich um jugendliche Verantwortung und Kreativität. Nur wenn man direkt am Vorhang stand, konnte man ein leises, sonderbares, elektrisches Summen hören.

Die Schüler bereiteten sich darauf vor, auszuharren oder zu stören, je nach Veranlagung und Mut. Die Lehrer drückten sich auf strategisch günstige Plätze. Der kurzgeschorene furchtlose Geschichtslehrer Gunnar Lindfors nahm in der letzten Reihe Position und ließ seinen Röntgenblick schweifen, bereit, jeden, egal wen, beim Kragen zu packen.

Greger trat mit feierlicher Miene auf die Bühne und stellte sich vor den Vorhang. Niemand beachtete ihn. Die Lehrer mahnten zur Ruhe. Das Plappern und Kichern ging weiter, als wäre es eingeübt. Die Lehrer zeigten den aktivsten Widerständlern drohende Gesichter. Erneutes trotziges Gelächter, Hustenanfälle, eine leere Flasche, die zwischen den Bankreihen entlangrollte, ein Papier, das lautstark zerrissen wurde.

Greger hob seine deformierte Faust. Winkte mit dem Daumen, ohne ein Wort zu sagen, und verschwand dann neben der Bühne.

Das war das Zeichen, wir legten los.

»Tjus lätmi isamatö råckönråll mjosik!«

Die in den ersten Reihen wurden gegen ihre Stuhllehnen geschleudert. Der Rest starrte verständnislos auf den noch geschlossenen Vorhang. Er wellte sich, wölbte sich wie der Deckel eines Fasses eingelegter Heringe.

»Råckönråll mjosik! If jo vånå lav vitmi!«

Wir legten wie die Verrückten in dem Halbdunkel da hinten los. Erkki gingen die Nerven durch, er begann auf alles zu schlagen, was sich bewegte, bis der Song doppelte Geschwindigkeit drauf hatte. Niila griff den Akkord in der falschen Tonart, und Holgeris Durchgang klang wie Nägel in einer Kiste. Und ganz vorn. Am Standmikrophon. Da stand ich.

Ich sang nicht, ich brüllte. Die Brunstlaute des Elchs. Der Todesschrei der Lemminge. Verdammt, ich erfand einfach selbst was. Ohne dass wir es wussten, hatten wir mehrere Jahre zu früh den Punk erfunden. Das Lied näherte sich seiner Auflösung, so musste man es wohl bezeichnen, zu behaupten, es gehe zu Ende, wäre gelogen gewesen, da Erkki mit leerem Blick weiter wütete, und ich mich erneut übers Mikrophon beugte:

»Tjus lätmi isamatö råckönråll mjosik!«

Noch einmal. Der Vorhang war immer noch vorgezogen. Ich versuchte die Basstöne nach der Basstrommel auszurichten, aber Erkkis Spiel übertönte jetzt in einer Art Epilepsieanfall alles andere. Niila fand endlich die richtige Tonart, kam aber zwei Takte zu spät. Holgeri spielte das Solo des zweiten Stücks, er hatte nicht gemerkt, dass wir das erste noch einmal spielten.

»Tjus lätmi isamatö…«

Das dritte Mal das gleiche Stück. Greger fummelte fieberhaft im Vorhangdunkel zwischen Schnüren und Stoffbahnen. Erkki schlug so ohrenbetäubend hart zu, dass ich meine eigene Stimme nicht mehr hörte. Und erst jetzt flog der Vorhang auf, und es wurde blendend hell von den Scheinwerfern. Und da saßen sie alle, die ganze verdammte Schule, und ich beugte mich vor und grölte: *»Tjus lätmi isamatö«*, jetzt zum vierten Mal.

Das Unglaubliche geschah, Niila kam in den Rhythmus. Er folgte Erkki, und ich und Holgeri setzten mit ein. Und wie eine fauchende Lokomotive zogen wir den Song den ganzen Weg entlang über die Schienen, beim Schlussakkord drückten wir Erkki auf seinem Stuhl nach hinten, sodass er umfiel.

Es war ganz still.

Ich schlich mich zur Seite, bis das Gitarrenkabel nicht mehr reichte, hatte das starke Bedürfnis zu emigrieren. Mein Schädel fühlte sich wie eine Maracasse an. Greger packte mich bei den Schultern. Drehte mich um. Sagte etwas, aber ich war von Erkkis Becken schwerhörig geworden.

Dann sah ich es. Sie applaudierten. Die ganze vollbesetzte Aula. Sie klatschten in die Hände, offenbar freiwillig, und ein paar der Mädchen, die schon auf Popkonzerten in Luleå gewesen waren und wussten, wie es ablief, schrien nach einer Zugabe.

Langsam zog das Publikum ab, wir standen da und verstanden nicht so recht, was passiert war. Schon jetzt, nach unserem ersten Konzert, wurden wir von dieser Leere gepackt, die man nach jedem Auftritt spürt, eine Art nach innen gerichteter Trauer. Erkki behauptete, er hätte Gedächtnislücken, erklärte aber gleichzeitig, sein Körper wäre heiß wie nach der Sauna. Greger murmelte etwas davon, dass die Vorhangschnur mit selbstleuchtender Farbe markiert werden sollte. Benommen schleppten wir die Geräte zurück in den Musiksaal.

Die anschließenden Reaktionen waren unterschiedlich. Es war wohl kaum als Erfolg zu bezeichnen, aber auf jeden Fall hatten wir einen nur schwer auszulöschenden Eindruck hinterlassen. Die laestadianischen Schüler hatten sofort die Aula verlassen, und die Jungs in der letzten Reihe hatten sofort aufgehört, Papierkrampen auf die Glatze des Mathelehrers zu werfen. Ein paar unserer Kumpel lobten uns in den höchsten Tönen, die aus einem tornedalschen Mund kommen können:

»Ihr wart gar nicht so schlecht.«

Andere versicherten uns, dass es das Schlimmste gewesen sei, was sie seit dem Akkordeonspieler aus Sion während einer Morgenandacht gehört hatten, und dass sie uns beim nächsten Mal die Kabel durchschneiden würden. Etwas peinlich war auch, dass viele den zweiten Song am besten fanden. Einige waren dagegen der Meinung, der dritte sei der Beste gewesen oder vielleicht auch der erste. Dagegen schien niemand den vierten Song vorzuziehen, den Einzigen, bei dem wir richtig gespielt hatten. Wir hatten nicht den Mut, ihnen zu sagen, dass es alle vier Male das gleiche Stück gewesen war, nur in unterschiedlichen Stadien der Panik. Ein paar Mädchen aus der Achten fingen an, Erkki hinterherzuschielen, da er die stärkste Bühnenausstrahlung hatte, und andere hinter Holgeri, weil er am süßesten war. Greger musste dagegen von einem gehässigen Lehrerkollegium Kritik hinsichtlich seiner künstlerischen Verantwortungslosigkeit hinnehmen.

Wir kamen also im Großen und Ganzen mit dem Schrecken davon.

In Tornedal hat sich Kreativität größtenteils ums Überleben gedreht. Man konnte den flinken Tischler respektieren, ja sogar bewundern, der aus den Baumstämmen des Waldes alles von einem Buttermesser bis zu einer Standuhr herausschnitzen konnte, oder den Waldarbeiter, der nach einem Motorstopp seinen Schneescooter neun Kilometer weit mit einer Mischung aus Herzmedizin und Selbstgebranntem fuhr, oder die Alte, die dreißig Kilo Moltebeeren ohne Eimer in ihrer raffiniert geknoteten Unterhose gepflückt hatte, oder den Junggesellen, der in dem Sarg seines Bruders den Jahreszigarettenvorrat über die Grenze hatte schmuggeln können, da der Bruder nun schon mal auf der finnischen Seite gestorben war, oder die Schmugglerwitwe, die einen Motor so fein säuberlich zerteilt hatte, dass die Söhne ihn in Tüten auf dem Fahrradgepäckträger durch den Zoll nach Schweden bringen konnten, wo er wieder in lebendigen Zustand zurückversetzt und anschließend mit gutem Gewinn verkauft wurde. Aber Letzteres hatte sich natürlich in den Vierzigern ereignet, als ich noch nicht geboren war.

Ein Beispiel für Tornedalsche Kreativität waren die Fischfanatiker. All die Kerle, die nur leben, um ins Eis zu bohren, zu spinnen, mit dem Blinker oder dem Senker zu angeln, die den ganzen Winter über Fliegen binden, die die Taschen voll haben mit Libellen, Motten und blinden Kriechtieren, die lieber angeln, als Geschlechtsverkehr zu treiben, die vierzehn Leinenknoten können, aber nur eine Beischlafstellung, die für jedes Kilo Lachs, das sie fangen, tausend Kronen hinlegen, statt ihn für ein Bruchteil des Geldes im Konsum zu kaufen, die lieber in undichten Gummistiefeln herumstehen, als das Mittsommerfest mit ihrer Familie zu feiern, die den Nachtschlaf stören, die Ehe zerrütten, denen der Job gekündigt wird, die sich einen Scheißdreck um Hygiene scheren, ihre Hütte mit Hypotheken belasten und die Kinder vernachlässigen, wenn sie nur hören, dass es bei Jokkfall Wuhnen gibt.

Eine genauso perverse Gruppe sind die Tornedalschen Hausbauer. Ausweichende Kerle, unkonzentriert im Gespräch, rastlos, ungeduldig, mit flackerndem Blick. Sie werden erst zu normalen Menschen, wenn sie den Hammer in der Faust spüren, dann können sie sogar zu ihrer Frau ganz normale Dinge sagen, die Mundwinkel voller Nägel. Verdammt, was so ein Kerl alles im Laufe seines Lebens bauen kann! Rauchstubenhaus und Viehstall, in die Hände geklatscht und fertig! Sauna und Abtritt, im Handumdrehen hingestellt! Holzschuppen und Scheune, krawumm und zack! Vorratshaus, Speicher, holla, wie das klappt! Und dann noch eine Garage, eine Hundehütte, ein Fahrradschuppen und das Spielhaus für die Kleinen.

Ungefähr zu diesem Zeitpunkt stellt die kommunale Bauaufsicht fest, dass das Grundstück voll ist. Worauf der Mann unausstehlich wird, sauer wie Essig, er fängt an die Kinder anzuschreien, säuft, liegt schlaflos da, verliert sein Haar, tritt den Hund, bekommt Seh- und Hörstörungen, und von einem Arzt aus Gällivare wird ihm Valium verordnet, bis es die verzweifelte Ehefrau schafft, ein unbebautes Grundstück zu erben.

Und dann kann er von vorn anfangen.

Ferienhaus, Sauna, Abtritt, Holzschuppen, Hundehütte. Und nach einer kurzen Atempause Bootshaus, Erdkeller, Gästehaus, Geräteschuppen, Terrasse und eine Kuschelecke für die Kinder. Dann all die Anbauten. Den Kamm geschwellt die ganzen Ferien über, hämmern und nageln, dass es nur so kracht.

Aber die Jahre vergehen, und schließlich ist es unweigerlich fertig gebaut. Die Führungskräfte der Baubehörde sitzen verkniffen in ihren Amtsstuben und studieren Luftfotos. Und der Mann wird so ungenießbar, dass es schon zum Fürchten ist, die Frau überlegt bereits, ob sie ihn verlassen soll.

Da ist es plötzlich an der Zeit zu renovieren. Ein neues Hausdach, die Sägespäne werden gegen Glasfiber ausgetauscht, ein Schornstein wird ins Wohnzimmer gelegt, ein Dachboden ausgebaut, ein Partyraum im Keller eingerichtet, der Fensterkitt muss erneuert werden, es muss gesäubert und gemalt werden, die Schranktüren müssen ausgetauscht werden, es wird Teppichboden verlegt, Wasserhähne und Waschbecken werden ausgetauscht, das verrottete Holz in der Sauna muss erneuert werden, es wird eine Sitzecke im Garten gebaut, ein Balkon, und die Terrasse bekommt einen Windschutz.

Aber danach ist alles fertig. Danach ist es unwiderruflich. Danach ist alles fertig gebaut, die Schöpfung ist vollendet, die Hand greift sinnlos nach dem Hammerstiel, und die Hausfrau muss einsehen, dass es keine Rettung mehr gibt. Jetzt hilft nur noch die psychiatrische Klinik von Gällivare.

Da kommt die Friggebo-Reform.

Es ist unglaublich, wie viele Gartenhäuschen auf einem Grundstück Platz finden. Und alles kann wieder von vorn anfangen. Und die Ehe wird wieder von etwas Heißem, etwas Ruhigem erfüllt, von etwas, was vielleicht sogar Liebe genannt werden könnte.

Unsere Rockmusik war etwas ganz anderes. Sie brachte definitiv keinen Nutzen. Niemand sah einen Wert in ihr, nicht einmal wir selbst. Niemand brauchte sie. Wir spielten ganz einfach, wir öffneten unsere Herzen und ließen die Musik hinausströmen. Die Alten sahen das als Zeichen von zu viel freier Zeit und des Verwöhntseins an, des Überflusses und des Müßiggangs, die in den modernen Zeiten herrschten. So etwas kam heraus, wenn die Jugend nicht zur Arbeit herangezogen wurde. Es entstand ein Überschuss. Eine überschüssige Energie, die herumwirbelte und den Blutdruck hoch trieb.

Anfangs diskutierte ich oft mit Niila, ob unsere Rockmusik als *knapsu* angesehen werden könnte. Das Wort ist tornedalfinnisch und bedeutet weibisch, also etwas, was nur die Frauen so machen. Man kann sagen, dass die männliche Rolle in Tornedalen in erster Linie auf einem Punkt beruhte. Nicht *knapsu* zu sein. Das klingt einfach und selbstverständlich, aber wird durch verschiedene Spielregeln komplizierter, die zu lernen man oft Jahrzehnte braucht, eine Tatsache, die besonders aus Südschweden zugezogene Männer schmerzhaft erfahren müssen.

Gewisse Beschäftigungen sind von Grund auf *knapsu* und sollten deshalb von Männern vermieden werden. Dazu gehört Gardinenaufhängen, Stricken, Teppiche weben, mit der Hand melken, Blumengießen und Ähnliches. Andere Tätigkeiten sind ebenso klar als männlich definiert wie Holzfällen, die Elchjagd, mit Baumstämmen zimmern, flößen und sich auf dem Tanzboden prügeln. Seit alten Zeiten ist die Welt zweigeteilt, und alle wussten immer schon, was wie einzuschätzen ist.

Aber dann kam der Wohlstand. Und mit ihm Hunderte neuer Tätigkeiten und Aufgaben, die den Begriff verwässerten. Nachdem der *Knapsu*-Begriff sich in jahrhundertelangen, unbewussten Prozessen in der Volksseele entwickelt hatte, griffen jetzt plötzlich die Definitionen nicht mehr. Höchstens noch in bestimmten Bereichen. Motoren sind beispielsweise männlich. Und kraftstoffbetriebene Motoren sind männlicher als elektrische. Autos, Schneescooter und Motorsägen sind also nicht *knapsu*.

Aber darf ein Mann auf einer elektrischen Nähmaschine nähen? Sahne mit einem elektrischen Mixer schlagen? Die Kühe mit der Melkmaschine melken? Die Geschirrspülmaschine ausräumen? Kann ein richtiger Mann sein Auto staubsaugen, ohne dabei seine Ehre aufs Spiel zu setzen? Das sind Fragen, die zu klären sind.

Noch schwieriger ist es mit anderen neumodischen

Dingen. Ist es beispielsweise *knapsu*, Halbfettmargarine zu essen? Eine Standheizung im Auto zu haben? Sich Haargel zu kaufen? Zu meditieren? Mit Schwimmbrille zu schwimmen? Pflaster zu benutzen? Hundescheiße in die Plastiktüte zu tun?

Außerdem wechseln die Regeln von Ort zu Ort. Hasse Alatalo aus der Gegend von Tärendö erzählte mir, dass es in seiner Heimatstadt aus irgendeinem Grund als *knapsu* angesehen wird, den Rand der Gummistiefel umzukrempeln.

Von diesen Dingen ausgehend können wir die Männer in drei Kategorien einteilen. Zunächst einmal haben wir da den richtigen Macho. Oft ein Typ irgendwo vom Lande, mürrisch, schweigsam und verkniffen, das Messer im Gürtel und Grobsalz in der Tasche. Sein Gegensatz ist genauso einfach zu erkennen, der weibische Mann. Der ist ganz offensichtlich *knapsu*, verhätschelt von den großen Schwestern und untauglich sowohl fürs Holzfällen als auch für die Jagd. Dafür hat er oft eine gute Hand bei Tieren und auch bei Frauen, abgesehen vom Sexuellen, und deshalb wurden aus solchen Memmen früher oft Heiler oder Blutstiller.

Die dritte Gruppe von Männern ist das große Mittelfeld. In das auch Niila und ich gehörten. In ihm wird der *Knapsu*-Grad von den eigenen Taten bestimmt. Es kann eine so unverfängliche Sache wie das Tragen einer roten Mütze genügen. Dafür kann man dann noch wochenlang gehänselt werden, ist gezwungen zurückzuschlagen, sich zu rächen und todesverachtende Rituale auszuführen, bis man sich endlich wieder aus dem *Knapsu*-Sumpf herausgezogen hat.

Rockmusik wird nun erwiesenermaßen oft von Männern gespielt. Die Ausstrahlung ist aggressiv männlich. Ein Außenstehender würde deshalb sofort sagen, dass Rockmusik nicht *knapsu* ist. Dagegen spricht aber, dass dieses Klimpern kaum als richtige Arbeit bezeichnet werden kann. Ein Tag im Wald, und so ein Typ würde Blut pissen. Und zu singen wurde erst recht als unmännlich angesehen, zumindest in der Gegend von Pajala und wenn es in nüchternem Zustand stattfand. Das dann auch noch auf Englisch zu tun, dieser Sprache mit viel zu wenig Kauwiderstand für die harten finnischen Mäuler, so nuschelig, dass nur Mädchen gute Noten darin bekommen konnten, dieses schneckenhafte Rotwelsch, lallend und feucht, erfunden von schlammtretenden Küstenbewohnern, die nie kämpfen mussten, die nie gehungert oder gefroren haben, eine Sprache für Faulenzer, Grasfresser, Kissenfurzer, so ohne jede Kraft, dass die Zunge wie eine abgeschnittene Vorhaut im Mund herumschlenkerte.

Dann waren wir also doch *knapsu*. Denn aufhören zu spielen, nein, das konnten wir nicht.

KAPITEL 19

– über ein Mädchen mit schwarzem Volvo PV, über Eishockeyfelder und Ärsche und darüber, womit man sich in Pajala vergnügen kann.

Unseren zweiten Auftritt hatten wir im Haus des Volkes von Kaunisvaara nach einem Treffen der Roten Jugend. Holgeri hatte es organisiert, er kannte ein Mädchen aus dem Vorstand, eine von dreißig, die in Palästinensertüchern herumstanden, Fransen im Gesicht, runder Brille und Schnabelschuhen, mit denen sie im Takt stampften. Man darf wohl sagen, dass das Echo verhalten war. Es waren ein paar Monate seit unserem Debüt in der Aula vergangen, und es war uns gelungen, unser Zusammenspiel zu verfeinern. Zwei der Stücke hatten wir selbst gemacht, der Rest waren Songs, die wir aus den Top Ten abgekupfert hatten. Ein paar alte Pioniere kamen herbei und stellten sich neugierig in die Tür. Alle gingen gleich wieder, außer einem Jungen, der seit einer Handgranatenübung beim Militär einen Hörschaden hatte. Er stand mit aufgerissenem Mund da und schob seine Mütze auf dem Kopf hin und her, und dachte, verdammt, was die heutzutage für einen Schindluder mit dem Strom treiben.

Nach dem letzten Stück begann Holgeris Mädchen nach einer Zugabe zu rufen. Andere fielen ein. Wir standen noch auf der Bühne, und ich schielte nervös zu Erkki und Niila hinüber. Wir konnten keine anderen Stücke als die, die wir gespielt hatten.

Da war ein Heulen zu vernehmen. Holgeri! Er stand dicht am Lautsprecher, die Lautstärke ganz runtergedreht. Ein elektrisches Geheul breitete sich im Raum aus, die Fensterscheiben erzitterten. Dann fing er an zu spielen. Allein, in grölender Verzerrung. Er sah das Publikum nicht an. Ging auf die Knie und stützte die Gitarre auf den Boden, schüttelte sie wie ein Mordopfer vor den Trichterlippen des Lautsprechers. Kratzte die lärmenden Saiten. Die Melodie klang bekannt. Aufgebrochen, schwankend wie eine in der Ferne gesendete Radioaufnahme, aber gleichzeitig voller Kraft. Wir anderen glotzten Holgeri nur an. Er legte sich auf den Rücken. Stieß die Gitarre mit einem harten Beckenstoß in den Himmel. Die Augen waren halb geschlossen, die Stirn verschwitzt. Dann bog er den Nacken nach hinten und fing an, mit den Zähnen zu spielen. Die gleiche, merkwürdig bekannte Melodie.

»Hendrix!«, jubelte Niila in mein Ohr.

»Besser!«, schrie ich zurück.

Und erst da kam ich drauf, was er spielte. Die sowjetische Nationalhymne, dass die alten Holzwände des Hauses des Volkes erbebten.

Anschließend kamen mehrere zu uns auf die Bühne und wollten wissen, wo wir politisch standen. Holgeri saß schief lächelnd wie nach einem Traum da, während zwei Mädchen versuchten, sich ihm auf den Schoß zu setzen. Ich selbst landete vor einem Mädchen mit merkwürdig getuschten, arabischen Augenbrauen. Ihr Haar war so glänzend schwarz, dass es aussah, als wäre es in ein Tintenfass getaucht worden. Das Gesicht dagegen war puderweiß. Sie hatte etwas Puppenhaftes an sich, eine dünne Zellophanhaut. Ihr Körper war unter bauschigen Hippiekleidern verborgen, aber die geschmeidigen Armgesten verrieten sie. Sie drehte ihr Becken, während sie mir zuschielte, kleine, vorsichtige Bewegungen. Und ich wusste, dass es da drinnen eine Frau gab, einen Hunger. Schweigend streckte sie die Hand aus, schüttelte meine, wie es Erwachsene tun, und lächelte mit kleinen, spitzen Zähnen. Ihr Handschlag fiel fest wie bei einem Jungen aus, er tat weh.

Hinterher packten wir unsere Instrumente und die Verstärker zusammen. Der Junge mit der Käppi lief herum und grinste unschuldig, während er überprüfte, ob die Bräute schon Busen hatten. Der Kassierer gab uns Butterbrote mit Wurstscheiben und fünfzig Kronen aus der Clubkasse als Gage.

»Willst du nach Pajala?«

Das war die Schwarzhaarige. Wir standen vor dem Haus auf der Treppe, sie zog ihren Jackenkragen ein wenig hoch.

»Soll ich dich mitnehmen?«, fuhr sie fort.

Ein Nicken zur Straße hin. Ich stand auf und folgte ihr zögernd. Bei einem schwarzglänzenden Volvo PV blieb sie stehen.

»Gehört meinem Vater.«

»Flottes Auto«, sagte ich.

Im nächsten Moment waren wir unterwegs. Der Sitz fühlte sich kühl unterm Hintern an, der Atem beschlug die Windschutzscheibe. Ich schaffte es, die Lüftung einzuschalten, und drehte die Heizung in der einsetzenden Spätwinterdunkelheit an. Ein entgegenkommendes Auto hupte laut und blinkte auf. Sie suchte eine Weile zwischen den Schaltern, bis sie den Regler für die Scheinwerfer gefunden hatte und abblendete.

»Du bist doch noch keine Achtzehn?«

Sie gab keine Antwort. Lehnte sich im Sitz zurück, die Hand auf dem Schaltknüppel. Sie hielt sich in der Mitte der Straße, die vereiste Fahrbahn raste unter uns hinweg, die Schneewälle glitzerten zu beiden Seiten im Scheinwerferlicht. Draußen auf dem Moor lag die Schneekruste blau und hart.

»Macht es Spaß, Kommunist zu sein?«, wollte ich wissen.

Sie versuchte, an den Radioknopf zu kommen. Das Auto steuerte langsam auf den Graben zu. Ich quiekte kurz auf, sie lenkte den Wagen mit einem Ruck wieder gerade.

»Du brauchst keine Angst zu haben«, sagte sie. »Ich bin schon oft gefahren.«

Sie nahm die alte Straße von Autio nach Pajala. Auf der langen geraden Strecke am Anfang drückte sie das Gaspedal bis auf den Boden durch. Der Motor drehte sich und heulte, die Geschwindigkeit stieg wie Fieber. Die Luft legte ihre Eishaut über Karosserie und Scheiben, zog flach und kalt über das gewölbte Wagendach.

»Hier gibt es oft Rentiere«, sagte ich.

Sie lachte und fuhr nur noch schneller. Ich begriff, dass es ihr gefiel, mir Angst einzujagen. Wenn ich mich jetzt anschnallen würde, wäre es ihr geglückt. Stattdessen rollte ich mich zusammen und versuchte ganz entspannt zu wirken, während ich am Waldrand entlangspähte, bereit, sofort auf eine Kollision zu reagieren.

Nach vielen Mühen bekam sie einen finnischen Sender rein. Tango in Moll, eine Frau, die von Liebe und Trauer sang. Das Auto holperte über Eisbuckel und durch Kurven und ließ eine wehmütige Rauchwolke hinter sich. Ein Herz, das in der kalten Landschaft ausgeschüttet wurde, eine Blutspur. Ich schaute heimlich zu dem Mädchen hinüber. Konnte ihr Profil im Dunkel erkennen, die Rundung ihres Kinns, die vollen Lippen, die plump hochragende finnische Nase. Ich bekam Lust, sie ein bisschen anzufassen. Mit ihr zu kuscheln.

»Was kann man in Pajala machen?«, fragte sie.

»Weiß der Teufel«, antwortete ich.

Wir waren schon auf der Höhe von Manganiemi und sausten kurz danach über die alte Brücke hinweg. Die Lichter der Stadt brachen durch den Wald hindurch, ein weißes Glitzern breitete sich über das Flussufer aus. Sie gab Gas, obwohl uns ein Scania Vabis auf der engen Brückenfahrspur entgegenkam. Wir strichen so dicht aneinander vorbei, dass nicht einmal ein Haparandabladet zwischen uns Platz gehabt hätte. Der Lastwagen hupte wütend, aber das Mädchen verzog keine Miene.

»Gibt's heute Abend Kino?«

Ich nahm es nicht an. Was gab's dann sonst zu tun? Mir fiel ein Klassenkamerad ein, der Kaninchen im Heizraum hatte. Er fütterte sie immer mit dem halbverrotteten Gemüse vom Konsum, das sonst weggeworfen wurde. Manchmal konnte man zugucken, wie die Kaninchen bumsten. Aber das war bestimmt zu kindisch, entschied ich.

»Wir können in Pajala dem IF beim Eishockeytraining zugucken. Sie haben am Wochenende ein Punktspiel gegen Ötå-Kuiva.«

Ich sagte ihr, wie sie fahren sollte, zunächst gerade aus, dann an Arthurs schuhkartonähnlichem Kaufladen rechts ab und weiter zum Zentrum, die kleine Geschäftsstraße mit Harjuhahto-Schuhladen, dem Papiergeschäft und Larssons Herrenfrisör, Wennbergs Bäckerei, Mikaelssons Kiosk und Lindqvists Konditorei entlang. An der Schule bogen wir ab und suchten uns den Weg zum Hockeyfeld. Dort parkten wir das Auto, das endlich warm geworden war, und folgten einem Trampelpfad durch den Schnee zum Eishockeyfeld.

Dort war schwer was los. Gepanzerte Kerle in gelbschwarzen Hemden, die wie Riesen aussahen und in einem Kreis um die ganze Bahn herum Rückwärtsfahren trainierten. Der Trainer Stenberg, ein zugezogener, bärtiger Polizeiassistent, blies in die Pfeife und fluchte inspirierend:

»Wehe dem, der die Kurven schneidet! Und jetzt mal schneller, ihr roten Teufel!«

Dann wärmte man den Torwart mit hinterhältigen, unangenehmen Schlägen auf, man parierte und schlug mit den löffelförmigen Kohoschlägern, während der Torwart wie ein zum Tode Verurteilter in seiner Totenschädelmaske dastand und durch seine Schutzkleidung hindurch blaue Flecken bekam. Einige Pucks zischten über den Kasten und die Banden und weit hinaus auf die Wiese, wo sie bei der nächsten Schneeschmelze von überglücklichen kleinen Jungs gefunden werden würden.

»Verflucht, nun schießt in das beschissene Tor!«, tönte Stenberg, der sich um die Jugend kümmerte und auf eigene Initiative hin in jedem Dorf im Umkreis mehrerer Kilometer Nachwuchstrainings eingerichtet hatte.

Dann begann das Übungsspiel. Eine raubeinige, ungehobelte Veranstaltung mit mehr Willen als Taktik. Man nagelte gegen die Bande, fiel auf den Arsch und schoss den Puck, dass die Holzsplitter flogen. Der langhaarige Stürmer der einen Mannschaft trug einen Mundschutz der alten Art und sah aus wie ein Schäferhund mit Maulkorb. Er versetzte seine enorme Muskelmasse in eine immer schneller werdende Bewegung und pflügte sich durch die Verteidigung, dass die Hüftschützer zur Seite fielen wie von der Eisenbahn getroffene Rentiere. Mit der Puckkontrolle stand es nicht zum Besten. Mit ein bisschen Glück brachte er aber rechtzeitig einen Rückwärtspass zustande, sodass die Hintermänner quer durch die Schneise schießen konnten. Sein Widersacher im Spiel war ein blonder, schmächtiger Junge mit unglaublichen Reflexen. Er stand regungslos wie eine Eule, bis der Puck frei kam, um dann seinen Schläger wie eine blitzende Nadel auf die abgestoßene Gummischeibe abzuschießen.

Wir standen eine Weile an der Bande und schauten zu. Ich schob mich wie zufällig näher an sie heran, sodass unsere Jacken sich berührten. Sie kaute ein Salmiakkaugummi, es roch nach Lakritze, wenn sie versuchte, Blasen zu machen. Ich merkte, wie sie zitterte und sich ihr Palästinensertuch enger um den Hals zog.

»Frierst du?«

»Ein bisschen.«

»Wir können… ich habe einen Kumpel, der hat Kaninchen.«

»Wie kindisch«, sagte sie nur und wickelte sich das Kaugummi um den Zeigefinger.

Ich hätte ihr stattdessen den Arm um die Schulter legen sollen. Zu spät. Ich fühlte mich tollpatschig. Hatte Lust, nach Hause zu gehen und Griffe vor dem Spiegel zu üben. Sie merkte, wie ich zurückwich. Wurde freundlicher, betrachtete das Spiel noch eine Weile und tat so, als interessiere es sie.

»Die müssten mehr Pässe üben«, bemerkte ich. »Wie die Russen. Das hier ist eher kanadisch. Die pure Gewalt, weißt du, Holzfällerhockey.«

Ich vertiefte mich eine Weile in Spielanalysen, bei denen ich die brillante Technik der Russen hervorhob, die daher resultierte, dass sie beim Training die Schaufel vom Schläger abmontierten und nur mit dem Stiel spielten. Dann merkte ich, dass sie sich langweilte. Gleichzeitig fing auch ich an zu frieren.

»Wir können bei der Hausfrauengymnastik zugucken.«

Sie nickte und sah mir ziemlich lange in die Augen. Zog dann schnell den Blick ab, als hätte sie sich entlarvt. Ich spürte mein Herz pochen und ging ihr voran zu der Sporthalle ein paar hundert Meter entfernt.

Die Tür zum Umkleideraum der Frauen war nicht abgesperrt. Wir schlüpften hinein. Schrille Jazzmusik ertönte von einem Schultonbandgerät. Es roch nach Fisch und Firnis, wie es das in allen alten Gymnastiksälen tut, ein muffiger Foltergeruch von Seilen, Kästen und römischen Ringen. Plus eine säuerliche Mischung aus Altweiberschweiß und Geschlecht. Die Kleider der Hausfrauen war an Haken im Umkleideraum aufgehängt, faltige Wollhosen, zeltähnliche Unterkleider, geblümte Kleider, Stützstrümpfe, BH-Körbchen, größer als meine Mütze. Auf dem Boden standen Einkaufstaschen und Plastiktüten und ihre abgetretenen Damenstiefel, Fellschuhe und Knöpfstiefel, umgeben von Pfützen geschmolzenen Schnees.

Ich schlich zur Halle. Da drinnen war es blendend hell. Ein jähes Erdbeben durchzog das Gebäude, die Balken erbebten. Die Tanten trainierten Absprung vom

Brett. O Scheiße, wie das Fett bibberte! Die Brüste hüpften wie Mehlsäcke auf und ab, die Hüftpolster schwollen wie aufgehender Hefeteig an. Glücklicherweise folgten sie kaum dem Rhythmus der Musik, denn wenn sie im Takt gehüpft wären, wäre der Boden geborsten. Dann war Hüpfen durch den ganzen Saal angesagt. Dröhnendes Elefantengetrampel mit Riesenstampfern die Sprossenwand entlang. Der Schweiß ergoss sich über Doppelkinne und in die Brustritzen, Krampfadern leuchteten blutrot. »Und dehnen und dehnen«, ermahnte die Lehrerin vom Tonband her, und vierzig kräftige Hausfrauen wiegten sich wie Birken im Sturm. »Und eins und zwei und vorbeugen«, und zwanzig gewaltige Altfrauenärsche, die hundert Kinder geboren hatten, schaukelten in der Luft. Der Hinternschweiß strömte über die Speckrücken, die Geschlechter dufteten. Und wieder hoch und hüpfen, Seitenschritt mit vorgeschobener Hüfte. Das führte natürlich zu Zusammenstößen unglaublicher Massenenergien. Die Frauen fielen wie Zweitonnenbomber um, lagen und wanden sich im Bodenschweiß auf den lackierten Bodendielen, bevor sie sich wieder aufrappelten, unbezwingbar. Der Saal war von einem Geruch nach Moor und Klimakterium erfüllt. Tod und Geburten in einer uralten Mischung, weibliche Hitze.

Das Mädchen packte mich bei den Nackenhaaren. Vergrub ihre frierenden Mädchenfinger darin. Mir lief ein Schauer den Rücken hinunter, bis in die Hüften. Ich hatte weiche Knie, musste mich hinsetzen. Sie glitt auf meine Knie und spuckte ihr Kaugummi aus. Ihre Pupillen wuchsen, wurden zu schwarzen Wuhnen. Ich streichelte mit meinem daunenzarten Daumen ihre Wange, den Kieferknochen entlang nach hinten, hinauf zu dem zierlich geformten Ohr. Kam ihrem Gesicht immer näher. Schloss die Augen und schnupperte an ihrer Haut. Die Wangen schmolzen, wurden immer heißer. Ihr Atem wurde eifriger. Ich fühlte, wie sie unter meinen Lippen lächelte. Wir öffneten die Jacken. Körper an Körper. Ihre Brust war jung und spitz. Ich schlang meine Arme um sie und drückte sie mit Tränen in den Augen, spürte, wie das Glück sich in mir ausbreitete. Zusammen bleiben. Ein Mädchen haben.

Plötzlich war ihre Hand unter meinem Hemd. Eisig kalt, aber zärtlich vor lauter Liebe. Sie strich meine empfindlichen Rückenmuskeln entlang, brachte sie zum Zucken. Wurde schneller, ungeduldiger. Kniff ein wenig. Kratzte.

»Darf ich... bei dir«, stotterte ich.

Als Antwort schob sie die Hand in meine Hose. Verwandelte sie in eine Ratte, die kitzelnd über meine Pobacken lief, über die Hüftknochen, sich über die Leiste nach vorn vorarbeitete. Ich zog mich zusammen.

»Keine Angst«, lachte sie mit leisen, weißen Zähnen.

Ich wollte sagen, dass ich noch nicht mal richtige Haare hatte, sie vor der Enttäuschung bewahren, aber sie war schon angekommen. Tastete sich schnell über den Sack vor, wie eine Spinne eine Fliege einspinnt. Schnappte sich dann den steifen Kleinen. Jetzt saß ich fest, konnte nicht mehr entkommen. Gleichzeitig küsste sie mich, schob mir ihre lange, nach Blut schmeckende Zunge in den Mund. Ich spürte, wie mir schwindlig wurde, strich zögernd, aber fest und tollpatschig über ihre Brust. Sie drückte mich nach hinten, auf die Holzbank. Zog ihre Jeans herunter. Ich wollte sie anfassen, aber sie schlug mir auf die Finger.

»Du bist zu schmutzig«, sagte sie fest und schubste mich hinunter.

Ich wurde auf die Schulterblätter gelegt. Sie warf sich wie einer von der Ordnungsmacht auf mich. Im Hintergrund war das Getrampel der Frauen zu hören.

»Du bist so… schön…«, murmelte ich schüchtern.

Mit geschlossenen Augen stocherte sie mich rasch in sich hinein. Tief in die dunkelste Weichheit. Es fühlte sich warm und weich wie ein Kissen an. Mit schlangenähnlichen Bewegungen begann sie sich über mir zu wiegen, ein langsamer, vorsichtiger Tanz, bei dem etwas wächst und die ganze Zeit größer wird. Ein Bild, das immer roter gemalt wird, bis die Leinwand zu einer weichen Hülle wird. Ich pumpte dagegen und fühlte mich vollkommen verwirrt. Sie steigerte den Rhythmus und stieß dabei schrille Schreie aus. Wurde immer eifriger, immer wilder, wie ein Hund, wenn er mit einem Sofa fickt. Ich legte ihr die Hand auf den Mund, aber sie schrie durch sie hindurch. Gellende Katzenschreie.

»Leise, sonst hören sie uns!«, warnte ich sie und spürte, wie die Haut sich spannte. Sich nach außen wölbte. Ein Druck, eine Blutung. Ich versuchte mich herauszuwinden, aber sie hielt mich fest. Es wurde immer größer und stärker. Ein Kitzeln mit dem Messer, bevor es ein Loch schnitt. Ihr Haar hing dicht über mir. Dunkle Wolken. Voller Fleisch.

Und jetzt. Ja, jetzt, jetzt, jetzt platzte die ganze Welt, und der Regen schüttete aus den schwarzen Wolken heraus.

Als ich die Augen öffnete, stand die Frau da. Eine dieser Fleischbergmütter aus Vittulajänkkä. Ihre Augen starrten unter ihren schweißnassen Dauerwelllöckchen hervor, es tropfte von Nase und Kinn. Mir war klar, dass sie gleich schreien würde. Die anderen herbeirufen, Lynchstimmung erzeugen. Sie würden uns mit ihren Hundertkiloärschen zu Boden drücken und überprüfen, ob wir Taschendiebe wären. Eine würde sagen:

»*Kulli pois*!«, und dann würde eine der Waldsamitanten meine Hoden wie bei einem schreienden, weißäugigen Rentierbock zu Hackfleisch zerdrücken.

Voller Panik zog ich den Rotz raus. Sprang in meine Unterhose, während die Alte kritisch meinen abnehmenden Ständer betrachtete. Das Trampeln aus dem Gymnastiksaal klang schwer und bedrohlich.

»Viel Lärm um nichts«, sagte sie grinsend.

Dann trank sie Wasser aus dem Wasserhahn, ließ einen Furz fahren und kehrte in die Turnhalle zurück. Ein kräftiger Geruch nach Viehstall begleitete uns den ganzen Weg hinaus.

Das Mädchen setzte sich in ihren PV und sagte kurz »Tschüs«. Ich hinderte sie daran, die Tür zu schließen.

»Sehen wir uns morgen?«, wollte ich wissen.

Sie starrte mit angespannten, gleichgültigen Lippen vor sich hin.

»Aber du kannst mir doch sagen, wie du heißt?«

Sie fummelte ein wenig und ließ dann den Motor an. Legte den Gang ein und rollte los. Ich lief neben dem Wagen her und klammerte mich an der Tür fest. Sie starrte mich mit großen, dunklen Augen an. Und plötzlich ließ sie die Maske fallen. Sie zerplatzte, ging kaputt, und darunter war eine einzige große Fleischwunde.

»Ich komme mit!«, rief ich verzweifelt.

Sie gab Gas, die Tür wurde mir aus der Hand gerissen. Mit durchdrehenden Rädern schlitterte sie in einer aufwirbelnden Schneewolke unter den Straßenlaternen davon. Das Motorengeräusch wurde immer leiser und verklang schließlich ganz.

Eine ganze Weile blieb ich noch an der gleichen Stelle stehen, während sich die Wahrheit in mir setzte. Sie hatte gar keinen Autoschlüssel gehabt. Das Auto war kurzgeschlossen. Und während der Schmerz in mir mit kalten Wurzelfäden wuchs, musste ich mir eingestehen, dass ich sie niemals wieder sehen würde.

KAPITEL 20

– über ein Geburtstagsfest, auf dem das Tornedallied aufgeführt wird und die Jagdgesellschaft erscheint, und wie vier Jünglinge auf die Sterne zielen.

Mein Großvater wurde mit den Jahren immer mehr zum Einsiedler. Er kam am besten allein klar, und nachdem meine Großmutter verschieden war, stellte er fest, dass Menschen einfach nur anstrengend waren. Er wohnte in seinem abgelegenen Rauchstubenhaus, kam zurecht und hatte nur noch einen einzigen Wunsch in diesem Leben: daheim sterben zu dürfen. Die seltenen Male, wenn wir ihn besuchten, war er freundlich, aber zurückhaltend. Er wollte keinerlei häusliche Pflege, darüber sollten wir uns bitte schön verdammt noch mal klar sein, und bei ihm war es nicht schmutzig, er fühlte sich wohl so!

Aber die Zeit konnte er nicht aufhalten, und schließlich näherte sich der Tag im Februar, an dem der Alte siebzig werden sollte. Die Familie hatte ein schlechtes Gewissen, weil sie ihn so selten besuchte, und man wurde sich einig darin, dass man eine großartige Feier ausrichten wollte. Man wollte ein paar schöne Festbilder fürs

Familienalbum haben, bevor der Alte dafür zu verkalkt war.

Es kostete reichlich Überredung, bis das Objekt der Feier selbst zustimmte, nicht um seiner selbst willen, sondern nur der Familie zuliebe. Nichts Böses ahnend sah er zu, wie die Festvorbereitungen ihren Lauf nahmen. Die Woche davor füllte sich sein Haus mit Familienangehörigen, die den Fußschweiß von den lückenhaften Bodenplanken schrubbten, die Flickenteppiche mit grüner Seife wuschen, die alten Fenster in der Winterkälte mit Spiritus putzten, das Mottenpulver von dem schwarzen Beerdigungsanzug klopften, die Lampenschirme von altem Fett befreiten, die Wachstischdecken auswechselten, in allen Nischen Staub wischten und ungeahnte Mengen von Spinnengeweben und toten Fliegen fanden, Gerümpel in die Scheune trugen, die Schuhe in unnatürliche Reihen und Muster stellten und alles in Schränken und Schubläden hin und her sortierten, bis alles am falschen Platz und niemals wiederzufinden war. Großvater bereute seine Zusage mehrmals, jammerte und fluchte und wollte alle Eindringlinge hinauswerfen, aber es war wie die Operation zum D-day, sie war nicht mehr aufzuhalten, nachdem sie einmal eingeläutet worden war.

Der Geburtstag fiel auf einen Freitag. Meine Schwester und ich bekamen schulfrei und gingen schon ziemlich früh am Tag mit zu Großvaters Rauchstubenhaus. Es war klares Wetter und minus zwanzig Grad, eine trockene, windstille Kälte, die die Autoscheiben zufrieren ließ und die Bäume mit spitzen Eisnadeln bedeckte. Die letzten Morgensterne erloschen am Himmel. Das Licht schimmerte blau über den Wäldern. Vater stellte das Auto auf dem vorbereiteten Hofplatz ab, wir gingen mit knarrenden Schritten durch den körnigen Schnee und trampelten die Schuhe vor der Haustür ab. Der alte Hund drinnen fing sofort an zu knurren. Er war halbblind und biss gern, deshalb nahm ich den Besen und war schon bereit, als Großvater die Tür öffnete.

»*Tekkös sieltä tuletta?* Ach, ihr seid das?«, sagte er auf Finnisch und tat ganz überrascht. Mutter streckte ihm die Blumen hin, die sie wegen der Kälte unter dem Mantel aufbewahrt hatte, Vater schüttelte die Hand und gratulierte, und ich fegte den angreifenden Spitz die Haustreppe hinunter, dass er sich jaulend überschlug.

Wir setzten uns an den Küchentisch und hörten die Wanduhr ticken. Die Rauchstube sah unnatürlich ordentlich aus. Großvater saß im Schaukelstuhl, sein faltiger Hals scheuerte sich an dem bis oben zugeknöpften Hemdkragen, und er fingerte nervös am Schlips herum. Alles war so künstlich und steif, wie es sich an Feiertagen gehört.

Zur Mittagszeit tauchten nach und nach die Onkel mit ihren Frauen auf, und große Sahnetorten wurden aufgedeckt. Einige Frauen fingen an, Kaffee zu kochen und die Thermoskannen zu füllen, während meine Schwester und ich halfen, die Scheiben ungesäuerten Brots zu buttern und saftige Scheiben im Ofen gebratenen Elchsteaks draufzulegen. Andere füllten Platten mit selbst gebackenen Keksen, und ein herrlicher Duft nach Zimt, Kakao und Vanille verbreitete sich im Haus.

Draußen hatte sich eine bleiche Februarsonne durch das Schneetreiben gekämpft und den Wintertag zum Funkeln gebracht. Ein paar Rentiere kratzten in der Schneedecke weiter hinten auf der Wiese und schnappten sich ein paar verwelkte Halme. Andere lagen mit angezogenen Beinen in Schneekuhlen und hielten so ihre Wärme, nur die dunklen Köpfe schauten heraus. Der alte Hund kümmerte sich nicht um die Rentiere, sondern schnupperte stattdessen an Großvaters Pissecke, während sich ein paar Kohlmeisen um ein festgenageltes Schwartenstück stritten. Die ganze Landschaft war in ein weißes Tundralicht getaucht, lag unter einer Sonne, die so vollkommen ohne Wärme war, als würde sie auf einem Film gezeigt.

Im Laufe des Nachmittags begannen die Besucher einzutrudeln. Autos füllten den Hofplatz und bald auch die Zufahrt. Die nächsten Nachbarn kamen auf dem Tretschlitten, und zwei kamen ganz gemächlich quer über die Wiesen auf Skiern angefahren. Jetzt begann die Feier Formen anzunehmen. Ein paar Tische, an denen sich die Gäste niederlassen konnten, standen gedeckt da, magere Kerle mit leckenden Augen und schmelzenden Eistropfen in den Augenbrauen und runde Weiber mit Unterarmen, die rau waren wie gesetzte Buttermilch, in geblümte Sonntagsstaat gezwängt. Der Kaffee wurde von der Untertasse geschlürft, Lachsbrote und Kuchen reihum aufgedrängt. Der alte Backofen wurde bis zum Glühen aufgeheizt, sodass die alten Frauen anfingen, von alten Zeiten zu schwärmen und Lust bekamen, Fladenbrot zu backen.

Nach dem Nachschlag wurde der Zeitpunkt für gekommen gesehen, den Cognac hervorzuholen. Eine gekaufte Flasche wurde aufgedreht und von Vater herumgereicht. Die Schnapsgläser wurden hier und da unter stummem Nicken gefüllt, während die Autofahrer die Hand auf ihre legten. Die Stimmung wurde etwas munterer.

Mutter schnitt Torten auf und legte sie auf die Teller. Man fing leise an, Hurra zu rufen, und stellte sich hin, während Großvater schwitzend im Schaukelstuhl sitzen blieb. Vater gab ihm noch einen Cognac, damit er eine gesündere Hautfarbe bekäme. Dann sang man mit feierlicher Miene Geburtstagsständchen in einem finnisch klingenden Schwedisch. Dem Alten war all diese Geschäftigkeit peinlich, er duckte sich hinter den Blumensträußen auf dem Tisch. Nun bekam er Bescheid, seine Geschenke auszupacken. Er hatte sie unberührt liegen lassen, damit die Leute nicht denken mochten, er würde nur deshalb das Fest ausrichten, eine kluge Vorsichtsmaßnahme in tornedalschen Gefilden. Mit zittrigen Fingern mühte er sich mit teuflisch zähen Bändern und Klebestreifen ab, bis sich ein Onkel erbarmte und ein *pukko* holte. Mit raschem Schnitt öffnete der Alte daraufhin das Glanzpapier wie den Bauch eines Hechts und zog ein Glasrelief eines Elchbocks heraus, eine geschnitzte Küchenuhr mit Batteriebetrieb, einen Tortenheber in Tornedalsilber, einen Schmuckbecher aus Zinn, gehäkelte Spitzendecken, einen Wandbehang mit Kette zum Aufhängen, ein Luxusetui mit Rasierzeug, ein Gästebuch, eingebunden in naturgegerbtes Rentierleder, einen Bettvorhang aus exotischen Muscheln, ein eingebranntes Türschild mit dem Text »Willkommen« und anderen unnützen Kram. Großvater erklärte auf Schwedisch, dass das doch die reine Verschwendung sei, wirklich eine Verschwendung, was eine gute Beschreibung war für teure Merkwürdigkeiten, die man nicht brauchte. Niemand hatte sich getraut, ihm wirklich nützliche Sachen wie eine Holzaxt oder einen neuen Auspuff für sein Auto zu schenken, da das ja so aufgefasst werden könnte, als würde man seine täglichen Werkzeuge für nicht gut erachten.

Früh am Abend kam der Heimatverein zu Besuch, so um die zwanzig Männer und Frauen, die brav die Hände zur Begrüßung schüttelten wie Reichsschweden. Viele hatten Blumen mit sorgfältig beschriebenen Karten dabei. Nach Schnittchen und Torte zogen sie ihre Liederhefte heraus und sangen mit zitternden, leicht schrillen Stimmen. Schwedische Volksweisen aus der Schulzeit, bekanntes Liedgut, Loblieder auf die Wiesen und Felder des Heimatlandes. Vater servierte Cognac, ließ dabei aber diskret die Laestadianer aus. Zum Schluss stimmte man in das Tornedallied ein, langsam und mit zittriger Stimme:

Sei gegrüßt du schönes Tornedal
unsre Heimat so hoch im Norden
Du bist für uns die beste Wahl
auf diesem weiten Erdenrund…

Viele der Alten wurden ganz gerührt und mussten sich die Tränen abwischen. Großvater war überraschenderweise auch ergriffen, bekam ganz rote Augen, und sein Glas fing an zu zittern, sodass Mutter es ihm abnehmen musste. Es fehlte nicht viel, und die ganze Rauchstube hätte angefangen zu heulen. Und das erst recht, als man zum Schluss die finnischen Verse sang, das ging so ans Herz, dass einem ganz heiß und flau wurde.

Man blieb eine Weile voller Wehmut sitzen. Ließ sich ganz von dem finnischen Leiden erfüllen und dachte schweigend an die vielen Katastrophen, die die Familie ereilt hatte; all die unbarmherzigen Schläge, die ausgeteilt worden waren, alle Kinder, die zurückgeblieben geboren worden waren, alle Jugendlichen, die geisteskrank geworden waren, den vielen Hunger, die Armut, alle notgeschlachteten Pferde, die Tuberkulose und Kinderlähmung, die vielen Jahre mit Missernte, alle missglückten Schmuggelversuche, alle Prügel und den Hohn der Behörden und der Obrigkeit, alle Selbstmörder, alle Verräter und Streikbrecher, die vielen Male, die man um Geld betrogen worden war, alle mürrischen Lehrer und verschlagenen Hausherren, alle Führer Schwarzer Listen, alle Arbeiter, die nach Russland gezogen waren, um Stalin zu helfen und zum Dank erschossen worden waren, alle verdammten Vorarbeiter der Holzfäller, alle Sadisten in den Arbeitsstuben, alle, die sich totgesoffen hatten, alle, die beim Flößen ertrunken oder in der Grube gestorben waren, alle Tränen, alle Schmerzen, Erniedrigungen, die unsere geplagte Familie im Laufe der harten Lebensjahre getroffen hatte.

Draußen war die lange, stahlblaue Winterdämmerung in Dunkelheit übergegangen. Der Polarstern hing wie ein Eiszapfen am Winterdach. Er war umgeben von Tausenden funkelnder Lichterpunkte, während die Temperatur um weitere Grade sank. Der Wald stand kalt und starr, nicht ein Zweig rührte sich. Eine unheimliche Stille herrschte über der Taiga, dieser weit gestreckten Waldmasse, die sich über das spärlich bewohnte Finnland ausdehnt, weiter über Russlands gewaltige Landmasse führt, über das noch gewaltigere Sibirien und an den Stränden des Pazifiks endet, eine unbewegliche Baumwüste, niedergepresst von Schnee und Minusgraden. Tief in den Astgabeln der großen Fichten drückten sich die Meisen wie kleine Wollknäuel zusammen. Und dort, aber nur ganz tief im Inneren, war ein warmes kleines Picken zu spüren.

Plötzlich verbreitete sich ein Gemurmel in der Küche. Der Jagdverein! Der Jagdverein war in Sicht! Der Wortführer des Heimatvereins erhob sich und hielt eine höfliche, aber kurze Dankesrede, und Großvater versprach ihnen einen alten, verbotenen Fischspeer zu schenken, da er jetzt sowieso nicht mehr so gut im Dunkeln sehen konnte. Man kippte die Kaffeetassen auf den Untertellern immer noch einmal um, hüllte sich in die Mäntel und war in Nullkommanichts verschwunden. Zurück blieben nur noch ein paar Nachbarn und Rentner, plus Vaters Brüder, die sich jetzt wieder trauten zu fluchen und um mehr zu trinken baten.

Kurz darauf trampelte es auf der Haustreppe, und die Haustür wurde aufgerissen. Herein donnerten zwanzig schweigsame Männer. Der Anführer der Jagdgesellschaft sagte:

»Hallo!«

Die anderen setzten sich schweigend an die Tische und starrten vor sich hin. Der Jüngste war knapp über zwanzig, der Älteste schon über achtzig. Viele waren mit uns verwandt.

Ungesäuertes Brot, Torte und Kaffee, und dann prostete man sich mit der letzten Cognacflasche zu, während man sich gemeinsam darüber wunderte, warum diese Franzosen so hartnäckig ihren Schnaps braun färbten und ihm den Geschmack von Malerfarbe gaben.

Der Sprecher des Jagdvereins stand auf und hielt eine Festrede, bevor die Kerle zu wüten begannen. Er stellte fest, dass Großvater im Jagdverein immer noch geschätzt war. Denn bis jetzt war er noch nicht altersgaga, sobald er das aber wurde, sollte er doch bitte schön zu Hause am Spülbecken bleiben, während die Männer sich ums Fleisch kümmerten. Bis jetzt war noch kein Zeichen von Senilität zu entdecken, wiederholte der Redner, der Alte wirkte noch absolut klar im Kopf, aber wehe, er finge an zu faseln, dann musste er zu Hause bleiben! Denn auch ein alter Hase musste ja wohl den Unterschied zwischen einem Elch und beispielsweise einem Fahrzeug erkennen können, bevor er mit der Büchse in den Wald geschickt wurde, das war nun mal der Unterschied zwischen dem Jagdverein und gewissen anderen Vereinen im Ort.

Die Jäger nickten mit düsterer Miene, und der Redner nahm einen Schluck, bevor er weitersprach. Der Alte konnte also immer noch seine Büchse tragen, Regen und Kälte machten ihm nichts aus, und er erfüllte seine Pflicht, aber wehe, er würde verkalkt werden! Dann war es besser, sich in der Küchenecke einzurichten. Denn auch wenn jetzt noch nichts zu merken war, so war es doch nur eine Frage der Zeit, wann das Gehirn weich wurde, und dann war alles gelaufen, darüber sollte sich das Geburtstagskind auf jeden Fall im Klaren sein!

Nach dieser herzlichen Festtagsrede wurde ihm ein Pokal überreicht, in den sämtliche Namen des Jagdvereins eingraviert worden waren, sogar die der Hunde. Einige waren falsch geschrieben, da man den Fehler gemacht hatte, die Gravur in Luleå machen zu lassen, wo man die finnischen Nachnamen einfach nicht gewohnt war, aber für den Rabatt, den man erhalten hatte, hatte man noch eine Flasche mit Inhalt kaufen können.

Großvater erwiderte, dass die Schreibfehler sicher ihren Grund in den Kritzeleien der Jäger hätten, dass seine

Physis in jeder Hinsicht auf dem Niveau eines Achtzehnjährigen sei, dass er wie ein Adler sehen und eine Elchkuh auf hundert Meter Abstand furzen hören könne, und wenn man alle kaputtgesoffenen Gehirnzellen im Jagdverein zusammenzähle, so wäre er wohl kaum der Erste, bei dem die Erweichung einsetzen würde. Anschließend bedankte er sich für die Flasche und besonders für den Inhalt, besonders da es das letzte noch verbliebene starke Getränk im ganzen Haus sei, und wenn auch sie leer sei, könne den Rest des Abends nur noch Kaffee serviert werden.

Die Männer rückten näher. Großvater gab allen einen Fingerhut voll, dann war die Flasche leer. Stumm, fast mit Tränen in den Augen, hoben die Männer ihr Glas und leerten es. Das durfte doch nicht wahr sein! Dieser Geizhals! Jetzt, wo man es endlich geschafft hatte, dem Frauchen daheim zu entkommen.

Großvater schielte zur Seite und gab das Zeichen. Schweigend öffnete Vater die Kellerluke im Küchenboden und kletterte hinunter ins Dunkle. Sogleich kam er wieder hoch und stellte mit einem Klirren ein paar Flaschen auf den Tisch. Zwei in jeder Hand. Und Großvater lachte laut los.

»Hier ist Stoff für euch Bübchen!«, grölte er, wobei sein Bauch hüpfte.

Die Männer waren so erleichtert, dass sie fast anfingen zu schluchzen. Keinen störte es, dass die Korken nicht vom Systembolaget versiegelt worden waren. Und endlich konnte das Bacchanal beginnen.

Es war das reine Glück. Das Glück zu saufen. Sich volllaufen zu lassen. Sich in Gesellschaft von Freunden blind und taub zu trinken, ohne meckernde Kommentare. In sich hineinschütten zu dürfen, bis der Schwanz steif wurde und die Zunge wie ein Wimpel im Mund flatterte. Die Flasche zu leeren und zu wissen, dass sofort eine neue auf dem Tisch stand, nicht mit dem Lineal messen zu müssen, nicht bezahlen zu müssen, nicht blank und halb nüchtern in einer scheißvornehmen Kneipe sitzen zu müssen und zu überlegen, wo die Kumpels denn nur waren.

Herrlicher Überfluss. Nicht das Knausern eines Kätners mit Speckschwarten und schimmliger Saat, sondern der Glücksrausch des Jägers über hundert Kilo dampfendem Fleisch. Sich voll stopfen, alles reinschieben, ohne Beherrschung zulangen, um nur ein einziges Mal nicht an den nächsten Tag denken zu müssen.

Die noch anwesenden Frauen und meine Mutter erkannten die Zeichen der Götterdämmerung und brachen übel gelaunt auf. Die Männer versprachen einstimmig, nicht zu viel zu trinken, aber ihre Zungen waren bis hinters Gaumensegel gespalten. Auch meine große Schwester verließ lieber die Gesellschaft, um nicht zum Objekt der Begierden zu werden, also musste ich ihren Part übernehmen und die Kaffeetassen abwaschen. Einige der Kerle wurden so widerwärtig, dass sie mich *knapsu* nannten und wissen wollten, warum ich so einen kleinen Busen hätte. Ich bat sie, ihre Nasen in Scheiße und Fotzen zu stecken.

Bald war draußen Motorenlärm zu hören, und als ich nachschaute, sah ich, dass meine Band eintraf. Niila, Erkki und Holgeri kamen in einem alten Duett an, den einer der Cousins fuhr. Ich half ihnen Verstärker, Gitarren und das für diesen Tag verkleinerte Schlagzeugset auszuladen. Wir stellten alles erst einmal in den Holzschuppen, damit es langsam die Temperatur annahm, bevor wir es anschließen konnten. Leider hatte Greger nicht kommen können, er musste ein paar wichtige Telefonate führen, wollte aber vielleicht später noch zu uns stoßen.

Die Jäger hatten inzwischen ein herzliches Stadium erreicht. Man fing an zu erzählen und zu prahlen und verbreitete auf Finnisch und Schwedisch die schönsten Pornogeschichten. Einer der Männer sang mit halb geschlossenen Augen *Rosvo Roope* und gleich danach *Villiruusu*, obwohl ihn die meisten Vereinsmitglieder baten, das sein zu lassen, da das Korpelalied alte Erinnerungen weckte.

Auch Vater war jetzt angeschlagen. Er zog sich schwankend mit ein paar leeren Flaschen in der Hand zurück und musste genau aufpassen, die Kellertreppe zu treffen. Die Männer brüllten laut lachend los, als Vater wütend den Idioten verfluchte, der die Luke hatte offen stehen lassen, obwohl er das doch selbst gewesen war. Dann reichte er mir vorsichtshalber die leeren Flaschen. Ich balancierte die morschen Stufen hinunter, roch den Moder und spürte, wie mir die Kälte entgegenschlug. Da unten roch es nach Sandboden und Kartoffeln. Auf den Holzregalen standen Gläser mit Moltebeeren- und Preiselbeerkompott, Reste eines angeschnittenen Beizlachses, ein paar Bierkisten, eine Heringskonserve und ein Heringsfässchen. Auf den Lehmfußboden waren ein paar Bretter gelegt, und auf denen standen die Schnapsflaschen. Diskret füllte ich eine Limonadenflasche ab und brachte sie zu den Alten hoch.

Als die ersten Jäger zum Pissen raus mussten, stellten wir uns vor dem Backofen auf. Ich schob einen Verteiler in die Wandsteckdose und hoffte nur, dass die Hauptsicherung halten würde. Als der Strom eingeschaltet wurde, knackte es beunruhigend in den kalten Verstärkerleitungen. Niila und Holgeri stöpselten ihre Gitarren ein und Erkki setzte sich hinter seiner Trommel und seinem Hi-hat auf einen Holzstuhl. Ich koppelte das Gesangsmikrophon an den Sonderzugang des Bassverstärkers und hustete die Stimmbänder frei.

Die Männer hatten unsere Vorbereitungen mit misstrauischen Blicken verfolgt. Aber als Niila die Begleitung im Dreiertakt begann, entspannten sie sich. Alle kannten den alten Schlager, den wir zu Ehren dieses Tages eingeübt hatten:

»*Oi muistatkos Emma sen kuutamoillan, kun yhdessä tansseista kuljettin...*«

Alle stellten die Gläser ab, blieben still sitzen. Das Fest hatte bereits das wehmütige Stadium erreicht, und die Musik drang direkt in die Seele. Ich sang, meinem Großvater zugewandt, der scheu seinen Blick abwandte.

»*Oi Emma Emma, oi Emma Emma, kun lupasit olla mun omani...*«

Wir machten weiter mit *Matalan torpan balladi*. Die Stimmung wurde so traurig, dass die Fenster beschlugen. Und zum Schluss brachten wir das Liebeslied von Erkheikki, einen langsamen Walzer in Moll mit einem klagenden Solo von Holgeri, der einen Stein zum Erweichen hätte bringen können.

Hinterher wollten die Kerle alle mit uns anstoßen. Wie es in Tornedalen üblich war, äußerte keiner ein einziges Wort über den Auftritt, da unnötiges Lob nur zu übertriebenen Projekten und letztendlich Pleiten führte. Aber man konnte ihren Augen ansehen, was sie fühlten.

Wir setzten uns in eine Ecke und ließen die Limonadenflasche kreisen. Die Jäger dagegen hatten Lust bekommen, ihre Beine zu strecken. Man hatte die erste Betäubungsphase hinter sich und wollte sich jetzt bewegen und diskutieren. Einer von ihnen schwankte zu uns heran und wollte unseren politischen Standpunkt erfahren. Ein anderer wollte von uns wissen, ob es stimmte, was da im Aftonbladet stand, dass die Mädchen heutzutage geiler wären. Auf die Frage des Ersten antworteten wir ausweichend, auf die des Zweiten, dass die Sexlust der Mädchen wahrscheinlich zu allen Zeiten gleich war, das war von außen nicht zu sehen, aber zu merken, wenn man denn halb drinnen war. Worauf er aufdringlichere Fragen stellte, ob wir denn Freundinnen hätten und ob die geil wären und wie oft wir es machten. Und obwohl wir ihn abwiesen, blieb er stur und wollte alle möglichen Details wissen.

Ich fühlte mich langsam etwas pelzig im Schädel und stolperte auf den Hof hinaus. An dem Schneewall standen ein paar Kerle und versuchten herauszukriegen, ob sie nun schon gepisst hatten oder es noch wollten. Sie entschieden sich für Letzteres und zogen ihre grauen Haken heraus. Die Entscheidung stellte sich als richtig heraus, denn bald kam der Strahl. Der eine Kerl pisste einen Höhenrekord auf den Schneewall, worauf es ihm gleich der nächste nachmachte. Meine junge Blase war wie ein hart aufgepumpter Fußball prall gefüllt und ich schlug sie locker um Längen. Dann schrieb ich außerdem noch meine Initialen unter den Rekord. Die Kerle wurden sauer und drohten, meinen Sack zu teeren. Ich rahmte meine Initialen ein und erreichte ein weiteres Mal meinen eigenen Höhenrekord, bevor sie beschlossen, meine Unterhose mit Schnee zu füllen, aber da war ich bereits auf dem Weg nach drinnen.

Jetzt erreichte man langsam die zweite Betäubungsphase. Sie war endgültig und sanft wie das weiße Laken des Todes. Ein breitschultriger, bärenhafter Kerl hielt mich auf und wollte mir alles Mögliche erzählen. Er packte mich bei den Schultern und schnurrte mit ernster Miene seinen Text herunter, während seine rotgesprenkelten Augen wie schwere Hummeln herumirrten. Es war unmöglich zu verstehen, was er sagte. Seine Zunge lag dick wie ein Turnschuh in seinem Mund, seine Rede klang matschig wie Lehm. Einer der jüngeren Jäger bekam Lust auf eine Diskussion und fing an, ihm zu widersprechen, aber seine Einwände waren genauso undeutbar. Bald waren die beiden in eine hitzige Diskussion verwickelt, wobei keiner von beiden verstand, was der andere sagte.

Diejenigen, die noch über eine gewisse Redefähigkeit verfügten, klagten über ihren Durst. Ihr Mund fühle sich an wie Schleifpapier, das Blut erstarre in den Adern, die Lippen klebten zusammen, die Muskeln seien hart wie Dörrfleisch. Ich tauchte in den Keller ab, holte die letzten Flaschen herauf und stellte sie vor die Stimmen der Rufer in der Wüste. Jetzt gab es kein Halten mehr. Wenn man sich zum Rutschen auf den Abhang gesetzt hatte, dann musste man sich halt immer weiter fallen lassen. Zusehen, wie es schief ging, davonrauschen, dass es um die Ohren pfiff. Ein *oikea mies* fürchtete weder Tod noch drei Tage Kater.

Jetzt wurden auch Niila und Holgeri langsam breit. Erkki war am wenigsten anzumerken, obwohl er den höchsten Takt eingehalten hatte. Er diskutierte mit einem der jüngeren Jäger, der mit hängenden Augenlidern und Rotztropfen im Schnurrbart dasaß, über Lachsfliegen. Sie kamen überein, es an einer Stelle am Tärendo älv zu versuchen, denn nur wenige Dinge im Leben waren perfekter als eine frisch gefangene Äsche, gebraten über einem nächtlichen Lagerfeuer neben einem rauschenden norrländischen Fluss. Sie prosteten sich darauf zu und bekamen Tränen in den Augen. Wie schön doch der Sommer ist, so vollendet und ewig! Die Mittsommernachtssonne über dem Waldrand, leuchtend rote Nachtwolken. Vollständige Windstille. Die Wasseroberfläche spiegelblank, nicht eine Kräuselung. Ein plötzlicher Wasserkreisel, der sich langsam in der gewaltigen Stille verbreitet. Und dann, mitten im Schweigen, fällt ein Nachtfalter. Er landet mit dem Staub seiner Flügel auf der zähen Wasseroberfläche. Er gleitet den Wasserfall hinunter, taumelt zwischen Steinen und Schaum hin und her. Über den Fichtenwipfeln Schwärme leichter Federmücken in der aufsteigenden Nachtwärme. Das alles sieht man, wenn man in dem dünnen Spalt sitzt, den eine Sommernacht ausmacht, schwebend auf der zerbrechlichen Hülle zwischen zwei Welten.

Die ältesten der Männer, die zwischen siebzig und achtzig, kippten jetzt langsam schräg von den Stühlen. Vater sah die Gefahr, obwohl er selbst schon reichlich blau war, und sprach mich in einer Sprache an, die am ehesten Tornedaldeutsch ähnelte. Ich verstand jedenfalls den Auftrag, und gemeinsam packten wir den ältesten und magersten Alten unter den Achseln. Er war unerwartet leicht und leistete kaum Widerstand, als wir ihn zur Küchenbank schleppten und ihn dort bequem in die Mitte setzten, an die Rückenlehne gedrückt. Die beiden anderen Alten hatten rundere Formen und wogen mehr, sie setzten wir ihm jeweils zur Seite. Sie wachten kurz auf und fingen an, wie die Eulen zu heulen, fielen aber der Reihe nach bald wieder in den Schlaf. Ihre Hinterköpfe fanden Halt an der Banklehne, und die Kinnladen kippten herunter. Da saßen sie und sahen mit ihren aufgerissenen Schnäbeln, ihren weißen Glatzköpfen und faltigen Hälsen wie Vogeljunge aus. Ich setzte mich ihnen gegenüber und versuchte mit Zuckerstückchen in die offenen Mundhöhlen das Zielwerfen, aber Vater verbot es mir mit einem bösen Blick.

Großvater kam nach einer Runde hinters Haus wieder herein. Er war so langsam gelaufen, dass seine Finger ganz blau gefroren waren, und er verfluchte das Alter und dessen grausame Streiche. Während seiner Abwesenheit hatten die Besucher eine schreckliche Entdeckung gemacht: Der Schnaps war zu Ende gegangen! Einige Onkel und Jäger versammelten sich zu einer nuschelnden Krisensitzung. Man ging die bekannten Schwarzbrenner der Gegend durch, dachte über den eigenen Vorrat daheim im Barschrank nach und wie man die Flaschen herauskriegen könnte, ohne die Alte aufzuwecken. Einige wiesen darauf hin, das der Abend ja noch früh sei und OK noch offen hätte. Man könne Spiritus kaufen, ihn mit Weizenmehl verschlämmen und dann durch einen Kaffeefilter gießen, das war nicht nur stark, sondern sogar trinkbar und sicher für alle mit kräftigem Herz ungefährlich. Einer der Jäger bot an, mit dem Taxi nach Finnland zu fahren, wenn sich alle an den Kosten beteiligen würden, und dort in einem auch Abends geöffneten Laden in Kolari Starkbier zu kaufen, soviel der Wagen fassen konnte. Die Zöllner kannte er, würde er also angehalten, würde er sie einfach mit zum Fest einladen. Alle hielten das für einen guten Vorschlag, da finnisches Starkbier das beste Gegenmittel gegen Kater sei, und baten ihn, außerdem Sauerteigbrot und *piimä* zu kaufen und ein paar finnische Schönheiten mitzubringen, falls er auf welche stieße.

Großvater erhob sich würdevoll und holte einen leeren Drei-Liter-Plastikkanister heraus. Ernsthaft bat er darum, ihn mit Wasser zu füllen. Ein Nachbar ließ kaltes Wasser bis zum Verschluss hineinströmen, während die anderen Männer verwundert zuschauten. Feierlich stellte Großvater den Kanister in den Besenschrank und fragte, wie es um die Bibelkenntnisse der Anwesenden stand. Alle schwiegen und dachten bei sich, dass der Alte wunderlich geworden sei.

»Seid ihr gläubig?«, wiederholte Großvater stur.

»Ne, ne«, murmelten nun einige.

Großvater öffnete daraufhin den Besenschrank und zog den Kanister hervor. Dann goss er sich einen Schluck ein und reichte den Kanister weiter, und die Kerle tranken, einer nach dem anderen. Und während eine Runde nach der anderen verging, riefen alle, dass Großvater Jesus sei, ja, sogar noch größer als Jesus, da dieser Wasser nur in Wein verwandelt hatte, während Großvater sogar Schnaps hervorgezaubert hatte. Zwar war er von der einfacheren Sorte und hatte einen schmalzigen Beigeschmack, aber andererseits gab es nur wenige so gesunde Sachen wie Fuselöl mit all seinen Spurenelementen und Chromosomen. Ich war der Einzige, dem auffiel, dass sich nicht nur der Inhalt verändert hatte, sondern auch die Farbe der Verschlusskapsel, aber ich beschloss lieber zu schweigen, um die Erweckungsstimmung nicht zu stören.

Ein älterer, beleibter Nachbar schlief jetzt langsam auf seinem Küchenstuhl ein. Ich konnte ihn gerade noch auffangen und seinen Kopf schützen, als er auf den Boden donnerte. Es war unmöglich, ihn wieder aufzuwecken, also packte ich ihn an den Füßen und schleppte den Körper zu einer Wand hin, wo er nicht im Weg liegen würde. Seine Glieder waren vollkommen schlaff und ohne Halt. Unter seinen Kopf legte ich Zeitungen, falls er sich übergeben müsste. In dem Moment schlief schon der nächste Alte ein, auf dem Schaukelstuhl sitzend, das Kinn auf der Brust. Der Snus tropfte ihm wie geschmolzene Schokolade über das Hemd. Der jüngere Jäger mit dem Daunenschnurrbart lachte so laut über den blöden Anblick des Alten, dass es ihn schüttelte. Auch ich musste über die Besoffenen kichern, die jetzt in der Rauchstube herumschwankten, miteinander babbelten, sich bekleckerten, wenn sie etwas tranken, auf Strumpfsocken in den Schnee hinaus gingen, mit schielendem Blick sangen, die auf ihren Hintern plumpsten und wie Krokodile zwischen den Flickenteppichen herumkrochen. Der Daunenschnauzer half mir, den Snuskerl hinauszutragen und neben den Ersten auf den Boden zu legen. Die gleiche Prozedur ereilte einen meiner Onkel, der in Bethaltung vor dem Haus erloschen war, er wurde der Dritte in der Reihe. Da lagen sie nun Seite an Seite wie geschlachtete Schweine, und wir mussten bei dem Anblick so laut lachen, dass wir zusammenbrachen. Jetzt tranken wir von dem Fusel, prusteten los, bekamen den Schnaps ins falsche Halsloch und fingen von neuem an zu grölen.

Dann deutete Vater beunruhigt auf die drei Alten auf der Küchenbank. Sie waren bleich und bewegten sich nicht mehr. Er bat mich doch nachzusehen, ob sie nicht etwa tot seien. Ich ging hin und tastete ihren Puls an ihren blauädrigen Handgelenken. Nichts. Doch, ein schwaches Pochen.

Niila und Holgeri kamen herein, sie rochen nach Magensäure und zitterten vor Kälte. Sie wollten einen Kaffee, um das eklige Halsbrennen wegzukriegen, und ich reichte ihnen eine Thermoskanne. Gleichzeitig bemerkte ich, dass der Daunenschnauzer plötzlich aufhörte zu lachen. Stattdessen saß er ganz schief auf seinem Stuhl und schnarchte, genauso wie die Alten vorher, über die er sich so lustig gemacht hatte. Er war dabei, zusammenzuklappen, also packte ich ihn unter den Achseln und schleppte ihn zu den anderen, wo er den nächsten Platz in der Reihe einnahm, jung und rotwangig neben den ergrauten Veteranen.

Jemand wollte ein Taxi, ich zickzackte zum Telefon und bestellte eins. Ein anderer kroch zu mir heran und begann zu kläffen, es hörte sich an wie ein Hund, der an einem Knochen nagt. Erst nach einer ganzen Weile begriff ich, dass er Hilfe haben wollte, um seine Frau anzurufen, die ihn abholen sollte. Ich fragte nach der Telefonnummer, verstand aber nicht, was er darauf antwortete. Stattdessen guckte ich lieber unter seinem Namen im Telefonbuch nach und hielt ihm dann den Hörer ans Ohr. Beim achten Klingelzeichen antwortete seine Alte, die vermutlich schon schlafen gegangen war. Der Mann kämpfte, um sich zu konzentrieren.

»Ischh… lisch… fouhe boffaaa…«

Sie schmiss den Hörer auf die Gabel, obwohl sie seine Stimme bestimmt wiedererkannt hatte. Ich selbst merkte langsam, wie der Boden sich drehte, und ging zu Niila. Dieser saß mit halb geschlossenen Augen da, ein rauschendes Transistorradio am Ohr. Er konnte die Stimmen der Toten auf Mittelwelle hören, hatte soeben eine Mitteilung auf Tornedalfinnisch hereinbekommen. Sie klang genau wie seine Tante, die im Herbst gestorben war, eine Stimme, die flüsterte:

»*Paska … paska …*« und dann geheimnisvoll schwieg. Ich meinte, dass es vielleicht eine lange Schlange vor der Toilette im Himmelreich gäbe, aber Niila hieß mich still sein. Er lauschte mit wirrem Blick.

»Warte, da ist was anderes!«

»Ich höre nichts.«

»Das ist Esperanto! Sie sagt, dass … warte … dass … ich soll sterben …«

In dem Moment kam das Taxi. Zwei der ausdauerndsten Männer versuchten sich Mäntel anzuziehen und wankten aus der Tür. Ein dritter, äußerst kräftiger Kerl, machte mir in Zeichensprache klar, dass er mitfahren wolle. Ich stützte ihn vorsichtig die Außentreppe hinunter und über den verschneiten Hof. Auf halbem Weg zum Auto stieß er ein lang gezogenes, pferdeähnliches Schnauben aus. Dann sackte sein Körper zusammen, als wäre er punktiert worden. Er fiel der Länge nach hin, die Beine rutschten weg, als wären seine Knochen Knetgummi. Ich versuchte, sein Gewicht oben zu halten, hatte aber keine Chance. Hundert Kilo Mann, ein fallender Sack aus Fleisch und Blut.

Ich fühlte den Puls. Der Kerl war besinnungslos, vollkommen weggetreten von dieser Welt. Der Körper lag dampfend da wie ein Fleischtopf in der Polarkälte. Das Taxi wartete im Leerlauf, ich packte die Füße und versuchte den Speckhaufen durch den rauen Schnee zu dem Fahrzeug zu ziehen. Das Hemd des Mannes rutschte hoch und bremste. Der Schnee schmolz an seiner Rückenhaut, aber nicht einmal die Kälte weckte ihn auf. Er war schwer wie eine Leiche. Schließlich gab ich auf und winkte dem Taxi zu, das verschwand. Stöhnend zog ich nun den Körper in die andere Richtung, zurück zum Haus. Ich stolperte und ächzte und fühlte, wie mir der Schweiß auf dem Rücken ausbrach. Zentimeter für Zentimeter. Er lebte, ich sah, wie er durch die Nase und den Mund dampfte. Ein dünner, sich ringelnder Atemfaden, der im Lichtschein, der vom Haus drang, aufstieg, in den dunklen Sternenhimmel hinauf.

Ich war gezwungen, anzuhalten und Luft zu schöpfen. Und genau in dem Moment, als ich den Blick hob, flammte ein Nordlicht auf. Große grüne Fontänen wuchsen empor, schwollen an, Wellen von Meeresleuchten schäumten auf. Schnelle rote Axthiebe, violettes Fleisch, das im Schnitt schimmerte. Die Lichtstärke des Scheins nahm zu, wurde lebhafter. Wogen von Phosphor in schäumendem Mahlstrom. Lange Zeit stand ich still da und genoss das Schauspiel. Plötzlich schien es mir, als erklängen leise Töne von dort oben, wie von einem finnischen Soldatenchor. Die Stimme des Nordlichts. Oder war es das Geräusch des Taxis, das sich in der klirrenden Kälte fortpflanzte? Es war so schön, dass ich auf die Knie fallen wollte. Diese Pracht, all diese Schönheit! Viel zu stark für einen kleinen scheuen und besoffenen Tornedaljungen.

Jemand riss die Haustür auf. Erkki stolperte zu mir hinaus und öffnete seinen Hosenschlitz. Ich machte ihn darauf aufmerksam, dass ein besoffener Mann zu seinen Füßen lag. Erkki stellte verwundert fest, dass das stimmte, ging ein paar Schritte weiter und fiel hin. Bequem im Schnee ausgestreckt, fummelte er seinen Pimmel heraus und pinkelte da, wo er lag. Erleichtert schloss er die Augen. Ich schimpfte, er solle verdammt noch mal nicht einschlafen, und trat ihm ein wenig Schnee ins Gesicht. Er drohte mir Schläge an, kam dann aber doch auf die Beine. Gemeinsam gelang es uns, den dicken Kerl ins Rauchstubenhaus zu schleppen, wo wir ihn in die beeindruckende Reihe auf dem Boden legten.

Vater und Großvater saßen bleich am Küchentisch und stammelten, die Alten auf der Küchenbank wären abgekratzt. Ich ging hin und fühlte bei allen dreien den Puls. Die Glatzköpfe hingen in verschiedene Richtungen, die Haut war gelb und wächsern.

»Ja, sie sind tot«, sagte ich.

Großvater beschwor all den Behördenkram herauf, der die Folge sein würde, und fing dann an, Rotz und Wasser zu heulen, wie es alte Leute tun, und sich an der Nase zu ziehen, dass es ins Glas tropfte. Vater hielt eine lautstarke Rede über den finnischen Heldentod und erwähnte Selbstmord, Krieg, Herzinfarkt in der Sauna sowie Alkoholvergiftung als die hervorragendsten Beispiele. Und heute Abend hatten also diese drei geschätzten und respektierten Verwandten gleichzeitig beschlossen, Seite an Seite durch das Portal der Ehre zu wandern…

Der magere Kerl in der Mitte öffnete daraufhin die Augen und forderte mehr Schnaps. Vater brach seine Rede abrupt ab und starrte ihn schweigend an. Großvater streckte sein vollgerotztes Glas hin und sah, wie es mit zitternder Hand geleert wurde. Ich musste so laut über ihre Gesichter lachen, dass ich fast vom Stuhl fiel, und erklärte, dass es erst jetzt ein richtiges Fest war, wo schon die Toten anfingen zu saufen.

Rundherum in der Rauchstube verbreitete sich Ruhe und Frieden. Auf dem Boden lagen die Kerle der Reihe nach noch genau in der Haltung, wie ich sie hingelegt hatte, eingehüllt in ein traumloses Rauschkoma. Andere krabbelten wie Schildkröten mit zähen, langsamen Bewegungen herum. Niila saß mit dem Rücken zur Wand, ganz grün im Gesicht. Er versuchte sich aufrechtzuhalten und trank ab und zu aus der Kaltwasserkelle. Holgeri lag daneben in Fötusstellung und zuckte immer wieder. Die meisten waren inzwischen verstummt und in sich gekehrt, während die Lebern versuchten, den Körper von den Giften zu reinigen, und die Gehirnzellen wie Fliegenschwärme starben. Erkki wäre fast von seinem Stuhl gefallen, blieb aber mit der Jacke an der Rückenlehne hängen. Ein sehniger, sechzigjähriger Jäger war der Einzige, der sich noch rührte, er stützte sich am Tisch ab und machte mit den Beinen gymnastische Bewegungen. Streckte sie vor, nach oben, dehnte sie seitwärts in komplizierten orientalischen Mustern. Das machte er immer, wenn er besoffen war, und alle ließen ihn gewähren.

Ich spürte in meinem Inneren, wie der Rausch seinen Höhepunkt schon überschritten hatte. Er brauste irgendwo weiter hinten im Körper, während ich ruhig dasaß und das Beingezappel des Mannes beobachtete. Das Fest war zu Ende, obwohl es erst elf Uhr abends war. In weniger als vier Stunden hatten die Jäger mehr als einen Liter pro Schädel geschluckt und wieder ausgekotzt, ein Zeichen für langes, verbissenes Training.

Draußen war ein Auto zu hören, das näher kam, das Scheinwerferlicht tanzte über die Tapeten. Kurz darauf waren Schritte im Eingang zu hören. Greger stürmte herein und entdeckte mich.

»Spring rein, dann fahren wir!«

Dann hielt er inne. Drehte sich langsam um und betrachtete sprachlos das beeindruckende Schlachtfeld.

Ich schüttelte meine Kumpel, bis wieder Leben in sie

kam, wir schleppten unsere Ausrüstung zum Wagen und brausten davon. Greger pfiff fröhlich und trommelte auf das Lenkrad, während wir ihn anflehten, das sein zu lassen.

»Es kommt in Gang«, grinste er. »Ich habe den ganzen Abend rumtelefoniert. Jetzt müsst ihr üben.«

»Was?«

»Dass ihr mehr Stücke habt.«

»Stücke?«, echoten wir dumm.

Greger lachte nur.

»Ich habe eure erste Tournee organisiert. Ein paar Schulen, ein Freizeitheim und ein Amateurfestival in Luleå.«

Wir hielten an der Schule. Greger schloss den leeren Musiksaal auf, und wir schleppten die Verstärker rein. Alle waren immer noch durcheinander und aufgedreht von der Nachricht, deshalb blieben wir da, um zu spielen, auch als Greger nach Hause fuhr. Es klang schrecklich, aber es kam von Herzen, es war rau und ungehobelt, genau wie wir selbst. Niila schlug seine selbst gemachten Riffs, und ich sang meine Improvisationen und fühlte mich schon langsam wie ein Rockstar. Holgeris Gitarre war durch die Kälte vollkommen verstimmt und seine Finger unbeholfen, aber gerade deshalb brachte er ein sagenhaftes Solo zustande, quietschende und schreiende Töne, jaulende, wiegende Klänge. Und schließlich spielten wir unseren alten Hit; *Rock 'n' roll music* – mindestens zehnmal. Erst als Erkki beide Trommelschläger zerschlagen hatte, gaben wir auf.

Es war kurz nach drei Uhr in der Nacht. Die Kirchenstadt Pajala lag öde in der Winterdunkelheit. Wir knarrten heimwärts im Puderschnee unter leise surrenden

Straßenlaternen. Die Kälte drang in unsere Lungen, die Ohren weiteten sich durch die Stille der Dämmerstunde. In den Fausthandschuhen taten die Fingerspitzen noch von den schneidenden Saiten weh.

»Man müsste irgendwohin abhauen«, meinte Niila, »einfach nur wegfahren.«

»Stockholm!«, meinte Erkki.

»Amerika!«, rief Holgeri aus.

»China«, sagte ich. »Irgendwann möchte ich mal China sehen.«

Es war so still. Als wären alle in der Stadt erfroren. Wir gingen mitten auf der Straße, alle vier nebeneinander. Es gab keinen Verkehr. Der ganze Ort, ja die ganze Welt lag unbeweglich da. Nur wir lebten, vier pochende Herzen in der innersten Astgabel der Wintertaiga.

Wir blieben auf Pajalas größter Kreuzung stehen, der zwischen dem Farbenhandel und dem Kiosk. Ein Zögern überfiel uns, als ahnten wir, dass wir angekommen waren. Dass an dieser Stelle etwas anderes beginnen sollte. Wir drehten uns um und spähten unsicher in alle Richtungen. Der Weg nach Westen führte nach Kiruna. Im Süden kam man nach Stockholm. Im Osten führte die Straße nach Övertorneå und Finnland. Und der vierte Wegstumpf zeigte hinunter auf Torneälvens Eis.

Nach einer Weile traten wir alle mitten auf die Kreuzung und setzten uns dort auf den Hintern. Wie gemäß einem wortlosen Abkommen legten wir uns mitten auf die Kreuzung, quer über die Fahrbahn. Wir streckten uns auf dem Rücken aus und schauten in den Sternenhimmel hinauf. Es war kein Verkehr zu hören, alles war so still. Seite an Seite lagen wir da und atmeten in den Weltraum hinauf. Spürten die Eisbuckel unter dem Arsch und den

Schulterblättern, und zum Schluss schlossen wir in aller Ruhe unsere Augen.

Und hier endet die Erzählung. Kindheit, Jungsjahre, das erste Leben, das wir lebten. Ich verlasse sie hier. Vier Jünglinge auf dem Rücken auf einer Kreuzung liegend, die Gesichter den Sternen zugewandt. Ich bleibe still bei ihnen stehen und betrachte sie. Der Atem geht tief, die Muskeln sind entspannt.

Sie sind schon eingeschlafen.

EPILOG

Manchmal, wenn meine Sehnsucht zu groß wird, fahre ich hinauf nach Pajala. Ich komme dann immer abends an und wandere über die neue, zirkusartige Brücke mit ihren hohen Brückenpfeilern, die sich über den Torneälven erstreckt. Mitten über dem Wasser bleibe ich stehen und schaue über die Stadt hinweg mit dem spitzen Turm der Holzkirche. Wenn ich mich drehe, sehe ich die Umrisse des Waldes und den Jupukkaberg mit der blinkenden Nähnadel des Fernsehmastes. Unter mir fließt der Fluss in seiner ständigen, breiten Bewegung zum Meer hin. Das leise Brausen spült den Lärm der Stadt aus den Ohren. Meine Rastlosigkeit rinnt in der zunehmenden Dämmerung aus mir heraus.

Ich lasse die Augen über den Ort wandern. Die Erinnerungen kommen zurück, an Menschen, die wie ich weggezogen sind, Namen, die aufblitzen. Paskajänkkä mit seinen Kangas, Karvonen, Zeidlitz, Samuelsson. Texas mit allen Wahlbergs, Groth, Moona und Lehto. Strandvägens Wilhelmssons und Marttikala, Äijä und Tornberg. Vittulajänkkä mit seinen Ydfjärds, Kreku, Palovaara, Muotka, Pekkari, Perttu und vielen, vielen mehr.

Ich umfasse das kalte Brückengeländer mit den Händen und überlege, wo sie alle geblieben sind. Menschen, die ich einmal kannte, Menschen, die meine Welt mit mir geteilt haben. Die Gedanken bleiben eine Weile bei meinen Spielkameraden hängen. Holgeri, der Diplomingenieur geworden ist und jetzt beim Mobilfunknetz in Luleå arbeitet. Erkki, der Vorarbeiter im Eisenerzunternehmen LKAB in Svappavaara geworden ist. Und ich selbst, der ich Schwedischlehrer in Sundbyberg wurde, mit einer Sehnsucht, einer Wehmut, die zu meistern mir nie ganz glückt.

Auf dem Heimweg gehe ich über den Friedhof. Ich habe keine Blumen dabei, bleibe aber eine Weile an Niilas Grab stehen. Der Einzige von uns, der bei der Musik blieb. Der wirklich darauf setzte.

Das letzte Mal, dass wir uns trafen, war beim Markt von Pajala, er war aus London angeflogen gekommen und kratzte gedankenverloren an kleinen Wunden an seinem Handgelenk. In der nächsten Nacht fuhren wir zum Angeln nach Lappeakoski. Seine Pupillen waren klein wie Stecknadelköpfe, und er brummte manisch:

»Das Eisbrechen, Matti, als wir da auf der Brücke standen und sahen, wie das Eis brach, o verdammt, das war vielleicht ein Eisbrechen…«

O ja, Niila, ich erinnere mich dran, wie das Eis brach. Zwei Kaulquappen und eine selbstgezimmerte Gitarre.

Rock ’n’ roll music.

Der Geschmack eines Jungenkusses.